河南大学特色骨干培育学科出版资助成果

伍蠡甫文艺美学
思想研究

王新 著

中国社会科学出版社

图书在版编目(CIP)数据

伍蠡甫文艺美学思想研究/王新著. —北京：中国社会科学出版社，2022.10
ISBN 978-7-5227-0729-7

Ⅰ.①伍… Ⅱ.①王… Ⅲ.①伍蠡甫—文艺美学—美学思想—研究 Ⅳ.①I01

中国版本图书馆 CIP 数据核字(2022)第 142466 号

出 版 人	赵剑英
责任编辑	张　玥
责任校对	季　静
责任印制	戴　宽

出　　版	中国社会科学出版社
社　　址	北京鼓楼西大街甲 158 号
邮　　编	100720
网　　址	http://www.csspw.cn
发 行 部	010-84083685
门 市 部	010-84029450
经　　销	新华书店及其他书店
印　　刷	北京君升印刷有限公司
装　　订	廊坊市广阳区广增装订厂
版　　次	2022 年 10 月第 1 版
印　　次	2022 年 10 月第 1 次印刷
开　　本	710×1000　1/16
印　　张	14.75
插　　页	2
字　　数	193 千字
定　　价	79.00 元

凡购买中国社会科学出版社图书，如有质量问题请与本社营销中心联系调换
电话：010-84083683
版权所有　侵权必究

前　言

本书以我国著名文艺理论家、画家、翻译家伍蠡甫在中国画论研究、西方文论研究领域的思想成果为研究对象，对其文艺美学思想及历史贡献进行分析和研究。伍蠡甫的中国画论研究通过弘扬和传承中国传统画论精华，并结合西方艺术理论和思想方法，对中国古代绘画的创作技法、艺术风格、审美范畴和美学意蕴进行了深入细致地分析和阐释，对中国当代绘画创作、画论研究和中西艺术比较提供了宝贵的经验。伍蠡甫的西方文论研究建立在全面系统的历史和文献基础上，由他编译的西方文论著作及相关研究，对我国西方文论的教学与研究起到了辅助和参考作用，为当代中国文论建设提供了经验。

除绪论、结语外，本书主体内容由四章组成：

第一章主要围绕伍蠡甫早年从事的图书出版和外文译介活动，对他的"世界文学"观念、西洋文学史研究观念进行述评。在 20 世纪 30 年代的历史语境中，伍蠡甫提出应该将中国新文学的发展放置在世界文学发展的背景下给予观照和推动。通过增强新文学的"世界意识"拓展读者的视野，从而发挥新文学推动历史进程、促进社会全面发展的积极作用。

第二章以伍蠡甫在 20 世纪 40 年代出版的画论专著《谈艺录》为研究对象。通过他有关意境、艺术风格、审美范畴和艺术形式的论述和阐释，对他的画论研究的思想与方法进行分析和评价。伍蠡甫对中国绘画艺术"意境"研究的特色在于，通过深入分析中国古代绘画的创作过程和艺术风格，探究"意境"得以生成的思想基础，以及创意、构境、生成的过程与机制。他通过分析中国绘画史上的文人画经典作品，结合中国古典诗论、书论、乐论，总结概括出简、雅、拙、淡、偶然、纵恣、奇崛等文人画艺术风格和审美范畴。他通过分析名家名作的创作技法，总结归纳了中国古代绘画艺术"线为主导"的形式美学特征。

第三章以伍蠡甫编著的《西方文论选》《欧洲文论简史》为研究对象，分析他在西方文论译介方面采用的研究方法、阐释方式和批评话语，对他的西方文论译介工作进行总结和评价。通过具体的文本分析，作者认为《西方文论选》在传播文论经典的同时，存在受意识形态影响而产生的误读和误释。《欧洲文论简史》在服务教学研究的同时，存在过度引申、以偏概全、刻意贬损等弊端。通过对伍蠡甫西方文论编译事业的审视，分析了以选本为教材的利与弊，处理个案与通史的关系，以及正确使用批评话语等文论史编著的方式和方法问题。

第四章以伍蠡甫晚年的画论著作为研究对象，对他的中国画论研究方法进行分析和总结。伍蠡甫晚年对中国古代画论、古代著名画家和中西艺术传统的研究，反映出其特色鲜明的研究方法：绘画技巧与绘画理论并重，综合运用古今中外艺术理论，表达自我与追求创新。

结语部分回顾总结伍蠡甫在西方文论编译、中国画论研究和比较艺术研究等领域的学术思想和历史贡献，并就其学术生涯中体现出的学识素养和人生境界进行理解诠释。附录伍蠡甫（1900—1992）生平活动年表在梳理展示伍蠡甫从事学术研究重要活动的同时，希冀为学界开展相关研究提供历史线索。

目 录

绪论 …………………………………………………………（1）

第一章　伍蠡甫的"世界文学"观念与实践 …………………（18）
第一节　创办黎明书局与早期文学译介 ………………（19）
第二节　伍蠡甫的"世界文学"观念与20世纪
　　　　30年代文学 ……………………………………（31）
第三节　伍蠡甫的早期西洋文学史研究观念与方法 ……（47）
第四节　伍蠡甫"世界"意识指导下的"本位文化"
　　　　建设观 …………………………………………（58）

第二章　伍蠡甫的中国古代画论研究 …………………………（65）
第一节　抗战中的艰难执教与捐机画展 ………………（65）
第二节　伍蠡甫绘画艺术美学研究的方法与视野 ………（72）
第三节　中国古代绘画的意境及其创生机制研究 ………（82）
第四节　文人画的艺术风格及其审美范畴 ………………（92）
第五节　线为主导：中国古代绘画艺术形式美的
　　　　主要特征 ………………………………………（106）

第三章 伍蠡甫西方文论编译思想研究 ……（119）

第一节 《西方文论选》：意识形态中的文论

经典阐释 ……（119）

第二节 《欧洲文论简史》的成就与瑕疵 ……（130）

第三节 伍蠡甫西方文学译介事业再审视 ……（147）

第四章 伍蠡甫比较艺术研究的探索与实践 ……（156）

第一节 受聘国家画院期间的创作与研究 ……（156）

第二节 晚年的中国画论研究 ……（164）

第三节 兼收并蓄的古代画家研究 ……（172）

第四节 中西绘画艺术传统的结构分析 ……（182）

结语 ……（193）

参考文献 ……（200）

附录 伍蠡甫（1900—1992）生平活动年表 ……（215）

后记 ……（228）

绪　论

一　选题缘起与意义

自我国改革开放以来，有关中国学者如何参与国际学术的交流与对话、中国的学术研究如何推动世界文明发展的思考和讨论在国内学术界持续进行着。文艺理论工作者也积极地参与其中并贡献许多有益的思想。近年来，我国文艺理论界关于西方文论"强制阐释"的分析与讨论，愈加显示其构建全球视野、中国特色文艺理论发展格局的学术自觉、理论自信和道路自信。当前，面对国际国内纷繁复杂的社会文化现象和层出不穷的文学艺术成果，我国文艺理论界依然面临着诸多理论与实践层面的问题与挑战。在外国文论（尤其是西方文论）译介传播的影响下，中国学者如何开展适切的学术研究？如何恰当地运用中外思想资源和理论话语对中国的文艺现象和艺术作品进行合理的阐释与分析？如何批判地学习借鉴和运用外国的理论成果？如何构建具有中国特色的文论话语和理论体系？尽管这些或许不是时下有些学者群体热情追捧、趋之若鹜的所谓时髦理论问题，但对于上述问题的处理态度和应对方式，确是每一位中国学者当下面临的"必答题目"。对这些问题的思考和应对，决定着每一位文艺理论工作者从事学术研究的动机、立场、方法和成效，这是时代赋予我们必须持续探索并努力践行的现实课题。

从新时期以来我国文论建设与发展所取得的经验来看，以综合、比较的视野与方法研究文学艺术领域的古今中西问题，对我国当代文论的建构与发展有着重要的指导意义。中国文艺学学科的持续健康发展和当代文论的建构与发展，需要学习借鉴世界各国优秀的思想成果，更需要继承和发扬我国优良的文论传统。进入21世纪以来，我国文学研究领域对于中国文论话语阐释效力和外国文论话语移植滥用的焦虑和论争不绝如缕，其中既有对中国文论"失语"症候的担心忧虑，也有对当代西方文论"强制阐释"的高度警觉，还有对百年西学汉译以来中国文论话语体系建构的深刻反思。这些学术探讨和理论争鸣都显示我国文艺理论研究者直面问题、回应时代的学术勇气和人文关切。与此同时，在一度紧随西方最新思潮的盲目跟跑之后，国内学界对于反思来路、取资传统的研究取向给予了高度珍视。深入发掘和反思20世纪中国文艺理论发展史的经验和教训，助益新时期我国文学艺术事业发展日渐取得学界的普遍认同和广泛参与。

在对20世纪中国文论发展史的回顾和反思中，有夏中义"痛感中国现当代文学研究格局的'不对称'"，相较于大多数学者"倾心"投入的"作家—作品"研究，对于"思潮—理论"以及理论家、批评家的专题研究则"尤嫌单薄"。夏中义在深表担忧的同时，直陈"如此情况，弊端有二：一是创造了百年文论的那几代批评家，本是以评论奠基其历史影响的，却长年得不到后人的精心勘探与郑重评估，这似有失学术公正；二是着眼于学科建设，若作为百年文学的有机构建的百年文论迟迟得不到学术善待，则整个20世纪中国文学史乃至中国现代知识分子精神史研究，难免有遗珠之憾"①。的确，理论家和批评家是参与和见证文学理论建构和文艺事业发展的重要"在场者"，追索他们的人生轨迹和学术活动，分析他们的治学经验和理论成果，对于总结和把握我国20世纪文学理论发展史具有不可替代的重要作用。有鉴于此，笔者尝试在中国文论现代化的历史进程中选择一位具有代表性和影响力的文论家作为研究对象，试图通过对他的相关研究切近更多的历史细节与鲜活思想，以期在重返历史、回溯传统的过程中，为学界贡献一份现代学人的精神档案和研究专论，为当代文论与艺术事业的建设与发展提供借鉴参考。

伍蠡甫先生（1900—1992）是我国著名的文艺理论家、画家和翻译家。他的一生主要在三个领域成就卓著、贡献良多，即外国文学译介、文艺理论研究、国画创作与研究。20世纪30年代，伍蠡甫与同人一道在上海创办黎明书局，翻译出版外国名著，并自办《世界文学》杂志。身为复旦大学外文系教授，他长期致力于西方文学教学与研究工作，由他主持编译和编著的《西方文论选》和《欧洲文论简史》等著作，为我国20世纪60年代以来的西方文论教学与研究提供了重要参考。他挚爱国画创作并深研绘画义理，凭借自己多年潜心钻研和创作体验，为学界贡献了《谈艺录》《中国画论研究》《名画家论》等论艺专著。年逾八旬的他，先后主持编著了《现代西方文论选》《山水和美学》《西方文艺理论名著选编》和《中国名画鉴赏辞典》等辞书文选，为传承和汇总中国绘画艺术精品和西方文艺理论经典做出了重要的历史贡献。

伍蠡甫的一生恰好贯穿20世纪中国历史，而其在文学艺术领域的学术活动正好置身于中国百年文艺理论发展的现场。笔者怀

---

① 夏中义：《"百年中国文论史案"研究论纲》，《文艺理论研究》2005年第6期。

着崇敬之心将他作为学术"标本",以他在外国文学译介、文艺理论研究、国画创作与研究等领域的思想成果为研究对象,通过回顾前辈学人接受传播西方文艺理论和传承光大中国传统艺术的艰辛历程,分析他在从事文艺美学研究中的思想观念、理论与方法,期望能够对我国20世纪文艺理论发展史的学术史研究增添新的思想资源,对我国文艺理论的传承与创新、中西比较艺术研究的进一步深化,提供鲜活的学案典范和思想启迪。

二 研究现状和文献综述

本书以伍蠡甫的文艺美学思想为研究论题,是研究对象本身与研究视角自然契合的结果。在此,笔者首先对论题中的"文艺美学"概念进行简要界定说明。本论题的"文艺美学"概念不是学科名称意义上的使用,而是笔者在对伍蠡甫相关学术成果进行梳理分析后,对其主要学术思想成就的命名,亦是笔者对伍蠡甫的学术成就予以考察观照的研究视角。其所认同的学理依据在于,"文艺美学以所有文艺现象和领域为对象,有更为宏阔的对象视野,这对以往相对单一的文学或艺术研究都将是一个拓展和丰富,并且这种拓展也为更具包容性和涵盖性的理论综合奠定了基础"[①]。综观伍蠡甫的学术活动,从他的青年时代直至晚年,其教学和研究工作始终兼顾文学理论研究和绘画理论研究,始终以中外文学艺术活动和现象为对象进行艺术本质、审美特性和审美规律的研究。他在西方文论、中国画论研究领域的主要成就,体现融通中外、会通古今、打通文学艺术美学义理的宏阔视野和兼容气象,这与文艺美学的学理内涵和研究取向具有高度的一致性。因此本书重点探究伍蠡甫在外国文学译介、文艺理论研究、

[①] 谭好哲:《文艺美学:美学创新的可行之路》,《北京社会科学》2001年第1期。

国画创作与画论研究中生发出的文艺美学思想及其历史贡献。

结合上述研究论题，笔者特别关注了与伍蠡甫学术活动密切相关的 20 世纪中国外国文学翻译史、文学理论发展史和画论史等方面的研究现状和前人研究成果。当然，专治其中某一个学科领域的断代史都已是艰难甚巨，更何况同时纵览三个领域。对此，笔者将本论题的研究焦点和重点时段分解定位为"一个中心，两个领域，四个时段"。即，以伍蠡甫较为集中的学术活动及其学术成果产出时段为中心，主要关注伍蠡甫在西方文论、中国画论两大领域的学术成就。根据伍蠡甫的生平活动，主要集中在四个历史时段：他在 20 世纪 30 年代的主要学术活动是外文译介和主编《世界文学》杂志；他在 20 世纪 40 年代的主要学术活动是撰写画论专著《谈艺录》；他在 20 世纪 60 年代的主要学术活动是编译《西方文论选》；他在 20 世纪 80 年代的主要活动是编著《欧洲文论简史》《中国画论研究》《名画家论》等。为了收缩论域、聚焦问题，笔者努力在相关时段选取伍蠡甫学术成果中与文艺美学问题密切相关的理论成果予以重点考察，着重探究其文艺美学思想的理论、方法和贡献。

查询 1978—2018 年国内出版的学术专著和学术期刊，[①] 笔者发现以伍蠡甫为专题研究对象的论著数量不多且以回忆性文章为主。此类文献大多是对伍蠡甫生平、外文翻译、绘画和画论研究成就的简要介绍。较为详细的研究性著述主要有一部专著、一篇硕士学位论文和十余篇学术期刊论文。现就这些研究性论著的研究内容、思想观点和存在的问题述评如下：

汤胜天的《承故纳新笔墨间——伍蠡甫艺术美学思想与山水画研究》一书，是国内正式出版的第一部关于伍蠡甫的研究专

[①] 截至目前，作者未发现专题研究伍蠡甫的外文文献。

著。该书对伍蠡甫在艺术美学、中国画论和山水画创作方面的主要成就进行了总结和探究。该书作者围绕伍蠡甫的生平与思想，美学思想与艺术风格形成的背景，伍蠡甫的艺术美学思想、中国画论见解及其山水画创作等论题分别进行了集中解析。[①] 从该书涉及的研究论题来看，作者把握住了伍蠡甫在艺术美学和中国画论领域的主要成就，并提出了作者的思考和认识见解。但从该书所征引的文献著作来看，作者主要使用的是 20 世纪 80 年代出版的《伍蠡甫艺术美学文集》《中国画论研究》等著作中的文章作为文献资料和立论依据，而对伍蠡甫在其他时期的学术文献有所忽视。从中国画论史研究的学术史来看，伍蠡甫在 20 世纪三四十年代撰写的画论研究系列文章，对中国绘画的笔墨技法、艺术风格和美学意蕴所作的阐释分析，以及 20 世纪 80 年代对中国古代多位画家所作的专题研究，对中国画论研究具有重要的学术与历史价值，有待于引起学术界进一步的重视和研究。

山东师范大学美学专业 2012 届毕业生蒋悦的硕士学位论文《伍蠡甫绘画美学思想研究》，结合伍蠡甫先生不同时期的几部绘画作品以及文集论文，对伍蠡甫先生的绘画美学思想进行了归纳和总结。该文突出强调了伍蠡甫先生在继承传统文人画精髓的基础上结合西方绘画技法特点进行理论和艺术实践的创新意义。该文的可贵之处在于，作者在论述伍蠡甫的美学思想观点时，能够辅之以伍蠡甫的部分画作进行相互释读，并对伍蠡甫画作的风格特征和艺术技法进行富有见地的点评。但是限于硕士学位论文的篇幅和论文作者研究方向的设定，作者没有能够对伍蠡甫先生的绘画美学思想进行系统把握和有机贯通。同时该文作者对伍蠡甫

---

① 参见汤胜天《承故纳新笔墨间——伍蠡甫艺术美学思想与山水画研究》，复旦大学出版社 2016 年版。

美学思想特色和贡献的总结和阐释也值得斟酌和商榷。例如，该文仅凭出版于20世纪80年代的《伍蠡甫艺术美学文集》中数量有限的几篇论文及其个别表述，总结出伍蠡甫艺术创作论的三个层面：艺术的直觉表现性、艺术抽象、抽象与形式的关系，并结合克罗齐、康定斯基、阿恩海姆等人的思想观点与伍蠡甫的相关表述进行比较和阐释。① 但是从该文引用的伍蠡甫的相关论述来看，作者主要引用的是伍蠡甫发表于1983年的《试论艺术抽象和艺术形式美》中的个别表述。首先，伍蠡甫写作本文的意图并非其个人"艺术创作论"的系统阐述，而是他有感于当时学界发表的理论文章中，有关"抽象艺术"与"艺术抽象"之间区别与联系的认识不够充分。他撰写此文旨在希望通过对艺术抽象、艺术概括、艺术典型塑造等概念的辨析，"既可比较正确地对待西方抽象艺术，也好进一步说明艺术形式美是从艺术抽象出发，并以典型塑造为终的"②。伍蠡甫在文中对克罗齐、康定斯基、阿恩海姆等人观点的引述，只是出于对个别概念术语以及抽象派艺术观念进行分析的需要，并不表明伍蠡甫的"艺术创作论"深受他们的思想影响，而蒋悦却认为"要研究伍蠡甫的艺术观就要先来探究一下克罗齐的艺术观"③。这种"缘木求鱼式"的探究，不仅导致了作者对伍蠡甫"艺术创作论"进行"总结"时的偏颇，而且对伍蠡甫美学思想中的重要观点产生了误读。

汤胜天的《比较艺术的先行者：伍蠡甫关于中西艺术的形式美观念研究》一文，从伍蠡甫的有关论著中总结了其关于中西艺术形式美的主要观点。该文抓住了伍蠡甫艺术美学研究中的一项

---

① 参见蒋悦《伍蠡甫绘画美学思想研究》，硕士学位论文，山东师范大学，2012年，第16—18页。
② 伍蠡甫：《试论艺术抽象和艺术形式美》，《文艺研究》1983年第1期。
③ 蒋悦：《伍蠡甫绘画美学思想研究》，硕士学位论文，山东师范大学，2012年，第16页。

突出成就，即中西比较视野下的艺术形式美研究。该文能够结合伍蠡甫的论点及相关论述进行观点梳理和总结，但遗憾的是，限于篇幅或作者写作意图，该文大多系转述伍蠡甫的论述，未能结合中西方的观念演进，对伍蠡甫的具体观点进行比较分析。同时，该文将艺术形式、形式主义、形式美三个概念并置论述，未加必要的概念界定。① 由此展开的古今中西的观念比较难免有失严谨，其对伍蠡甫有关中国艺术形式美的核心观念的归纳也显得过于简单。

郝孚逸的《伍蠡甫先生的学术成就及其理论特色》是一篇简短但有深度的学术论文。作者曾在20世纪60年代编选《西方文论选》期间与伍老一起共事并建立了学术往来，因此对伍先生的学术思想和成就有着较为贴近的了解和体会。作者没有将伍蠡甫所涉猎的中西学分开来看，而是将其融为一体去把握伍老学术研究的理论特色，这样的方法论是比较适切的。② 该文针对当时文艺界的某些消极现象，借用作者总结的伍蠡甫有关"心为主导"的创作理论，阐述了艺术与现实、再现生活与表现艺术家自我、艺术创作与艺术想象等问题，显示作者较为扎实的文艺理论素养和剖析问题能力，给笔者的研究以宝贵的启迪。

在穆纪光主编的《当代美学家》中有一篇由邱立新撰写的文章，着重介绍了伍蠡甫在中国画论研究和艺术美学等方面的研究成果和学术思想，对伍蠡甫在上述领域的主要成就进行了较为系统的整理、概述和简评。③ 但由于作者参阅和使用的文献资料主要限于伍蠡甫20世纪80年代后出版的有关画论、艺术美学专著，

---

① 参见汤胜天《比较艺术的先行者：伍蠡甫关于中西艺术的形式美观念研究》，《江南大学学报》（人文社会科学版）2015年第1期。
② 参见郝孚逸《伍蠡甫先生的学术成就及其理论特色》，《复旦教育》2002年第2期。
③ 参见邱立新《美学家伍蠡甫》，载穆纪光编《中国当代美学家》，河北教育出版社1989年版。

因此该文主要侧重于针对伍蠡甫艺术理论研究成果进行"静态化"的总结和提炼,未能将伍蠡甫的学术研究成果放置于学术发展史和个人成长史的背景下进行有机贯通的分析和研究。同时作者对伍蠡甫在西方文论领域的研究和其他众多有关伍蠡甫个人文献史料的收集和研究也尚未顾及,这对评述和勾勒这位当代美学家未尝不是缺憾。

除了上述有关伍蠡甫美学思想研究的专题之外,另有几篇期刊论文曾分别论及伍蠡甫在外文译介或画论研究方面的成就。郭恋东的《几本专载译文的现代文艺期刊》一文,简介了《译文》《世界文学》《西洋文学》《文学译报》等20世纪三四十年代专载译文的六种期刊,分别以1500字左右的篇幅对每种期刊的起讫时间、主编人员等基本情况进行介绍,间或引用时人言论对创刊缘起、办刊宗旨和刊物特色进行概略说明。① 在对《世界文学》的介绍中,作者结合发刊词和有关"文学的世界性"等论文和外国文学作品,对主编伍蠡甫在发刊词中关于"文学对社会的作用"观点进行了简短的说明阐释,但没有对伍蠡甫的"世界文学"观念进行文本分析和细致阐释。

袁丽梅的《展世界于中国,融中国入世界——民国翻译杂志〈世界文学〉探幽》一文,对20世纪30年代伍蠡甫主编的《世界文学》杂志给予了专题介绍。作者从翻译史研究的角度,对这份办刊时间仅一年的杂志,从办刊宗旨、译介方针、译者队伍等方面进行概述和简评。② 该文作为一篇期刊论文,作者在有限的篇幅内,能够结合伍蠡甫的部分言论观点、杂志刊载的相关篇目进行关联论述,对伍蠡甫在刊物策划、编辑、选稿方面的良苦用

---

① 参见郭恋东《几本专载译文的现代文艺期刊》,《兰州学刊》2005年第5期。
② 参见袁丽梅《展世界于中国,融中国入世界——民国翻译杂志〈世界文学〉探幽》,《翻译论坛》2017年第1期。

心和历史贡献进行了客观评价。该文显示出作者对《世界文学》杂志现存史料的精心收集和细致研读，同时也为学界进一步的深入研究展示了探究的空间。

张静的《诗的现代意义何在？——雪莱〈为诗辩护〉在中国（1905—1937）的反响》，以雪莱《为诗辩护》的译介为关注点，兼顾与其具有紧密联系的英国诗人皮科克及其作品《诗的四个时代》的译介，通过梳理1905—1937年的史料，发掘出鲁迅、郭沫若、于赓虞、梁实秋、伍蠡甫等人对雪莱和皮科克诗学理论的选择、译介与吸收。[①] 该文作者明确指出"伍蠡甫是第一位完整将雪莱的《为诗辩护》译成中文的人"，伍蠡甫与曹允怀合译的《诗之四阶段》（即《诗的四个时代》）是"第一个完整的中文译本"。通过简要分析上述两篇译文的《译者序》，指出伍蠡甫在文艺观念上一直寻求着社会功能与艺术表现的平衡，其诗学分析方法中体现出的"辩证法"思想和"科学至上"观念。

曹铁铮、曹铁娃的《论民国时期传统美术史观的现代转型》一文，从民国时期美术起源的英雄史观的瓦解、美术史观由传统伦理本位转移到审美本位、狭隘的民族主义美术史学观的开拓以及发展的美术史观的形成四个方面，对民国时期传统美术史观的现代转型问题做了系统梳理和研究。在论述到民国时期"美术史观由传统伦理本位转移到审美本位"的转型特征时，作者不仅认同伍蠡甫关于"中国画学在方法论上主要是受儒家支配"的观点，而且认为"中国画学史观伦理本位的形成也是受儒家思想的影响"[②]。但该文仅引用了伍蠡甫在20世纪40年代发表的《中国

---

① 参见张静《诗的现代意义何在？——雪莱〈为诗辩护〉在中国（1905—1937）的反响》，《中国现代文学研究丛刊》2015年第7期。
② 曹铁铮、曹铁娃：《论民国时期传统美术史观的现代转型》，《南京艺术学院学报》（美术与设计版）2009年第1期。

绪 论

绘画的意境》一文中的个别观点，没有对伍蠡甫的画论研究及其学术思想进行深入探讨。

此外，还有几位在伍蠡甫生前曾有共事经历的学者撰写的文章也值得珍视。曾供职于复旦大学档案馆的杨家润先生撰写的《伍蠡甫先生的绘画艺术》一文，把伍蠡甫的绘画创作时期分为三个时期，探讨了不同创作时期伍蠡甫的绘画艺术呈现的特点：第一时期为20世纪20年代初至30年代末，这是伍蠡甫认真学习传统技法、研究中国画论打基础的时期，其画偏重于传统风格；第二时期自20世纪40年代初至"文化大革命"时期，其绘画及绘画理论偏重于革新一路，他将西方美学与中国画论，东西方民族审美差异作比较，欲寻找拯救古老中国山水画的良方而倡导将现代事物搬进山水画；第三时期为改革开放至20世纪90年代初，伍蠡甫对前一时期的绘画作了反思，追求线条的拙朴简古，意境的静穆幽深之艺术境界。[①] 从文中的论述内容和反映的历史细节来看，该文作者对伍蠡甫的生活经历和绘画艺术成就进行了较为完整的描述和勾勒。由于该文以回忆性论述为主，因此作者无意进行过多学理性探究，但是文中所述伍蠡甫的生平事件，为本书的撰写提供了部分参考。

复旦大学历史系邹振环教授对伍光建、伍蠡甫父子的历史活动曾给予特别关注。他曾撰写的《伍光建、伍蠡甫：两代文化名流》[②]《伍蠡甫创办黎明书局》[③]《赛珍珠作品最早的译评者伍蠡甫》[④] 等文，对伍蠡甫在外文翻译、创办书局、小说译介等方面的成就进行了介绍。尽管上述文献并非偏重文艺理论方面的探

---

① 参见杨家润《伍蠡甫先生的绘画艺术》，《复旦学报》（社会科学版）1999年第6期。
② 邹振环：《伍光建、伍蠡甫：两代文化名流》，《世纪》2003年第2期。
③ 邹振环：《伍蠡甫创办黎明书局》，《民国春秋》2001年第4期。
④ 邹振环：《赛珍珠作品最早的译评者伍蠡甫》，《中国翻译》2003年第3期。

讨，但作者对伍氏父子历史活动的掌握，为笔者考证伍蠡甫的部分生平活动提供了有价值的史料信息。另外，丁羲元的《伍蠡甫先生及中国画论研究》、①程介未的《伍蠡甫的〈欧洲文论简史〉》、②陈炳的《著名画家伍蠡甫情系辞书》③等文，分别从不同角度展示了伍蠡甫在中国画论、西方文论和辞书编撰等方面的活动和贡献，都为笔者的研究提供了有益的参考和借鉴。

在考察和掌握了与伍蠡甫研究直接相关的文献资料和研究现状之外，笔者还对与该论题密切相关的西方文论、中国画论等领域相关问题的研究现状进行了了解和把握。

西方文论在中国的译介、传播、接受及其对我国文论建构与发展产生的作用和影响，是改革开放以来我国学界普遍关注的重要问题之一。21世纪以来，这一研究领域取得了较为丰厚的成果，其中的专题研究成果多以出版专著和博士学位论文为载体。既有宏观历史轨迹的描述，也有西方理论流派或文论家的"接受史"个案研究。前者如杜书瀛、钱竞主编的《中国20世纪文艺学学术史》、代迅的《西方文论在中国的命运》、曾繁仁主编的《中国新时期文艺学史论》等；后者的个案研究中，就笔者查阅的资料显示，在中国文论发展历程中产生较大影响的西方理论流派和代表性文论家已得到许多研究者的关注。但是，自近代以来，随着西方文化传入中国呈不断深入之势，目前国内学术界关于西方文论译介传播的影响研究远未达到应有的细致深入程度。介于宏观通史描述与微观个案研究之间的分时段、多侧面的专题研究有待开展，其重要意义正如有学者所指出的，"对于当前我们建设有中国特色的现代文艺学来说，古代的传统和经验固然重要，但是本世纪以至上个世纪中、下半叶

---

① 丁羲元：《伍蠡甫先生及中国画论研究》，《美术史论》1984年第3期。
② 程介未：《伍蠡甫的〈欧洲文论简史〉》，《文艺研究》1985年第6期。
③ 陈炳：《著名画家伍蠡甫情系辞书》，《出版史料》2011年第4期。

的传统和经验则更加直接,影响也更加强烈和深刻"。其研究的重点在于,"梳理中华民族自近代以来、特别是百年以来文艺学的研究脉路、研究历程和研究成果,总结经验教训,弄清前人已经做了些什么,根据当前现实的要求,我们在前人已经作过的基础上还应该和能够做些什么"[①]。比如"十七年"期间的西方文论译介情况,改革开放以来我国高等教育领域《西方文论》课程的教育教学情况,以伍蠡甫为代表的文论翻译家的活动、成就及其影响等,这些事关中国文艺理论发展史和西方文艺理论传播史的"历史细节"和"研究空白"都有待填补充实。

20世纪的中国美术研究,同21世纪中国社会一样,发生了重大捩转。研究队伍的壮大,研究领域的扩展,研究方法的更新以及取得成果的显著,都是前所未有的。就美术理论研究领域而言,既有对美术现状及发展趋向的评论,也有对美术美学的基础理论和美术史论的研究。面对当下中国的美术理论与评论中出现的"宏大叙事""堆砌大词"等浮躁现象,许多学者呼吁理论家和青年学者应该静下心来研究历史与现实,脚踏实地,"多研究些问题,少提些主义",认真研究国内外的当代文化现象与文化理论。其中,除了应加强美术理论针对当下的文化评论功能之外,有学者特别强调,"虽然研究文化发展的历史和规律很重要,对西方文化的宏观研究也是必要的借鉴,但是对中国美术进行文化评论,必须立足于中国美术的历史与具体作家、作品,在这一过程中,有必要对20世纪近现代美术史的重点(事件、人物、作品等)进行研究梳理,因为这与我们的当代美术发展有着直接的文脉延续"[②]。这也正是本书

[①] 杜书瀛:《研究"中国20世纪文艺学学术史"的意义》,《扬州大学学报》(人文社会科学版)2000年第1期。

[②] 殷双喜:《从社会评论到文化评论:对中国美术理论与批评的再思考》,《艺术生活》2013年第2期。

选取伍蠡甫作为研究对象的目的和初衷所在。

根据对现有相关文献的掌握和分析，笔者认为关于伍蠡甫文艺美学思想的研究，以及与他关联的文艺理论问题，仍有许多具有学理价值的课题有待深入开掘。关于目前国内有关伍蠡甫的研究现状，除了前文逐篇论述的内容之外，还存在较为突出的共性问题和薄弱环节，即现有研究成果大多只征引伍蠡甫20世纪80年代论著的观点，而对其在20世纪三四十年代期间的论题、观点及思想观念关注不多。笔者认为，恰恰是这些研究论题是伍蠡甫日后学术思想的灵感来源和思想母题，学界只看到远流而忽视其源头的研究，是对伍蠡甫学术研究原创性和问题意识的时代性的遮蔽和割裂，不利于对伍蠡甫的思想缘起、发展脉络和时代贡献予以合理的认识、理解和判断。

三　研究目标与研究方法

（一）研究目标

一是结合相关史料文献和前人研究成果，对伍蠡甫的生平活动、学术研究历程及学术成果进行整全贯通式的爬梳和整理。以史料文献为支撑，重构伍蠡甫学术研究和实践活动的发展历程，探究其在不同历史阶段的主要学术贡献和学术影响。

二是对伍蠡甫的现代文学观念、西方文论编译思想与成果进行分析和评价。依据伍蠡甫在外国文学翻译、西洋文学史研究、西方文论译介的文献著作，结合所处时代和社会历史语境、前人相关研究成果，对伍蠡甫在上述领域的历史贡献、治学方法、学术思想以及局限性给予总结、分析和评价，为当代相关领域的学术研究提供参考和借鉴。

三是结合伍蠡甫的中国画论研究成果，对其研究成果的研究方法和学术价值进行分析和评价。主要将伍蠡甫在20世纪三四十年代和80年代撰写的画论著作放置于当时的学术语境中予以审视和评价,在与相关学者及其相关研究成果的比较分析中,辨析伍蠡甫画论研究的特色及其学术史意义。

(二) 重点和难点

一是生平活动方面。尽管已尽力收集,但受时间、精力和文献缺失等制约,笔者只能根据现有的文献资料对伍蠡甫的生平活动以及学术历程进行整理和研究。特别对其在新中国成立前的生平活动史料和学术研究成果进行了努力收集和考证,以期较为完整地呈现其人生历程和学术成就,从而形成较为详细、准确的伍蠡甫生平活动年表。

二是伍蠡甫西方文论编译思想研究。该论题的主要研究对象有:直接反映伍蠡甫个人有关西方文论研究思想的著作,主要是他在20世纪80年代编著的《欧洲文论简史》以及相关学术论文和书籍序言。此外,尽管《西方文论选》是20世纪60年代集体智慧的结晶,但由于伍蠡甫作为该书的主编,对于该书目的确定、篇目的校阅审定以及作家、文论家评价等方面具有主导性作用,而且对该书的研究对于我国当代文论教学与研究依然具有现实意义,所以笔者也将该书作为其西方文论编译思想的分析对象。由于上述著作涉及漫长的西方文论发展史,而且这些著作产生于我国较为特殊的政治环境和社会历史年代,对这些文献进行语境化研究,还需要历史、政治以及文化心理等方面的学识素养,由于个人能力和理论修养等原因,笔者仅选取了伍蠡甫论著中较有代表性和典型性的论题及相关问题进行分析研究,可能在具体阐释中存有不足和缺憾。

三是伍蠡甫中国画论研究成就与方法。伍蠡甫在中国画论研究领域的学术成果涉及美术史、画论史、美学史、国画创作技法、历代画家及作品等诸多内容。为了梳理勾勒出伍蠡甫画论研究的发展历程和主要学术成就，笔者对伍蠡甫的画论研究著作进行了认真研读和分析。此外，为了探讨伍蠡甫画论研究的特色与贡献，还就相关论题涉及的其他学人著作进行了对比分析。笔者尽力呈现伍蠡甫中国画论研究的基本样貌和主要观点，分析总结其画论研究的方法论特色。但由于本人知识结构所限，在艺术作品分析、绘画理论阐释等方面仍需继续加强、提高和深化。

四是鉴于伍蠡甫在西方文论和中国画论研究方面均有建树，为了对伍蠡甫的文艺美学思想进行整体贯通研究，需要同时对其在上述领域的著述成果进行细致研读和分析阐释，这就对研究者的知识储备、学术素养提出了很高的要求。因此，对其中所涉及的学术问题、专业理论和史料文献的思辨、解读与分析成为研究的重点和难点。尽管笔者在导师的指导下已全力以赴，但囿于个人学养能力和时间精力，在诸多方面仍有待提升。

（三）研究方法

本论题的研究涉及人文学科的多个领域，如文艺学、艺术学、历史学、翻译学等；同时，本论题在内容上既有理论阐释，还有艺术风格学分析和美学鉴赏等，这就决定了研究方法的多样性。总结起来，主要有以下四个维度：

一是历时分析与共时分析相结合。既要将伍蠡甫的学术成果及学术思想置于历史语境中进行审视和定位，又要追根溯源，探究其学术思想与理论方法的来源。

二是宏观把握与微观分析相结合。既要对伍蠡甫学术研究涉及的领域、论题做整体宏观上的把握和认识，又要对其具体的理论观点、研究方法做文本细读和微观分析。

三是比较研究法。对伍蠡甫学术成就和历史贡献的评价，需要通过与其前代及同时代学者进行比较，凸显其学术研究的特色、价值和意义。

四是史实梳理与理论阐释相协调。本论题的研究，一方面需要根据伍蠡甫的生平活动及其相关史料进行考证和梳理；另一方面还要对他在相关领域的研究成果进行阐释分析，努力做到论从史出、严谨规范。

第一章　伍蠡甫的"世界文学"观念与实践

　　伍蠡甫的人生志向及其事业起点与他所受的家庭启蒙密切相关。其父伍光建一生的外文译介事业为他树立了为学做人的榜样，为他认知世界历史与文化提供了途径和视野，使初入社会的伍蠡甫，自始就善于以世界背景为参照，洞察中国形势，思考中国问题。这也为他早年"世界文学"观念的形成和之后比较文化思维的运用，奠定了必要的思想基础。

　　入职大学后的伍蠡甫显示出成熟而清晰的职业生涯规划。他择定外文翻译作为事业起点和学术基石，希望通过传播外国文化经典为国民启蒙和社会进步提供精神食粮。他与志同道合者共创书局，通过译介外文经典、编撰教材、发行图书杂志等途径，普及传播中外先进思想文化。由他编著的西洋文学名著精选和文学鉴赏图书多次再版发行，被多所学校用作英文课本，对培养青年学生的经典阅读意识、鉴赏西洋文学和开展学术研究起到了良好的促进作用。由他主编的《世界文学》杂志，突出世界眼光和多元视角，译载作品的国别区域广泛，体裁形式多样，选译作品精良，为培植新文学的发展提供了助力和养分。他积极投身20世纪30年代文化建设与爱国救国运动，表现出知识分子理性独立的思想立场和坚定诚挚的爱国情怀。

第一节　创办黎明书局与早期文学译介

　　伍蠡甫出身于书香门第。其父伍光建（字昭扆，1867—1943）是晚清民国著名的翻译家，一生阅历丰富，成就卓著。其母吕韫玉（字慎宜）是安徽名儒吕增祥（号秋樵）之长女，端庄贤淑，治家以严。育有三男两女。子即周甫、况甫、蠡甫；女为孟纯、季真。[①] 伍光建十三岁考入天津北洋水师学堂，以优秀成绩毕业。水师学堂总教习严复特奏请清廷派他去英国格林威治皇家海军学院深造五年。后转至伦敦大学，攻读数学、物理、化学，余暇研读英国文学和西方历史，毕业成绩名列前茅。1892年回国后到北洋水师学堂任教，并开始钻研文、史、哲诸典籍。甲午战争期间，由塘沽避居上海，受盛宣怀聘为上海南洋公学（即交通大学前身）总提调，抽暇自编力学、水学、气学、磁学、声学等理科教材，经学部大臣审定为中学教科书。受商务印书馆邀请撰写《英文范纲要》《英文习语辞风俗》《西史纪要》等教科书，流行颇广。甲午战争结束后，随清廷驻日使馆参赞吕秋樵东渡日本襄理洋务。1898年，汪康年在上海创办《时务日报》（同年更名为《中外日报》），伍光建应约撰稿，以白话翻译外国文学作品，成为晚清民国从事白话翻译的开拓者之一。1904年，随载泽等五大臣考察欧美各国宪政，任出洋考察政治大臣头等参赞。1911年，与张元济等发起组织"中国教育会"并任副会长。1912年后，历任财政部顾问、盐务署参事、复旦大学教授等。1929年，随伍朝枢任

[①] 参见伍季真《回忆前辈翻译家、先父伍光建》，中国人民政治协商会议上海市委员会文史资料委员会编，《上海文史资料选辑》1992年第69辑。

驻美公使馆秘书。1931年回国，寓居上海，专事翻译工作。伍光建的译作以小说为最多，其次是历史和传记名著，其毕生所译文学、历史、哲学等著作130余种。①父亲的渊博学识和丰富的人生经历对子女的教育成长影响至深。伍家五个子女都曾从事外文翻译并有自己的研究专长。长子伍周甫是我国早期摄影团体"光社"的主要创始人。次子伍况甫曾在复旦大学外文系任教，译有多部自然科学专著，酷爱京剧。②两个女儿伍孟纯、伍季真是我国女性儿童文学创作先驱。

  伍蠡甫从小学到高中的教育多是在美国在华开办的教会学校完成，家庭教育与学校教育使他从小就接受着东西方文化共同的熏染。③随着年龄的增长和思想认识的不断深入，他从其父亲丰赡的译作和新奇的海外见闻中，不仅领略到世界的广博丰富，认识到欧美发达国家在政治、经济、军事、教育等方面的优越与先进，而且高度认同父辈一代晚清译者"取法域外"的文化策略。他深感文化教育和图书出版在传播新知、革新思想、改造社会方面所产生的潜移默化作用，于是在大学毕业后的择业过程中，决

---

① 胡适评价伍光建译作："我以为近年译西洋小说以君朔（伍光建笔名）所译书为第一。君朔所用白话，全非钞袭旧小说的白话，乃是一种特别的白话，最能传达原书的神气。其价值高出林纾百倍……故我最佩他。"茅盾谈伍光建译《侠隐记》（《三个火枪手》）、《续侠隐记》："我在商务印书馆编译所那时（注：1923年）正在标点伍光建的大仲马的《侠隐记》和《续侠隐记》。伍光建的译本删节很有分寸，务求不损伤原书的精彩，因此书中人物个性鲜明，说话的腔调也有个性；伍光建的白话译文，别创一格，朴素而又风趣。"参见《新文学史料》2010年第1期。

② 伍况甫（1898—1978）广东新会人，1920年毕业于圣约翰大学理科。早年曾在上海复旦实验中学、东亚中学、三吴大学等校任教，在商务印书馆任特约编辑。1946年任复旦大学外文系英语副教授。长期从事英语教学与翻译工作。译有《生物学史》《爱迪生传》《历史上的科学》《史前的地球》等。

③ 伍蠡甫自幼受到良好的家风浸染。据他回忆，其姊妹兄弟五人在家塾读书时，有一部教材是辜鸿铭编选的《蒙养弦歌》，父亲亲自讲授，反复强调散文写得自然而无斧凿痕方有韵致，韵致从声调、节奏中来，在这方面古体诗胜于近体诗。要多读多背古诗，文章将会写得流畅，朗朗上口。写好散文还可以锻炼译笔。参见伍蠡甫《伍蠡甫自述》，载穆纪光主编《中国当代美学家》，河北教育出版社1989年版，第249页。

定以此作为其事业的起点。1928 年，伍蠡甫受聘为复旦大学外文系教师，在从事教学工作之余，还致力于图书出版与文化传播。

受聘复旦教职的次年（1929 年），伍蠡甫与复旦大学孙寒冰等教授在上海共同创办黎明书局，从事外文译介及图书出版发行工作。黎明书局由孙寒冰担任总编辑，伍蠡甫任副总编辑。发起人还有上海《国际贸易导报》主编侯厚培、南京中央政治学校王世颖教授。由擅长事务管理的侯厚培任总经理，由其下属徐毓源担任实职工作，伍蠡甫负责文学方面的书稿，孙寒冰负责比较重要的稿件，孙的学生冯和法担任出版部主任，负责农业经济和农业科学方面的内容。① 书局出版发行的图书范围较广，涉及文学、历史、法律、经济、政治、社会、商业及自然科学等多学科门类，既有我国学者编著的学术专著，也有外国学者专著的译本。书局还出版面向小学、中学、大学的教材和教学研究专著，出版和代理发行期刊，如《世界文学》《经济学季刊》《外交评论》《中国农村》等。黎明书局在普及人文与科学知识、译介外国学术著作、传播思想文化、服务教育发展与社会进步等方面做出了积极的贡献。

作为黎明书局的副总编辑和文学类书籍出版事务的负责人，伍蠡甫注重发挥外国文学翻译在开启民智、培植精神等方面的积极作用，将提高读者的文学鉴赏水平作为提高国民素养的重要途径。他认为，提高读者的文学鉴赏水平首先要注重培养读者的文学识别能力。通过引导他们阅读大量的文学作品，激发读者的文学兴趣和探索冲动，促使他们"精神内向"、反观自身，主动去体会文学欣赏带给他们的心灵撞击和情感触动。再用"道德的前提"指示他们进行理性的鉴赏，从而使读者由文学欣赏生发出对

---

① 参见邹振环《赛珍珠作品最早的译评者伍蠡甫》，《中国翻译》2003 年第 3 期。

于人生的热爱,树立积极进取的生活态度和人生价值观。伍蠡甫对自己肩负的思想启蒙工作有着强烈的使命感,对文学的社会价值充满期许。他说:

> 文学的伟大,从来却不在它反映时代的能力,而端系于它在反映中所兼有的推进时代的功效——即对于新思想的努力。文学如能站在时代的前面,指示人生途径,使人顺着社会的进程,向前奔去,不复逗留在四面不通的思路上,那么,它终有相当的伟大。所以中国人如果也以领导时代的一个观点,来评价西洋文学,他自会有很多的收获。[①]

他认为文学的伟大并非满足于反映时代的能力,而贵在以新思想指示人生、推进时代。他希望国人将阅读和研究西洋文学,不只作为了解西洋社会状况的途径,更重要的是通过阅读西洋文学,把捉和理解"中国的现代性",通过借鉴西方的经验,探寻中国发展的出路:

> 西洋文学在各种不同的描写中,把一部西洋社会史赐予我们了!我们只要有预先安排的方法,一旦遇到触着西洋文学的机会,我们自可利用这机会,充实我们的经验和知识,进而认清中国的现代性,不致空发浮泛的人生高论,枉做现代的人了。设更退而以言中国的文学,这个现代性的把捉,也能确立将来的出路的。[②]

[①] 伍蠡甫:《西洋文学的赐予》,载《西洋文学名著选》,黎明书局 1932 年版,第 17 页。
[②] 伍蠡甫:《西洋文学名著选》,黎明书局 1932 年版,第 18 页。

第一章　伍蠡甫的"世界文学"观念与实践

为了践行自己"借镜西洋文学，把捉中国现代性"的文化理念，20世纪30年代，伍蠡甫在黎明书局陆续出版的"英汉对照西洋文学名著译丛"、《西洋文学名著选》《西洋文学鉴赏》中担任主编工作。尽管"五四"以来至30年代末的中国图书出版界一度掀起了以"名著"为名，"赶造"各种"丛书"的热潮，[①] 但从伍蠡甫主持编译的上述译丛来看，可以见出他在名著甄选、译作质量和编译方式上的良苦用心。在"英汉对照西洋文学名著译丛"出版的第一批12部译著中，伍蠡甫翻译了卢梭的《新哀绿绮思》、歌德的《威廉的修业时代》、小泉八云的《阿密士和阿密力士》，与鲍思信合译了卢梭的《忏悔录》和托尔斯泰的《忏悔录》。这套"译丛"还包括雨果的《悲惨世界》（伍光建译）、莎士比亚《暴风雨》（余楠秋、王淑瑛合译）、屠格涅夫的《阿霞姑娘》（席涤尘、蒯斯曛合译）、哈代的《富于想象的妇人》（顾仲彝译）等。[②] 尽管"译丛"采用的译作底本大多是英译本而不一定全部采用作家原语种版本，但编者特意采用"英汉对照"的方式排版，并以长篇序言对作家思想、时代背景和作品内涵进行介绍，一方面满足了普通读者通过阅读汉译本欣赏外国文学名著的需求；另一方面也为英语学习者对照英译本研究外国文学提供了良好的途径。

1930年3月，孙寒冰、伍蠡甫合编的《西洋文学名著选》由黎明书局出版发行。该书精选西洋文学名著英文原文30余篇，分为"英译文学""英国文学""美国文学"三个部分，每篇选文之前均有短序简介。自1930年3月首版发行2000本后，一年内再版三次，发行4000余册。该书在当时被30多所学校用作英文

[①] 参见李今《20世纪中国翻译文学史（三四十年代·俄苏卷）》，百花文艺出版社2009年版。

[②] 参见《书讯》，《世界文学》1935年第6期。

课本,"用作课本的学校,都认为本书极能促进学生了解英文的能力、阅读英文的兴趣和他们对于文学之爱好。本书也是自修英文者代价最低的良伴;而爱好文学之士,手此一卷,更远胜读那一般形骸仅存的中译文学"①。

1931年11月,孙寒冰、伍蠡甫又合编了《西洋文学鉴赏》。这本书精选西洋历代文学名家代表作品28篇,始于荷马的《伊利亚特》《奥德赛》,止于罗曼·罗兰的《米勒传》,包括古典主义、浪漫主义、自然主义、唯美主义、新理想主义②等古今各派代表作品。每篇均有序文,介绍时代精神、作家思想、选作意图、历代名家批评等内容,篇尾附有简明注释。二人合作编撰西洋文学鉴赏类图书,显示出他们身为大学教授,在积极传播外文经典、提高国民欣赏品位方面的责任感和使命感。他们编著的西洋文学名著精选,对鼓励读者阅读英文原著、提高青年学生的英语阅读水平和文学鉴赏能力起到了积极的推动作用。20世纪40年代就读于复旦大学中文系的李宁先生在回忆录中写道:"当时教我们二年级英文的是徐宗铎先生。他是外文系教授,专教中文系二年级英文。他使用的课本是著名学者孙寒冰、伍蠡甫两位先生合编的《西洋文学鉴赏》。……我对这门课非常感兴趣,大开眼界。……当时任外文系'西洋文学批评'课的是伍蠡甫教授,(他是)英国留学生……《西洋文学鉴赏》书中序言和注释部分均出自伍蠡甫手笔。……他翻译有卢梭的《新哀绿绮思》(*The New Heloise*),我在学习大学二年级英文的同时,曾将'*The New Heloise*'全文通读,对我在学习写作上,影响极为深远"③。

---

① 孙寒冰、伍蠡甫:《书讯》,载《西洋文学名著选》,黎明书局1931年版,扉页。
② 伍蠡甫将罗曼·罗兰视为"新理想主义"代表人物,详见《西洋文学鉴赏》之《总论》,第7页。
③ 李宁:《蜀山湖集》,安徽教育出版社1993年版,第93—108页。

第一章 伍蠡甫的"世界文学"观念与实践

在主持编译文学名著译丛之外,伍蠡甫还自选翻译了许多历史、文学类经典著作。20世纪三四十年代,由他翻译的历史类主要译著有:《上古世界史》《中古世界史》(与徐宗铎合译)等。[①]文学类主要译著有:吉伯斯的戏剧《合作之胜利》,卢梭的《新哀绿绮思》,赛珍珠的《福地》(《大地》)、《儿子们》(《大地》续篇),歌德的《威廉的修业时代》(《威廉·麦斯特的学习时代》)、《浮士德》(故事梗概),伯格曼等著《瑞典短篇小说集》,泰戈尔等著《印度短篇小说集》,雪莱的《诗辩》,欧·亨利短篇小说集《四百万》,高尔基等著《苏联文学诸问题》(与曹允怀合译)、《文化与人民》等。上述外文译作,不仅反映出伍蠡甫在文史领域的广泛涉猎和文学欣赏旨趣,而且为我们考察其早期文学观念与学术思想状况提供了关联线索:

其一,对上古、中古世界断代史著作的贯通翻译,使他加深了对世界文明演进历程及其发展规律的认识和理解,也为他审视和思考中国的历史和文化提供了参照背景和历史镜鉴(或许也是他在完成世界通史翻译当年,投身创办《世界文学》杂志的主要动因之一)。这套世界通史著作所运用和反映的"鲁滨逊新史学派"历史观点,[②] 为他在学术研究中冲破以政治史研究为中心的旧史学传统,综合运用多学科的研究方法分析历史提供了观念与方法上的指导。这在他于20世纪40年代对中国画论史和80年代欧洲文

[①] 《上古世界史》《中古世界史》由美国史学家卡尔顿·海斯(Carlton J. H. Hayes)、帕克·托马斯·穆恩(Parker Thomas Moon)合著。

[②] 这套世界通史包含上古、中古、近代世界史三部,作者海斯和穆恩同属于"鲁滨逊新史学派"成员。该学派由美国现代史学大师詹姆斯·哈维·鲁滨逊及其同事和弟子组成,在20世纪上半期主宰美国历史学研究,成为西方历史学的主流,影响到中国现代历史学的发展。"鲁滨逊新史学派"强调史学研究应涵盖整个人类既往活动,主张综合采用人类学、宗教学、心理学、社会学等多学科方法研究历史,注重历史的社会功用,强调历史为现实服务。参见张广智主编《20世纪中外史学交流》,北京师范大学出版社2007年版,第1240—1257页。

论史的研究著述中所体现出的宏阔视野和旁征博引可作观取。

其二，他对卢梭、歌德等人名著经典的译介，促进了法国、德国文学在中国的传播。[①] 他对瑞典、丹麦、挪威、印度等欧亚国家短篇小说的译介，在着力增进国人对北欧、印度等民族文学了解的同时，[②] 也寄托着他对建设中国新文学与世界文学的希望和构想。他在《印度短篇小说集·译者序》（1936年）中坦言，他从印度叙事散文的园地中，选译寓言故事和现代小说，"不仅着意于探寻一个民族文学的精美形式"，更欲使读者"见出印度人思想形态的递嬗"。他从印度女诗人奈都的诗作中感受到了令人兴奋的力量，并预言久居英国殖民统治下的"印度是已在觉醒的民族，只待一股激荡的精神，越过了泰戈尔或甘地所铸的范畴，便可谈得到向上的发动"[③]。他的这般"从民族文学中见精神"的迫切感，与他1934年创办《世界文学》杂志时的初衷是一以贯之的。

其三，出于对世界文坛动态的敏锐捕捉和对提高文学创作品质的不断追求，伍蠡甫在着力翻译外国文学作品的同时，还注重外国文艺理论的译介。他在1935—1937年翻译了曾经影响19世纪20年代英国诗坛的两篇重要诗论：英国诗人皮科克（T. L. Peacock）的《诗的四个时代》（*Four Ages of Poetry*，1820年）和英国诗人雪莱（Percy Bysshe Shelley）反驳前文的论辩诗论《为诗辩护》（*Defence of Poetry*，1821年），为当时的中国文坛分别奉献了上述两篇诗论

---

① 1917—1937年，我国对法国文学、德语文学的翻译状况。参见查明建、谢天振《中国20世纪外国文学翻译史》（上卷），湖北教育出版社2007年版，第192—193、224—226页。

② 分别参见石琴娥《北欧文学论》，上海社会科学院出版社2015年版，第239—240页；参见郁龙余、刘朝华《中外文学交流史》（中国—印度卷），山东教育出版社2015年版，第535页。

③ 伍蠡甫：《印度短篇小说集·译者序》，商务印书馆1936年版，第1—3页。

的"第一个完整的中文译本"①。他与曹允怀合译的《苏联文学诸问题》（1937年），②是我国较早全文发布1934年第一次全苏联作家代表大会报告内容的书籍，③它的出版使我国文学界人士得以一窥苏联第一次作家大会的概貌，也扩大了此次大会确立的"社会主义现实主义"创作方法的传播范围。④他翻译的高尔基文学评论和政论杂文集《文化与人民》（1943年），⑤促进了高尔基的作品及其思想在中国的传播，也对他自己的文学观念和文化价值观念产生了影响。他于20世纪三四十年代对中国绘画意境创生的思想文化根源、文艺创作中的文艺倾向性、典型化创作手法等问题的研究，就体现出他对历史唯物主义和马克思主义文艺理论的自觉运用。

伍蠡甫自己从外来文化的译介活动中获益良多，他更希望借助翻译西洋文学为新文化与新文学的建设提供新的元素。他指出，"现代中国文学的颓萎靡荡是当民族不振、文化枯竭，新入潮流还未被调整的时期中应有的现象。不过中国既已踏进国际关系日趋严密的世界，决不再是'天朝'、'上国'；那么在日处忧患、饱受刺激之时，事事必取新的出路，文学当然也不

---

① 张静：《诗的现代意义何在？——雪莱〈为诗辩护〉在中国（1905—1937）的反响》，《中国现代文学研究丛刊》2015年第7期。伍蠡甫的两篇译文：皮科克：《诗之四阶段》，伍蠡甫、曹允怀合译，《世界文学》1935年第1卷第6期；雪莱：《诗辩》，伍蠡甫译，商务印书馆1937年版。

② 伍蠡甫与曹允怀合译的《苏联文学诸问题》收录了1934年第一次全苏联作家代表大会的报告以及相关决议案，包括高尔基所作《苏俄的文学》、拉狄克所作《当代的世界文学和普罗艺术的任务》、布哈林所作《诗、诗学和苏俄之诗的问题》和《对于高尔基的报告马夏克的副报告及各民族共和国文学之报告的决议案》等。

③ 参见苏畅《俄苏翻译文学与中国现代文学的生成》，社会科学文献出版社2013年版。

④ 参见汪介之《别求新声：汪介之教授讲比较文学及中俄文学交流》，中央编译出版社2014年版。

⑤ 《文化与人民》收录了高尔基自1905年到其逝世的1936年期间的文艺评论及政论杂文共18篇。

是例外"①。他充分肯定了"五四"文学革命以来新文学建设取得的成就：白话文学的兴起、西洋文学的推崇、文学园地的拓展、文学意识的新活动等。关于今后新文学的发展，他认为不仅要有新的鉴赏，更要有新生活的创造，要以批评的态度助其发展：

> 在文学的活动上，鉴赏不仅是读者之事也是创作者之事；不过前者以鉴赏为目的，后者以鉴赏为一种的手段。现代中国文学的鉴赏应分内、外两向：内向的对象是纯粹的中国旧文学；外向的对象是西洋文学。不过，最要紧的，在一般的言之，前者应先于后者。②

伍蠡甫对当时的文学鉴赏活动进行层次区分实有必要：如果说一般读者是以文学鉴赏为目的，那么作者和学者的文学鉴赏绝不能仅仅满足于此，而应以文学创新的高度和目标，不断通过新的鉴赏以提高文学创作和文学批评水平。他着重强调对"纯粹的中国旧文学"的鉴赏要先于"西洋文学"，其原因在于：

> 国人对于西洋的一切，好像欢迎太过，已失选择的能力了。讲句离题的话，一切所谓新式的享用都是原班不动地从西洋直运过来；即在可能的情势中，也不愿意用自己的力量先去做适应国情的模造，然后再享用。这种专享现成的"新文化"就像一个东方人，穿上西装，身体不能挺立，头脑还是三代以上的。在文学上又何尝不是如此呢？大家一样喜欢

---

① 伍蠡甫：《总论》，载孙寒冰、伍蠡甫《西洋文学鉴赏》，黎明书局1931年版，第12页。
② 伍蠡甫：《西洋文学鉴赏》，黎明书局1931年版，第13页。

第一章 伍蠡甫的"世界文学"观念与实践

走浮滑的路,对于西洋文学推崇备至,毫无鉴别地吞了下去。甚至大家只认牌号,只要不是国货,便都值得一观。结果弄到洋味太浓,中国旧文学竟被一笔勾销了。这种话并非排外,更非守旧,只不过说明现代中国文学活动中的一个现状。①

针对国人对待西洋事物,尤其在对待西洋文学时不加选择、理解、改造,就盲目推崇、直接搬用的做法,伍蠡甫给予了严厉的批评和讽刺,显示出文艺理论批评家直面文坛弊病的胆识与气魄。处在西方文学理论与文艺思潮"即时同步"影响下的当代中国,伍氏的这段批评话语已不仅仅"只不过说明现代中国文学活动中的一个现状",对于当下我国学术界盲目"崇洋"的类似现象亦有重要的警示意义。

其实一个民族既有长期的历史,和几千年的文学,从民族自身看去这文学就应该始终认为是个珍贵的宝库;只可为了适应潮流把它重新估价,哪有妄自菲薄、一齐弃掉的道理。并且任何民族总有几页光荣的历史,堪做文化的基石,我们认识这几页之后,牢记不忘,那么才觉得我们这民族有足自尊贵的地方。民族有了这对于过去的爱慕,才会有对于目前和将来的努力。②

这些写在《西洋文学鉴赏》篇首的话语,显示出伍蠡甫在广泛译介西洋文学经典的过程中持有的坚定明晰的文化观念和文学

---

① 伍蠡甫:《西洋文学鉴赏》,黎明书局 1931 年版,第 13—14 页。
② 伍蠡甫:《西洋文学鉴赏》,黎明书局 1931 年版,第 14 页。

观念。他始终将学习西洋文学作为"充实我们的经验和知识,进而认清中国的现代性"的机会,只有经过国人的主动选择甄别,"先去做适应国情的模造,然后再享用",方能实现对"这个现代性的把捉,也能确立将来的出路"。在他的文学观念中,西洋文学是建设中国新文学的外来助力和借鉴参考,本民族的文学传统是始终应予珍视的文化宝库和文学遗产,也是建构现代中国文化主体性的重要根基。

《西洋文学鉴赏》出版之际,正值"九一八"事变爆发后的两个月,国难当头,伍蠡甫却表现出学者的理智和勇者的镇定。他在该书的"总论"中写道:"执笔之时,国难正殷,我们要借'多难兴邦''国有强邻,国之福也''国无敌国外患者恒亡'这一类的话鼓励我们长期的努力。在文学上,我们也应该相信一堆爱国口号的文学只能唤起感情的反应,不能唤起理性的认识而持续之。……还须用内外兼修的鉴赏渐渐养成坚忍淳厚的人格!"[①]在此,伍蠡甫再次强调了自己关于文学鉴赏的"内外兼修"策略:充分汲取"诗经、诸子、唐诗、宋词、元曲"等优秀传统文化的精髓以达到"内在"修养的涵泳。同时,鉴于我国"和现代还隔开好远,我们还得走外向的路"。所谓"外向之路",就是要用"比较的眼光去看西洋文学,自有新的发现,新的认识,而这发现、认识因为是在内向工作相当完成之后才得到的,所以是有重心的,有意义的"[②]。可以看出,伍蠡甫所推崇的文学鉴赏,已经不同于传统文人面对旧文学时所采取的自娱自赏式的趣味鉴赏,而是以培养"坚忍淳厚的人格"为旨归的现代国民素养鉴赏。这种"内外兼修"的文学鉴赏策略,以扎实深厚的本国文化

[①] 伍蠡甫:《西洋文学鉴赏》,黎明书局1931年版,第15页。
[②] 伍蠡甫:《西洋文学鉴赏》,黎明书局1931年版,第14页。

传统为根基，通过广泛吸收外国优秀文化成果，不断发掘传统文化中可资利用的资源，又以"比较的眼光"发现和认识其他可资借鉴的养分，从而为建设新文学、发展新文化提供精神动力、塑造国民品格。这也正是伍蠡甫与其同道学人积极创办黎明书局、传播文化经典的追求和意义所在。

第二节 伍蠡甫的"世界文学"观念与20世纪30年代文学

五四新文化运动以来，现代出版为新文学培养了广大的创作队伍和阅读消费群体。"如果说五四新文学出版在很大程度上取决于出版者对五四新文化运动的'情感认同'的话，那么30年代的新文学出版则更多地建构起文学的生产方式和体制，引导和规约着新文学超越了个人和团体的独语状态而走向社会化生产。"[1] 在20世纪30年代的新文学出版图景中，一个突出的文化现象是1933年至1934年上海出版界出现的"杂志年"现象。据上海通志馆对上海出版的杂志数量的调查，1933年上海出版的杂志总数有215种，而到1934年，有人估计全中国约有各种定期刊物300余种，其中有80%在上海出版。在不断兴盛繁荣的定期刊物中，文艺杂志占据着较大的比例。

鲁迅先生在1934年9月16日创刊的《译文》第一卷第一期《前记》中写道，"读者诸君：你们也许想得到，有人偶然的一点空工夫，偶然读点外国作品，偶然翻译了起来，偶然碰在一处，谈得高兴，偶然想在这'杂志年'里来添一点热闹，终于偶然又

---

[1] 秦艳华：《20世纪30年代新文学出版"二重逻辑"的历史考察》，《山东社会科学》2007年第4期。

偶然的找得了几个同志，找得了承印的书店，于是就产生了这一本小小的《译文》"①。如果真如鲁迅先生所言，《译文》的诞生是在诸多"偶然"际遇中不经意"产生"的话，那么在其两周后的 10 月而创刊的《世界文学》杂志则应当并非出于"偶然"，我们毋宁相信它是一位"文艺青年"梦寐以求、精心开辟的一方"文学园地"。

1934 年 10 月，伍蠡甫在黎明书局创办《世界文学》杂志并担任主编。一份文学杂志就像播撒文明种子的园地。《世界文学》的诞生，承载着而立之年的伍蠡甫的文学梦想和社会责任感。在《发刊词》的开篇，伍蠡甫先以三句单行排列的有力话语置于正文之前，给读者以充满活力与希望的青春意象：

> 新生曙光射在二十世纪四十年代的世界。
> 浸渍于新情绪中的新文学亟待催生助手。
> 作为一个不仅表现当代而且计议未来的刊物要向亲爱读者商取有效的方法。②

简短有力的"开场白"道出伍蠡甫关于新刊定位的三个关键词："新文学""助手""读者"。《世界文学》决计要做推动新文学发展的得力助手；心怀高远，眼界宽广，既反映当代生活，又前瞻未来走向；文学革命的成效，端赖于作家与广大读者的共同努力。

在新文学的建设过程中，确立新文学的内涵准则、塑造新文学的内容与意识固然重要，伍蠡甫认为更为重要的问题在于，如

---

① 鲁迅：《〈译文〉创刊号前记》，载《集外文集》（下），浙江人民出版社 2002 年版，第 456—457 页。
② 伍蠡甫：《发刊词》，《世界文学》1934 年创刊号，第 1 页。

第一章 伍蠡甫的"世界文学"观念与实践

何处理好"旧有文学"与"当代文学"的关系,如何利用文学遗产建设"新生的任务"。相较于新文化运动期间个别倡导者全面否定传统"旧文化""旧文学"的片面激进观点,伍蠡甫的观点显示出唯物辩证的思想特质。他指出,"历史上没有纯新的东西。在每一个阶段里,新旧常是并存着。新的不能灭尽旧的成色,正如过去须作现在的前身,现在决定将来的一切"①。伍蠡甫显然注意到了文化发展的传承性和文学传统的延续性,而非某些人鼓吹的截然对立与断裂。他希望通过对新旧文学关系的学理辨析以及对文学现象和发展态势的具体分析,实现对新文学价值观念的确立起到真正的建设性作用。

新文化运动和文学革命开启的中国新文学,对文学观念的现代化提出了迫切的要求。它们将"重新估定一切价值"作为评判的基本态度,"既然是价值重估,就不是简单地否定,它对待传统当然要有否定和批判,但也必须有所肯定和继承","对传统文学的价值重估不仅可为建设新文学提供借鉴,而且对于文学革命本身也是必须进行的工作"②。伍蠡甫提出,"其实新文学所不应扬弃的,与其说是旧的或当代的文学,不如说是这种文学的读者。……探寻当代文学的特征和当代文学的阵容,乃是新文学前进的首要工作"③。他对推动新文学发展所应持有的意识、态度和方法,分别发表了自己的见解:

> 在意识上,新文学应该是世界的。它如果不以整个世界作为对象,便无从扩展读者的视域,提高他们的理解,而所

---

① 伍蠡甫:《发刊词》,《世界文学》1934年创刊号,第1页。
② 王瑶:《"五四"时期对中国传统文学的价值重估》,《中国社会科学》1989年第3期。
③ 伍蠡甫:《发刊词》,《世界文学》1934年创刊号,第2页。

谓个人在全人社会中得到充分发展的最高理想更无从宣扬了。换句话说，世界的意识最足强化他们对于动的历史的感应，扬弃他们所株守着的相当残废的文学。并且唯其有了世界意识，新文学乃能适应当代读者主要的、最新最强的思想动向，扶持当代一切最为前进的趋势。新文学须推展历史，才不失为极端有用的东西。①

晚清以降，由于救亡的迫切需要，强调文学的社会功用是那个时代文艺思想的主流。梁启超等人发动的"小说界革命"就把文学视为救国利器，提出了"欲新一国之民，不可不先新一国之小说"②的口号，他们有感于小说的广泛影响，企图把它直接施于治国安邦的目的，宣称"六经不能教，当以小说教之；正史不能入，当以小说入之；语录不能谕，当以小说谕之；律则不能治，当以小说治之"③。同样注重文学对社会的影响作用，但伍蠡甫与彼时梁启超等人的动机和立场却有实质上的不同。传统的封建文学思想家在对待文学问题时，其基本的出发点是满足统治者政治教化的需要，所以梁启超等人虽然在表面上强调了文学的地位，但由于受到封建正统文学观念的束缚，"小说在他们心目中仍然是一种'载道之器'，仍然是'道'的附庸，并未取得自己应有的独立性。"④而伍蠡甫从一开始就整体而系统地接受了西方近代以来把"人"作为文学思考中心的文艺理论，这就使他对"新文

---

① 伍蠡甫：《发刊词》，《世界文学》1934年创刊号，第3页。
② 梁启超：《论小说与群治之关系》，载黄霖、韩同文注《中国历代小说论著选》（修订版·下册），江西人民出版社2000年版，第41页。
③ 梁启超：《译印政治小说序》，载黄霖、韩同文注《中国历代小说论著选》（修订版·下册），江西人民出版社2000年版，第26页。
④ 罗钢：《历史汇流中的抉择：中国现代文艺思想家与西方文学理论》，中国社会科学出版社2000年版，第29页。

学"的期许跳脱出简单的新旧对立，立足于当时中国社会发展的现实需要，注重对新文学"世界意识"的重视和培养。

他期待具有"世界"品格的中国新文学对读者起到"扩展视域""提高理解"以至"推展历史"的作用。他将"个人在全人社会中得到充分发展"作为新文学的最高理想，不仅与胡适、鲁迅、茅盾、周作人等新文学运动先驱追求"人"的觉醒和解放、探讨"文学和人的关系"、提倡"人的文学"等理念一脉相承，而且他将新文学及其广大读者的文学视域从"一国之文学"语境，引入到"世界文学"的广阔疆域，促进了当时文学观念与思想境界的拓展和提升。

新文学如何对待"旧有文学"和"当代文学"？伍蠡甫谈道：

> 在态度上，新文学应该用十分温情主义去对待当代的、甚至以往的文学。因为进步须放在退步面前，才格外使人认识，使人同情。对于落后抑即打在过去中的一切，只有不加绝对排斥，不视剥那改辙前进的机会才可以引起退步在进步途中的作用，更何况退步的存在，对于进步本有相反相成的益处！所以进一步讲，新文学须别有一种方法，不过所谓方法者，并不是指一般艺术表现的方法，而是作为一种如何使文学致用的方法。①

伍蠡甫认为建设新文学应以"温情主义"的态度包容"当代的"和"以往的"文学，他的主张与陈寅恪的对古人之学说应有"了解之同情"，与钱穆先生对本国以往历史要有"温情与敬意"的治学主张颇为相似。在列强攻开国门、西学东渐日甚之际，伍

---

① 伍蠡甫：《发刊词》，《世界文学》1934年创刊号，第4页。

蠡甫没有像某些学者那样在治学过程中产生对强势文化的自卑情结，或者带有"厚西薄中"的治学风气，而主张以"十分温情主义"对待当代的、以往的文学。以"不加绝对排斥"的态度对文学遗产中的"进步"元素和"退步"表现进行认真谨慎的对比和分析，希望由此对新文学的进步产生"相反相成的益处"，这不失为一种具有"理性批判"意识的文化策略。但他对文学发展状况截然以"进步"和"退步"予以划分，未免有失熟虑。具有戏剧意味的是，伍蠡甫却曾对当时一些批评家把"前进""落后"的标签，用于评价某些作家而表达过不满。他于1936年2月6日发表在上海《申报·出版界》发表的文章《写作与出版（上）》，该文涉及鲁迅所译纪德的《描写自己》（载《译文》一卷二期），伍蠡甫认为纪德是"转型文人一类"，不适宜"一味地介绍他"；同时还就鲁迅在《题未定草（七）》中所表现的观点提出异议，非难当时"新"的批评家"硬把什么'前进'，'落后'等等加在某某作家之上"。以至于鲁迅在致友人的信中谈及此事道，"昨见《出版界》有伍蠡甫先生文半篇，始知伍先生也是此道中人，而卑视纪德，真是彻底之至，《译文》中之旧投稿者，非其伦比者居多。"[①] 面对文坛大家的译作，时年36岁的伍蠡甫在学术问题上敢于直陈己见，提出"异议"，勇气可嘉。可憾鲁迅先生辞世过早，未及对这位晚辈后生有更多了解，或许会对他的才华有新的认识。

　　新文学如何实现"文学致用"？伍蠡甫在此切中了新文学发展历程中的一个重要的观念性问题。20世纪30年代，中国革命的发展历程已逐渐由五四时期的思想革命转向社会革命。如果说20世纪20年代是个性解放的时代，30年代正逐步迈向社会解放

---

① 鲁迅：《致黄源》，载《鲁迅书信》（四），人民文学出版社2006年版，第22页。

第一章 伍蠡甫的"世界文学"观念与实践

的时代。文学艺术的价值追求也从对个人价值、人生意义的思考转向对社会性质、出路、发展趋向的思考和探求。这一时期文学观念的论争，呈现由文学革命提出的"人的文学"向革命文学、无产阶级文学的转变。正如有学者分析指出，"'五四'前后时期的文学观念，由于主导意向在于建立思想—新的新文学，长期注重的是文学的他律问题。当文学革命转入革命文学的讨论后，文学的自律问题，自身方面的特征、问题，更是严重地被忽视了，文学开始在超越他律，向政教型文学转化。"[1] 诚然，文学的确能反映阶级特征，但当时个别犯有"左派幼稚病"的批判者却把文学绝对地当成了阶级斗争的工具，使"艺术的批判"变成了"批判的艺术"。同时，某些左翼作家过分注重文学具有的宣传鼓动作用，而未能注重生活感受的抒发和作品的艺术水准，使得部分文学作品出现了标语口号式的倾向。

伍蠡甫对此提出了关于新文学艺术特征和创作观念的见解：

> 新文学为增进效能，有采取这末一个方法的必要：通过艺术的根本性，来实现健全的政治主张。这大概可以从两点去说明。第一，因为人生最高理想之一是人与人间的合理关系，新文学既是新生的一种潜化力，当然不能背离这个理想。然而现代健全政治的核心也已绕住了同一理想，所以新文学也就不能没有确定的政治主张。第二，因为文学乃藉美的形式（文字）以传达真实的感情和思想，来潜移读者、感化读者，唤起共鸣。并且，艺术最高效能，无有不是起于它的内容、形式两方面的均等努力。……所谓美的形式之必须齐备，

---

[1] 钱中文：《文学观念向他律的倾斜与越界——评20世纪30年代前后六七年间文学观念的论争》（下），《河北学刊》2005年第5期。

以及真挚情思之必须暗示而非明说,便是一般艺术共有的根本性,文学也不能缺少它。……所以,新文学不仅须有健全的政治主张,更应尽量发挥它和一般艺术所共有的根本性——这才是帮助实现人生最高理想的最有效的方法。……新文学的特征也可以说是一种类似对立的融合:它可以参照新的政论,却又不失艺术的感动力。[①]

之所以直接引用这段篇幅较长的论述,一方面是因为伍蠡甫在此较为完整地表达了他对新文学艺术特质的核心观点和建设主张;另一方面是因为这段文字中还蕴含了他对文学和其他一般艺术创作规律与审美规律的认识和见解。

首先,从艺术价值论的角度,伍蠡甫认为新文学作为一种推动社会进步的潜在动力,要与现代社会健全的政治理想相一致,要有助于"增进人与人之间的合理关系",所以"新文学不能没有确定的政治主张"。这种以"文学参与现实"为取向的价值观念与鲁迅、茅盾等"左联"作家的文学主张是一致的。这种文学价值观,"力求与中国现代具体的历史发展方向和实际进程相一致,以文学对人的发展和社会进步的作用来估价文学价值。它具体表现为将文学问题与当时的民族民主革命斗争联系起来,以群体的民众的'需要'作为'内在尺度'来确定文学价值目标。在30年代,它的主要特征是:以文学的特殊方式'说明'生活并对生活'下判断',对现在'应该怎么办'做出或隐或现的回答"[②]。伍蠡甫也正是以此观点将新文学与国人的现实生活和政治理想,建立起了最具体现实的价值关系。

---

① 伍蠡甫:《发刊词》,《世界文学》1934年创刊号,第4页。
② 程金城:《20世纪中国文学价值系统(1900—1949)》,敦煌文艺出版社1996年版,第83页。

第一章 伍蠡甫的"世界文学"观念与实践

其次，就艺术本体论而言，伍蠡甫认为"新文学不仅须有健全的政治主张，更应尽量发挥它和一般艺术所共有的根本性"，亦即"必须具备美的形式以及真挚情思的暗示而非明说"。他在此强调了内容与形式的"均等努力"对艺术水准的决定性作用。文学亦然。在他看来，思想充实而文字呆板，抑或文字生动而思想空泛，都不能产生感人的文学。"我们如果希望有好诗，先要希望有诗的生活，或生活的诗化。"① 因此他格外期望新文学能以美的形式（文字）传达真挚情思，从而"通过艺术的根本性，来实现健全的政治主张"。伍蠡甫兼顾文学的形式与内容、自律与他律的创作主张，对促进新文学创作实践中的纠偏，以及提高新文学的艺术品质是有指导和警示作用的。

在陈述了关于推动新文学发展所应具有的世界意识、温情主义态度、形式与内容兼顾的创作方法之后，伍蠡甫进一步提出了他所期待的"新文学的使命"和"世界文学"应有的作为：

> 新文学的使命是在帮助创造全人社会的一个世界，所以新文学又可名为世界文学。于是从各国文学的立场看去，这世界文学确是准备要凭它的意识、态度和方法三个特点（当然还不曾在文字上），向各国文学采取大包围。各国文学中前进的和退后的因素，将来如果感受到这些特点的作用，自会蒸发而成一个整体的。②

伍蠡甫在此直接将中国新文学命名为世界文学，既吐露出自己以《世界文学》创刊为新文学助力的迫切心声，也寄托了他对

---

① 伍蠡甫：《诗之理解》，《现代》1935 年第 6 卷第 2 期。
② 伍蠡甫：《发刊词》，《世界文学》1934 年创刊号，第 5 页。

新文学境界胸怀的崇高期许。他对歌德首倡的"世界文学"理念进行追溯并剖析指出,"歌德所谓'世界文学'(welt-literatur),并非指在世界各地发展着的文学或许多国民文字的总和……而是意识的、内容的整体,而不是形式的整体。他要从一片灿烂中总揽灵魂的真美"①。伍蠡甫批评歌德之后的学者对于"世界文学"的理解,大多只是围绕若干国民文学的概观和历史,作"量"的堆积,而欠缺"质"的融合,没有提倡或检讨各国文学内容中应有的"世界意识"。他回顾西方自现代以来,尽管逐渐有学者注意到这个问题的研究,比如莫尔顿(Richard Green Moulton, 1849—1924)②提出"与部分的总和完全不同的整体",但莫尔顿"只侧重于寻出一个原则或一种可能,来综合探究若干国民文学的形式体系,而这原则也并不可以当作那通过全人社会以观照文学的一个契机。这种研究毕竟没有发现文学用以批判人生的准则,若从今后的立场去解说,便是忽视了文学的政治作用"③。

伍蠡甫对莫尔顿观点的批评与郑振铎的观点不谋而合。郑振铎在《文学的统一观》一文中承认自己有关"文学统一观"的研究方法受到莫尔顿观点的影响,但他认为莫氏的文学统一观,"虽是较别的只是研究一国的文学、一个时代的文学、一个种类的文学或一个人的文学的稍为进步些,然而仍然是十分不彻底的。研究文学,就应当以'文学'——全体的文学——为立场,什么阻隔文学的统一研究的国界及其他一切的阻碍物都应该一律打破!"④ 郑振铎以"全体的文学"为立场的研究方法与伍蠡甫

---

① 伍蠡甫:《发刊词》,《世界文学》1934年创刊号,第5页。
② 莫尔顿(Richard Green Moulton, 1849—1924)英国学者,主要著作有 *Shakespeare as a Dramatic Artist* (1885),*World Literature and Its Place in General Culture* (1911),*The Modern Study of Literature* (1915)。
③ 伍蠡甫:《发刊词》,《世界文学》1934年创刊号,第5页。
④ 郑振铎:《文学的统一观》,《小说月报》1922年第13卷第8号。

第一章 伍蠡甫的"世界文学"观念与实践

"通过全人社会"观照文学的视角是有相通之处的。

同样是对"世界文学"的关注,茅盾是较早在五四文学革命中提出并确立"民族的文学"与"世界的文学"两个互通互动文学观念的先驱作家。他提出"文学家所负荷的使命,就他本国而言,便是发展本国的国民文学,民族的文学;就世界而言,便是要连合促进世界的文学。在我们中国现在呢,文学家的大责任便是创造并确立中国的国民文学"①。而对于"世界文学"的样貌,茅盾曾有过这样的设想,认为其"无非欲使文学更能表现当代全体人类的生活,更能宣泄当代全体人类的情感,更能声诉当代全体人类的苦痛与期望,更能代替全体人类向不可知的运命作奋抗与呼吁。不过在现时种界国界以及语言差别尚未完全消灭以前,这个最终的目的不能骤然达到"②。在中国文学整体向现代转型的五四文学革命激变期,茅盾能够明确提出"民族的文学"与"世界的文学",并对他们之间的相互关系进行具有辩证性和前瞻性的思想探索难能可贵。茅盾虽然没有对何谓"世界文学"的深广内涵给出具体的界说和阐释,但从上述引文中连续四个"更"字联结的话语中,却能体悟出他对"世界文学"的纲领式构想。可以将它视为"茅盾20世纪初叶置身于中国文学革命运动给'世界文学'这个历史命题所作的答案,充分显示出其文学观念的前瞻性,在中国文学向现代转换伊始便敏锐地认识到它必将与'世界文学'接轨,预测出中国现代文学的发展不能不同人类文学取同一步调"③。

茅盾和郑振铎在20世纪20年代提出的"世界文学"构想和

---

① 沈雁冰:《文学和人的关系及中国古来对于文学者身分的误认》,《小说月报》1921年第12卷第1号。
② 郎损(茅盾):《新文学研究者的责任与努力》,《小说月报》1921年第12卷第2号。
③ 朱德发:《"民族的文学"与"世界的文学"——论茅盾现代文学观的前瞻性》,《吉林大学社会科学学报》2015年第2期。

由此形成的现代文学观在身处 30 年代的伍蠡甫身上得到了延续和响应。在伍蠡甫看来,"世界文学"观念与其说是一个单一的概念,不如说是在意识、态度与方法等方面有待拓展和充实的文学发展模式。尽管"世界文学"观念的产生具有西方思想的背景,但伍蠡甫对它的运用并非对西方某一思想观点的简单复制和直接搬用,而是结合当时中国文学的现实需要和发展趋势做出的理论选择。这就使伍蠡甫的"世界文学"观念在 20 世纪 30 年代中国文学的现实语境中具有了独特的民族意识和时代特征,成为思考和推进新文学发展的一种重要的指导思想。他以"世界文学"观念对中国现代文学的审视和研判也由此展开:

> 在现代中国文学里,形式的、文字的一般化是一个大问题。此外,把内容纳入世界文学的领土去确立中国文学的面向,深化情思,泽润外貌,这也是一个大问题。尤其是从内容上讲,中国文学也正如中国其他若干问题,都须卷入世界的澎湃巨浪,才有相当的解决。[①]

伍蠡甫直言不讳地表达了对中国现代文学发展现状的看法,指出其在形式、文字与内容方面存在的问题,并对提升中国文学品质指明了向世界看齐的方向路径。文学固然是作家个体思想情志的表达,但一个国家的文学样貌更是展现这个国家人文生态、审美意趣的主要艺术形式。伍蠡甫意在强调,新文学不仅要重视语言形式的创新,而且要将文学的思想立意、题材内容、艺术表达提升至"世界文学"的场域中去创造和探索。这不仅使他的"世界文学"观念从意识、态度与方法的层面,具体切入到

---

① 伍蠡甫:《发刊词》,《世界文学》1934 年创刊号,第 6 页。

第一章　伍蠡甫的"世界文学"观念与实践

了文学创作和文学批评的实践层面,而且也为提升新文学的品格提供了观念指引。他呼吁中国的作家和文学批评家肩负起文学对于"有意义的生存"的使命,努力践行以下五个方面的内容:"第一,文学反映人生而又指导人生,抑即反映社会而又指导社会,所以创造批评须就文学本身看到'社会认识'的存在与必要。文学的观念较前扩大了,一位文学家同时也是一位社会科学家。……第二,文学既有处理全人社会的任务,所以不是没有政治的价值。但在实现这个价值的时候,文学要发挥它所具有的艺术根本性……第三,凡在现代人生的理解尚未净化之前,一面高唱人生艺术,一面反对文学的政治作用,都属矛盾的认识。至如不基于社会认识的论争,更是无聊之尤。第四,对于国内因为个人、社会(现实)间的关系而起的几种文学,几种人生观念,应抱挽回后退、推助前进的态度。第五,对于一般被目为中国文学的国粹以及外国的新旧作品,凡有背个人的社会存在的,都应予以排除"①。

伍蠡甫在当时提出文学创作和文学批评要起到增进"社会认识"的作用是积极适应时代需要的。随着20世纪30年代作家普遍政治意识的加强和对社会政治问题的空前关注,他们对掌握和了解新兴社会科学理论的自觉性也越来越明显。20世纪30年代前后的六七年间,受以苏联为代表的左翼思潮影响,我国左翼批评家通过各种论战宣传无产阶级文学,在马克思主义的指导下,初步建立了阶级斗争的文学观。这种文学观把文学视为社会意识形态之一,确认文学与无产阶级斗争、无产阶级政治的紧密关系。大力张扬文学的阶级性、党性原则,宣扬文学要积极地反映生活、认识与批评生活,"影响生活",以促进现实的革命变革。

---

① 伍蠡甫:《发刊词》,《世界文学》1934年创刊号,第6—7页。

应该说，这对于推动文学的建设是起到积极作用的。①

伍蠡甫提出"文学家同时也应是社会科学家"，这样的提法不应被视为他是把文学简单当成服务政治的工具和机械反映社会的镜子，因为他在呼吁文学实现其"政治价值"时，仍然强调了要以发挥文学的"艺术根本性"为前提。20世纪30年代文学在整体上也存在着一种"社会科学化"的倾向。当时文坛上有一个比较突出的现象，即社会科学工作者与文学家之间的角色的兼容、兴趣的融合和从事专业的相互交叉。这在很大程度上影响了作家的文学选择，决定了作家文学创作的风貌，也带来了文学形式和文学文体等方面的诸多变化。② 20世纪30年代有些作家在谈到自己的文学经验时，也谈到社会科学知识和方法对自己文学创作所起到的重要作用。茅盾在1932年回顾自己的文学创作时说："一个做小说的人不但须有广博的生活经验，亦必须有一个训练过的头脑能够分析那复杂的社会现象；尤其是我们这转变中的社会，非得认真研究过社会科学的人每每不能把它分析得正确。而社会对于我们的作家的迫切要求，也就是那社会现象的正确而有为的反映！"③ 叶圣陶就认为茅盾创作《子夜》，"是兼具文艺家创作与科学家写论文的精神的"④。瞿秋白也指出，"应用真正的社会科学，在文艺上表现中国的社会关系和阶级关系，在《子夜》不能够不说是很大的成绩"⑤。由此可见，伍蠡甫对中国的作家和文学批评家所应肩负的文学使命和所应具备的文学素养的呼吁，与当时的社会对文艺创作的需求和作家的创作实际是协调

---

① 参见钱中文《文学观念向他律的倾斜与越界——评20世纪30年代前后六七年间文学观念的论争》（下），《河北学刊》2005年第5期。
② 参见朱晓进《略论30年代文学的社会科学化倾向》，《文学评论》2007年第1期。
③ 茅盾：《我的回顾》，载《茅盾自选集》，天马书店1933年版。
④ 叶圣陶：《略谈雁冰兄的文学工作》，《新华日报》1945年6月24日。
⑤ 乐雯（瞿秋白）：《〈子夜〉和国货年》，《申报·自由谈》1933年3月12日。

呼应的。

在《发刊词》的结尾,伍蠡甫郑重道出了《世界文学》的办刊宗旨,"本刊诞生,要勉尽新文学建树途中的千百万分之一的责任。介绍各国文学,估量它对于世界文学抑即新文学的价值;登载形式或内容可以取资的作品;用绝对客观态度,探寻中国文学走向世界文学的途径。无时不是希望着这种旨趣在中国能够形成新的文学观,引起国人对于新文学的注意"①。在"文学革命"的精神洗礼下,此时的中国文学正处在新旧文学交汇激荡、新文学锐意探索、大胆革新的关键时刻。伍蠡甫自觉担负起建设新文学的使命,致力于将自己的"世界文学"观念和构想落实在外国文学的译介与传播实践中。凡是"形式或内容可以取资"的各国文学作品都将予以刊载,显示出杂志主编兼容并包的眼界和胸怀。同时,该刊不仅要为中国读者提供一片了解世界文学的园地,更为迫切的是要引起国人对于新文学的注意,促成中国形成新的文学观,探寻中国文学走向世界文学之路。他放眼世界、"借镜西洋",但着眼点始终不离中国文学本身。

作为20世纪30年代以刊载译文为主的文艺期刊,《世界文学》正如当时书界评价所言"尚属罕见"②。它与《文学季刊》《水星》《译文》《太白》等刊物一道,共同促成了"杂志年的盛况","在这许多杂志上出现的,有许多'新人'——新进的作家,他们都能够用熟练的技巧,参加到文艺阵线里来。……大批新的生力军,保证了文坛的健康与坚实"③。鲁迅在《〈译文〉复刊词》中曾提及该刊说:《译文》创刊时,"鸿篇巨制如《世界文学》和《世界文库》之类,还没有诞生,所以在这青黄不接之

---

① 伍蠡甫:《发刊词》,《世界文学》1934年创刊号,第7页。
② 《新刊介绍》,《华安》1934年第9期。
③ 周怀求:《一年来的中国文坛》,《文化与教育》1934年第42期。

际,大约可以说是仿佛戈壁中的绿洲"①。可见《世界文学》作为译介刊物在鲁迅先生心中的分量和地位。

与同期其他刊物相比,《世界文学》在以下方面具有较为突出的特色和优势:第一,涉及国别地区广泛,彰显"世界文学"的广义内涵。从国别地区来看,包括欧洲、亚洲和美国等地区,其中欧洲以西欧和苏俄为主,有少量丹麦、瑞典、挪威等北欧国家作者;亚洲除日本外,还有印度作家作品。② 第二,作品体裁形式多样,包括小说、剧本、诗歌、散文、作家作品评论等。第三,选译作品精良。从选译作品的产生年代来看,主要以20世纪二三十年代世界文坛的名家新作为主,兼有19世纪世界名著的翻译和评论、著名艺术家评传和评论等。较有影响的连载作品,如《歌德谈话录》《一个陌生女人的来信》和美国第一位诺贝尔文学奖获得者辛克莱·刘易斯的获奖作品《白璧德》(Babbitt,又译作《巴比特》,1930年)等。第四,译者水平上乘。作为专门刊载外国文艺作品的期刊,《世界文学》有着以复旦大学师生为主体的充足稳定的译者队伍,而且他们大多是当时国内知名学者教授。由于作品涉及多个国家,因此译者中有擅长英语、俄语、法语、德语、日语等不同语种的专业译者。其中较为著名的有伍光建、伍蠡甫、孙寒冰、傅东华、顾仲彝、席涤尘、蒯斯曛、胡锡年等。

1935年9月,《世界文学》因故停刊。伍蠡甫在一篇回顾1935年中国文学发展状况的文章中不无遗憾地谈道,过去的一年"我们遇到些不幸事件,《译文》《世界文学》的停版便是一桩","这

---

① 鲁迅:《〈译文〉复刊词》,载《鲁迅全集》第6卷,人民文学出版社2005年版,第509页。

② 《世界文学》第四期发布的《本刊特别启事》中,第(四)条特别指出,"本刊需要英、美除外的诗歌翻译"。从杂志前四期的稿源来看,英美诗歌数量充足,且译者实力较强,此处特别强调需要"英、美除外"的诗歌翻译,足见主编伍蠡甫试图扩展作家作品的地域来源,尽力介绍英美国家之外其他地域的文学动态。

两刊物立意不差,给读者以他们所不很爱念的——译作,非创作——这未必就对于读者没有益处,于是何妨就傻干一下子;然而,这番工作正像马克思主义者用上层意识去影响下层建筑,初次试验不一定有多少实效。所以,欢喜念译作的人一少,这两刊物便难逃经费掣肘而呜呼了"①。尽管《译文》的停刊,很大程度上并非政治问题,而是刊物内部的人事问题,② 但伍蠡甫对当时读者接受和刊物运作的描述,也反映出文学翻译类杂志在文学普及和经典译介传播过程中的艰难。③ 此外,1934年5月,国民党当局在上海设立"图书杂志审查委员会",不久还公布了《图书杂志审查办法》,要求所有出版物交付印刷前必须先经审查委员会审查,由此引发的文化控制和迫害也为译文刊物的生存带来了不利影响。伍蠡甫主编的《世界文学》,尽管其作为双月刊仅出版了6期,但16开本的6期杂志合计1000余页,平均每期160余页,每期发文均在30篇以上。这样一本体裁多样、选译精良、内容丰富的"厚重"期刊,承载着众多译者辛劳的翻译工作和主编伍蠡甫繁杂的编辑校对工作,他们为传播外国文学作品和文艺理论、开阔读者的文学欣赏视野做出了积极的历史贡献。

第三节 伍蠡甫的早期西洋文学史研究观念与方法

在1931年孙寒冰、伍蠡甫合编的《西洋文学鉴赏》中,伍

---

① 伍蠡甫:《一年来的中国文学界》,《文化建设月刊》1936年第2卷第3期。
② 参见黄源《〈译文〉停刊始末——关于鲁迅先生给我信的一些情况》,载周建人、茅盾等《我心中的鲁迅》,湖南人民出版社1979年版。
③ 关于《世界文学》停刊的原因,另据曾经在黎明书局工作过的冯和法透露,《世界文学》作为黎明书局自办刊物,"这个刊物可说是伍蠡甫一个人孤军作战。黎明(书局)对于这个刊物所付的稿费很少,也没有付编辑费。伍蠡甫独力难支,大约出版了六期,这个刊物就夭折了"。参见冯和法《记上海黎明书局》,中国人民政治协商会议全国委员会文史资料委员会编,《文史资料选辑》1999年第36辑。

蠡甫撰写的《总论》综论所选篇章，向读者勾勒描绘了西洋文学流派纷呈的发展脉络，反映出他早期的西洋文学史研究观念及研究方法。

作为一种对艺术本质的认识，"自我表现说"最初出现于西方文艺复兴时期，它是西方近代个性意识觉醒在文艺观上的反映。在19世纪初浪漫主义文学运动中，它作为一种系统的文艺观，战胜并取代了带有浓厚封建性质的伪古典主义文艺思想，一度成为时代的美学主潮。作为近代资产阶级在反封建思想斗争中提出的一种主要的文艺观，"自我表现说"在五四时期得到了中国现代作家，尤其是浪漫主义作家的广泛响应。周作人就曾对它给予肯定，认为其作为一种与封建文艺思想相对立的文艺观，它在某些方面仍然可以发挥一种积极的效能。但后来周作人又暂时否定了自我表现说。其原因在于，五四时期包括周作人在内的绝大多数思想家们"首先关注的是他们认为比个人的发展问题更为重要的民族的存亡，关注的是如何把一盘散沙似的民族力量集中起来，团结御侮，它要求个人的声音必须加入整个民族自救的合唱，而不允许存在任何与整个民族意志相游离的不和谐的音调"①。

伍蠡甫的文学观念，显示出超越文学"自我表现说"的全面与辩证，他从作家个体与其所处社会语境的互动关系来理解文学，认为"文学总离不了人生，常为个人精神的表现。不过这个人只是相对的：他是生活在时代精神、社会意识中的一个单位，是大我中的小我……有小我精神的表现，才有某种人生的表现，或人生的认识；才有一种文学的生成"②。伍蠡甫既肯定了文学是作家个人情志的抒发，也兼顾作家对社会生活的能动反映，强调

---

① 罗钢：《历史汇流中的抉择：中国现代文艺思想家与西方文学理论》，中国社会科学出版社2000年版，第28页。
② 伍蠡甫：《总论》，载《西洋文学鉴赏》，黎明书局1931年版，第1页。

第一章 伍蠡甫的"世界文学"观念与实践

了个体性与社会性，表现论与反映论的有机统一。何谓"大我"？伍蠡甫解释道："在西洋文学史中统属大我之下的便有古典主义、浪漫主义、自然主义、新浪漫主义、唯美主义、新理想主义等，一脉相承的多少名词。"① 可见，他所指的"大我"就是在西洋文学发展史的不同阶段所形成的风格流派和文学思潮。在他看来，"小我"和"大我"都富有鲜活的生命力，作家创作的生命力与文学艺术发展变化的推动力，都有其所依赖的源泉和动力。"小我"凭借情感，"大我"依托于理性。于是，伍蠡甫将西洋文学史的演进理解为"小我"与"大我"、"情感"与"理性"消长互动的过程。

伍蠡甫认为，"西洋文学史，东洋文学史，或一切文学史的编纂，常以文化递嬗为主干，以其递嬗表现于文学形式内容之相互影响为枝叶。所以大我是文学史上首须认清的主网，小我是文学史上必须触到的细目。它既先把这普遍的和特殊的现象定作编纂的纲目，再推寻其递变之印迹和中间的关系，于是系在两者下面的作品，乃得一贯地、系统地得到读者的认识"②。他不仅道出了自己对于编撰文学史的认识和理解，而且也以此向读者指出了一种理解文学作品的路径与方法，即先了解文学作品产生的社会文化背景，再通过文学形式与文艺思潮之间的关联线索去理解具体的文学作品。可以看出他的观点受到文学社会学派的影响，他特别强调时代的社会政治文化对文学创作的影响，特别关注作家、作品与其文化环境之间的关系。所以，他也提醒读者可以循此思路去分析和理解具体的作家和作品。

他以"文化影响文学"的视角对西洋文学史的发展进行了独

---

① 伍蠡甫：《西洋文学鉴赏》，黎明书局1931年版，第3页。
② 伍蠡甫：《西洋文学鉴赏》，黎明书局1931年版，第3页。

— 49 —

到的审视和阐述。西洋文学是西洋文化的一部分，西洋文化导源于两大支线，即入世的希腊文化和出世的希伯来文化。古希腊文学是"唯理"的小我表现，是理性的真与美的表现。中世纪文学是"唯情"的小我表现，是感情的真与美的表现。从文艺复兴到近代，在个人和社会的关系上，小我经过古希腊和中世纪的演变，达成唯理与唯情的调和。19世纪中叶，随着欧洲自然科学事业的勃兴，文学产生了自然主义流派的发展，物质进步又导致精神萎靡，继而出现新浪漫主义文学。进入20世纪以来，失去控制的文学出现了颓废主义、享乐主义、唯美主义等流派，伍蠡甫视其为"世纪末的文化痼疾在文学者枯竭的意识中的表现"。直到罗曼·罗兰倡导的新理想主义，要对文化给予重新评价并试图解除人类的忧愁。[①]

伍蠡甫从个人与社会的互动关系，"小我"（作家）与"大我"（文学思潮）消长变化的视角观照西洋文学史的发展变迁，以严谨的学术研究方法而论，不免有简略、粗疏之嫌。但作为一篇受篇幅所限、具有导引性质的序言，如此精练地梳理出西洋文学史的发展脉络，对于普通读者了解西洋文学的发展概况和历史特征提供了便利，同时也为读者理解西洋文学的艺术特质提供了一种重要的视角和方法。同时，他提醒读者，"文学的主义，也同历史的分期，只不过是为了界画清整的便利，不可执作绝对的解释"[②]，还需要读者通过研读具体的作品，增进其对于所属文学流派和作家创作风格的理解。

伍蠡甫在编撰出版西洋文学名著鉴赏丛书的同时，注重对读者进行西洋文学研究的方法论指导。1936年，他在商务印书馆发

---

① 参见伍蠡甫《西洋文学鉴赏》，黎明书局1931年版。
② 伍蠡甫：《西洋文学鉴赏》，黎明书局1931年版，第10页。

第一章 伍蠡甫的"世界文学"观念与实践

行的《出版周刊》发表《怎样研究西洋文学》。他提出"要懂得怎样研究一门学问，先须知道研究的目的是什么，以研究的目的来决定研究的方法，是一个重要的原则"。尤其是承担西洋文学教学的教师，自己首先要明确研究西洋文学的目的，才能指导学生树立正确的研究目的和研究方法。

关于中国人研究西洋文学的目的。伍蠡甫认为，由于国情、国民素养、文化需求和研究目的的差异，中国人研究西洋文学的目的不一定要和其他国家相同。"现代的一个中国人，须从中国和世界的相互关系上认知中国的地位，从而懂得自己的使命，如何去做一个中国人"[①]。与他的"世界文学"观念相一致，他依然希望国人在研究西洋文学时，不只是单向度地学习西洋、求获新知，而是要以西洋文学为参照，将中国置于全世界的环境中去认知中国的地位，从而发现自身存在的欠缺与优长，"懂得自己的使命"，履行一个中国人应有的担当。他呼吁国人如果不愿甘心做世间没落的分子，那么在研究西洋文学时，自然要从积极的方面培植我国的文学，推动社会的新发展，吸收外国的新食粮以作培植的资源。他对研究西洋文学提出四点建议：第一，通过研究文学，增进对"文学与人生"关系的理解。第二，文学对人生和社会既有反映的功能，又有指导的意义。因此，文学创作要肩负社会使命，文学批评要注重探究文学与社会的互动关系。第三，文学既有处理和指导社会的任务，所以无时可以离开政治。因此，要注重研究文学艺术的本性及其传达政治功能的表现手法。第四，避免撇开社会认识而孤立论争文学问题的矛盾做法。[②]

伍蠡甫将"文学与人生"的关系作为理解西洋文学的门径，

---

① 伍蠡甫：《怎样研究西洋文学》（下），《出版周刊》1936年第189期。
② 参见伍蠡甫《怎样研究西洋文学》（下），《出版周刊》1936年第189期。

显示其受到现实主义文艺思潮的影响。具体来说，伍蠡甫所受的现实主义文艺思潮影响主要来自两个方面：一是五四以来中国现实主义作家的创作实践；二是俄国现实主义理论。关于前者，最为明显的表现是，他的见解与20世纪20年代初文学研究会提倡的"为人生而艺术"具有思想共鸣。正如有学者指出，尽管从抽象的理论意义上讲，"为人生而艺术"这一口号作为现实主义文学运动的指导纲领不尽合适，其作为一个理论命题"并不是对文艺的本质和内容的认识，而是对文艺的目的和功用的评价"，但五四时期现实主义作家之所以将"为人生而艺术"作为他们的艺术追求，是中国作家基于现实需要对西方现实主义进行深思熟虑的主动选择的结果，它最集中地反映了五四时期人们对于现实主义文学的最核心的要求。[①] 伍蠡甫希望通过研究西洋文学，增进国人对"文学与人生"关系的理解，既是对五四以来中国现实主义作家在创作实践与创作观念上的价值认同，也是他面对各种西方文艺思潮予以理解、甄别和选择的认识角度。

　　他所受到的另一个重要的影响来源于俄国现实主义理论。文学与人生的关系，一方面着眼于文学对生活的客观再现；另一方面更注重文学对生活的积极影响。而后者正是俄国现实主义理论的鲜明特点。由于特殊的历史环境，从别林斯基开始，俄国革命民主主义批评家就与"为艺术而艺术"的理论进行着持续不断的斗争。他们要求艺术家自觉地投身于进步的俄国人民的解放运动，通过自己的艺术来介入和影响生活。伍蠡甫曾翻译高尔基的《苏联文学诸问题》等苏俄文学理论著作，所以他格外强调"文学对人生和社会既有反映的功能，又有指导的意义"。这与同样

---

① 参见罗钢《茅盾前期文艺观与西方现实主义、自然主义——兼论五四现实主义的历史特征》，《北京师范大学学报》1988年第3期。

第一章　伍蠡甫的"世界文学"观念与实践

受到俄国现实主义理论影响的茅盾在五四时期对中国新文学提出的根本要求"表现人生，指导人生"有着近似的见解。而伍蠡甫特别指出，在研究西洋文学时，要"注重研究文学艺术的本性及其传达政治功能的表现手法"，"避免撇开社会认识而孤立论争文学问题的矛盾做法"，这也是 20 世纪 30 年代文学的"社会科学化"倾向在文学研究领域的反映。他坚信文学是反映现实的社会意识形态，所以不能撇开社会认识去孤立论争文学问题，反映出他在研究西洋文学时对马克思主义文艺思想与方法的自觉运用。

在上述思想方法的指导下，伍蠡甫对当时普遍使用的四种西洋文学研究方法进行了具体辨析：第一种，他称为偏重"形式或语文"的研究法。他指出，当时国内的大学多半在文学院设立外国文学系或外国语文系（也有的是英国语文系），有时候将文学研究附属于语言文字学研究之下。语言文字系的教师本身就偏重文字、语法等形式研究，而文学系也有类似的做法，以致有的教师"把文学和文字混作一处，并且这捏合又不是预先看到文字和文学意识间之有机的关联，而是从内容上截下形式，单独地研究它"。[1] 这样的教学模式导致学生对语言形式的认识胜过文学艺术的鉴赏，这样的教学方法有违外国文学研究的目的，教学效果不佳。第二种，偏重"主观形态"的研究法。这种方法比上一种方法接近于文学研究的目的。有的教师主要讲授西洋文学思潮的递变，分析作家受某种思潮影响而表现在作品里的观念和意识；有的教师进而研究某一位文学天才的思想，探究他们如何影响了西洋文学，以及文学史上作家间和文学流派间的相互影响。但这种单凭主观的解释，撇开环境影响的研究难免有失偏颇。与之相对的是第三种方法，伍蠡甫称其为"物质派"研究法，即偏重"客

---

[1] 伍蠡甫：《怎样研究西洋文学》（上），《出版周刊》1936 年第 188 期。

观形态"的分析。这种方法以泰纳的理论方法为指导,格外注重"时代""环境""人种"三种因素对文学现象的影响,对文学艺术的本体规律和审美特质关注不够。第四种,是"主观客观之统一"研究法。这种方法要求学生必须先通晓辩证法,用辩证法与唯物论相结合的观点研究西洋文学史。①

针对上述研究方法,他提出了自己的西洋文学研究主张。他建议学校应开设一门类似"文学研究方法论"的课程,通过这门课程,教师把"观念派"和"物质派"的方法都介绍给学生,并指出这些方法的短长,引导学生确立健全的研究方法。伍蠡甫认为,第二种方法偏重主观,第三种方法偏重客观,都不能抓住现象的全面。第四种方法调和了第二种和第三种方法,但"根本却又不是妥协",而是"加强我们走向明切目的的手段","它是最可实现我们目的的"②。可见,他心目中理想的西洋文学研究方法,是兼顾文学性和社会性、内部研究和外部研究的方法。这种研究方法既注重对作家创作观念、创作手法、文学思潮的认识和理解,也注重分析作家作品所处政治经济与社会文化等环境条件对文学创作产生的影响。他希望以这样的研究方法去探究文学与现实的互动关系,从而深刻理解西洋文学作品的艺术特质和文化价值。他所倡导的兼顾文学性和社会性的西洋文学研究方法,与他早年从事文学译介时秉持的"内外兼修"的文学鉴赏观念,以及"通过艺术的根本性,来实现健全的政治主张"的新文学创作观是一脉相承、相互关联的。

为了增进读者对西洋文学作品的理解,伍蠡甫经常在自己翻译的外国小说之外,还以述评的方式对小说进行解读和批评。

---

① 参见伍蠡甫《怎样研究西洋文学》(上),《出版周刊》1936年第188期。
② 伍蠡甫:《怎样研究西洋文学》(下),《出版周刊》1936年第189期。

第一章 伍蠡甫的"世界文学"观念与实践

1931年美国著名作家赛珍珠（Pearl S. Buck, 1892—1973）发表小说《大地》，这部反映中国农村生活，描写中国农民命运的小说一经发表，在美国顿时引起轰动，被美国《每月新书俱乐部》评为"最佳图书"。密切关注欧美文坛动态的伍蠡甫敏锐地意识到此书的文学价值和现实意义，于1932年7月将此书编译成《福地述评》由黎明书局出版，成为《大地》在中国出版的第一个节译本。①

抗战前后，中国学界对赛珍珠及其作品的评价存在非常大的分歧，有当代学者将期间的代表性观点分为三种："基本肯定、褒贬参半和基本否定"②。鲁迅对赛珍珠的批评完全是负面的，他说："中国的事情，总是中国人做来，才可以见真相"，赛珍珠对中国的描写，"不过一点浮面的情形，只有我们做起来方能留下一个真相"③。胡风从政治角度认为赛珍珠的作品存在以下缺陷："作者对于农村底经济构成是非常模糊的"，"作者不能把握住一个贫农的命运"，"吸干了中国农村血液的帝国主义，在这里也完全没有影子"，"几十年来中华民族为了求解放的挣扎，在这里不但看不到正确的理解，甚至连现象的反映都是没有的"④。更有论者甚至认为赛珍珠的作品"是写给外国的抽雪茄烟的绅士们，和有慈悲的太太们看的……用力地展露中国民众的丑脸谱，来迎合白种人的骄傲的兴趣……惟有这样，才可以请高等文化的白种人来教化改良，才可以让帝国主义站在枪尖上对付落后的农业国家，才可以让资本主义来'繁华'一下……巧妙地掩饰地为帝国

---

① 参见邹振环《赛珍珠作品最早的译评者伍蠡甫》，《中国翻译》2003年第3期。
② 刘海平：《中国对赛珍珠其书其人的再认识》，载郭英剑编《赛珍珠评论集》，漓江出版社1999年版，第169页。
③ 鲁迅：《致姚克》，载郭英剑编《赛珍珠评论集》，漓江出版社1999年版，第3页。
④ 胡风：《〈大地〉里的中国》，载郭英剑编《赛珍珠评论集》，漓江出版社1999年版，第96—99页。

主义的侵略行为张目"①。也有学者对赛珍珠的作品给予肯定评价。林语堂称赛珍珠"在美国已成为中国最有力的宣传者",赞扬她"不但为艺术高深的创作者,且系勇敢冷静的批评家。其对于在华西方教士之大胆批评,且不必提,而其对于吾华民族之批评,尤可为一切高等华人及爱国志士之当头棒喝"②,并称"吾由白克夫人小说,知其细腻,由白克夫人之批评,知其伟大"③。

伍蠡甫对赛珍珠《大地》的译本由两部分组成:前部译述小说,后部为译者述评。在译者述评中,伍蠡甫运用马克思主义政治经济学原理,着重分析了小说述及中国的农民、土地、财产和妇女等问题。他认为赛珍珠在细节上"取材多是事实","非常精确地道出中国若干的社会状况",但也深刻地指出赛珍珠"多少还保有白色人种的自尊心",竟以"白人所用来表现最最憎恶的一个字——Silly(愚蠢)"形容大多数中国人,以至于小说向白人暗示出"中国农村问题是该在外力侵略下,渐次改良而解决",否则一旦"激变",可能导致"黄色人种之为祸于白色人种的世界安宁"④。针对当时有人批评他的《福地》译文节略过多,不能使读者欣赏原作细节,评述内容过于深奥等意见,伍蠡甫在翻译赛珍珠的《儿子们》的序言中,称自己此次译评一定注意"少删原文,少用术语,少说学者们头巾气味的话,少使读者思想超离现实太远"⑤。他认为赛珍珠在《儿子们》中"把捉了现代中国

---

① 祝秀侠:《布克夫人的〈大地〉》,载郭英剑编《赛珍珠评论集》,漓江出版社1999年版,第53页。

② 林语堂:《白克夫人的伟大》,载郭英剑编《赛珍珠评论集》,漓江出版社1999年版,第124页。

③ 林语堂:《白克夫人的伟大》,载郭英剑编《赛珍珠评论集》,漓江出版社1999年版,第110页。

④ 伍蠡甫译评:《福地述评》,黎明书局1932年版,第二部分"评福地",第26—27页。

⑤ 伍蠡甫:《儿子们·译者序》,黎明书局1932年版,第3页。

的几个剖面,描写之而又渲染之,在错综里表现中心的问题,是值得我们思辨的"①。但同时指出,作者只是一味展示中国社会内部的"威权"作用,却对"外国人管着中国人"这一深重现实视而不见。②

面对抗战时期政治舆论和学界观点的纷争与碰撞,伍蠡甫执着坚守着自己的文学价值观和翻译立场,并对当时的国内作家给予分析批评:"作家的眼镜总有颜色的,创造社的作家或许是灰白,左翼作家或许是浅红,普罗作家或许是深红,第三种人的作家或许是昏黄的柳绿……时代通过作家意识,造成他眼镜的颜色,作家戴着不同的眼镜,分别表现时代的各面。"③翻译家和翻译批评家同样通过带色的眼镜,对译作进行解读和批评。在抗战多元文化并存的历史语境下,翻译及其批评也未能超越各派政治立场的左右,后世的读者"从彼此尖锐对立的翻译解读,可以体悟到抗战特殊历史语境下各派政治意识的张力,文学翻译与翻译批评都成为政治意识争斗的场所"④。

1938年赛珍珠以"丰富地描写中国农民的生活,称得上是真实的叙事诗和传记"的理由,获得诺贝尔文学奖。尽管当时很多中外评论家对赛珍珠获此殊荣表示不屑,但之后的中外文学评论界逐渐认识到赛珍珠文学创作的价值和意义,给予了更为公允的评价,并对伍蠡甫在20世纪30年代关于赛珍珠作品的译介和评论给予了应有的评价。⑤

---

① 伍蠡甫:《儿子们·译者序》,黎明书局1932年版,第4页。
② 参见伍蠡甫《儿子们·译者序》,黎明书局1932年版。
③ 伍蠡甫:《儿子们·译者序》,黎明书局1932年版,第4—5页。
④ 廖七一:《抗战历史语境与文学翻译的解读》,《中国比较文学》2013年第1期。
⑤ 参见郭英剑《赛珍珠研究在中国》,载郭英剑编《赛珍珠评论集》,漓江出版社1999年版,第5页。

第四节　伍蠡甫"世界"意识指导下的"本位文化"建设观

　　五四运动爆发之际，即将高中毕业的伍蠡甫因积极参加学生爱国运动，被所就读的上海教会学校圣约翰大学附中开除，有幸得到时任复旦大学校长李登辉的收容与慰勉，准予转入复旦大学求学深造。[①] 亲身经历救亡图存的历史性关键时刻，对伍蠡甫一生的思想和志向产生了决定性影响。毕竟，"对于当事人来说，曾经参与过五四运动，无论在京还是外地，领袖还是群众，文化活动还是政治抗争，这一经历，乃生命的底色，永恒的记忆，不逝的精神；毋庸讳言，这也是一种重要的'象征资本'"[②]。他在社会政治情势动荡之际表现出的敏锐判断和笃定立场，在1935年前后有关"中国本位文化建设"论争和爱国救国运动中得到了进一步延续和坚守。

　　身为复旦大学教授，伍蠡甫不仅积极推动外国文化的翻译与传播事业，而且还投身当代文化建设与爱国救国运动，表现出知识分子理性、独立的思想立场和坚定、诚挚的爱国情怀。

　　20世纪30年代，以"全盘西化论"和"本位文化论"为代表的文化论战成为中国近现代思想史上的重要事件。1934年广州文化论战，标志着全盘西化思想作为一种"思潮"的兴起，并开

[①] 伍蠡甫与圣约翰附中的毕业生同学章益、江一平等带头参加学生爱国运动的义举，受到孙中山的赞扬。当孙中山得知他们敢于反击教会学校校长破坏学生运动时，称赞道："你们能攻破上海这个'顽固堡垒'（指圣约翰大学），是很了不起的胜利！"杨浦区文管会编：《孙中山曾任复旦大学校董》，载《杨浦百年史话》，上海科学技术文献出版社2006年版，第82页。

[②] 陈平原：《"少年意气"与"家园情怀"——北大学生的"五四"记忆》，《光明日报》2010年5月4日第10版。

第一章 伍蠡甫的"世界文学"观念与实践

始产生社会影响。1935 年 1 月 10 日，上海、南京、北平的十位教授王新命、何炳松、孙寒冰、章益、樊仲云等发表《中国本位的文化建设宣言》（以下简称《宣言》）加速了全国性文化论战的形成。《宣言》提出，"要使中国能在文化的领域中抬头，要使中国的政治、社会和思想都具有中国的特征，必须从事于中国本位的文化建设……必须把过去的一切，加以检讨，存其所当存，去其所当去；其可赞美的良好制度伟大思想，当竭力为之发扬光大，以贡献于全世界；而可诅咒的不良制度卑劣思想，则当淘汰务尽，无所吝惜。……吸收欧美的文化是必要而且应该的，但须吸收其所当吸收，而不应以全盘承受的态度，连渣滓都吸收过来。吸收的标准，当决定于现代中国的需要"[①]。《宣言》发表后，出现赞同和质疑两类观点意见。一些与官方比较接近的媒体对《宣言》作出正面呼应，北平、上海等地相继举行座谈会，邀请专家学者对《宣言》发表意见，一时造成相当声势。而更多的舆论，则批评十位教授的《宣言》空洞、含糊，其对于文化建设的核心问题并未提出实质性的方案和令人信服的回答。

1935 年 1 月 19 日，"中国本位文化建设座谈会"在上海召开。沪江大学校长刘湛恩、大夏大学副校长欧元怀、交通大学校长黎照寰、中华书局编辑主任舒新城、辛垦书店总编辑叶青、《文学》杂志主编傅东华、《新闻报》总编辑李浩然、《晨报》总主笔陶百川、职教社黄炎培等二十二位文化教育界知名人士参加。伍蠡甫作为《世界文学》主编受邀与会。会上，刘湛恩、舒新城、欧元怀、黎照寰等的发言，都表示"绝对赞成"《宣言》的观点。参与《宣言》起草的"灵魂人物"叶青的发言则称《宣言》中所提出的主张"都是天经地义颠扑不破的原理原则"。但

[①] 王新命等：《中国本位的文化建设宣言》，《文化建设》第 1 卷第 4 期。

也有人提出不同看法。黄炎培认为:"要建立中国本位的文化,先得研究这本位是什么?应该先有具体的研究,具体的规划,讲空话是不行的。"尽管伍蠡甫与"十教授"中的孙寒冰、章益同为复旦同事,且与他们都有深交情谊,但伍蠡甫在座谈会上直言不讳地表达了自己的立场,认为《宣言》的理论固然美好,但希望宣言不只是"天花乱坠"的理论,而是解决实际问题的方案。[1]

1935年的文化论战,由于当时文化领域内各种观点错综复杂、学无定理等原因,论战在一定程度上呈现阵线模糊、观点游离、矛头多变等"混战"局面。[2] 伍蠡甫就曾对《宣言》提出的概念和观点发出质问:"文化是什么?皈依'大同的理想'的文化是什么?世界的文化是什么?世界的文化单位是什么?要建设这么一个单位,是应当倾向于若干族国的文化之总和?还是若干族国的文化之融合?"[3] 也有学者提出类似批评,指出《宣言》关于"文化"的概念内涵未作明确界定,由此引发不少因理解和论域不一致而导致的争论。[4] 针对《宣言》第五项提出的,"我们在文化上建设中国,并不是抛弃大同的理想,是先建设中国,成为一个健全的单位,在促进世界大同上能有充分的力"。伍蠡甫认为,《宣言》提出的"大同的理想"与《世界文学·发刊词》中"再三致意"的"世界的文化"在愿景上是一致的。但需要警醒的是,"本位的"文化建设决不可故步自封、偏狭一隅,应当以世界为参照背景开展文化建设,正所谓"消弭省界不应先从巩固

---

[1] 参见王新华等《中国本位文化建设座谈会纪事》,《文化建设》第1卷第5期;参见《中国本位的文化建设》,载马芳若《中国文化建设讨论集》(上编),龙文书店1935年版。
[2] 参见赵立彬《民族立场与现代追求:20世纪20—40年代的全盘西化思潮》,生活·读书·新知三联书店2005年版。
[3] 伍蠡甫:《中国本位的文化建设》,《世界文学》1935年第3期。
[4] 参见梁漱溟《对〈中国本位的文化建设宣言〉之我见》,载《梁漱溟文存》,江苏人民出版社2014年版。

第一章　伍蠡甫的"世界文学"观念与实践

分界入手"①。登入"大同"之境是否应先发挥国家"本位"呢？他认为，"我们必须认识中国文化也正如中国其他若干问题，都得卷入世界的澎湃巨浪，才有相当解决。因此，所谓中国本位文化也应以它和世界文化的交涉为问题研究的中心和终的"②。将中国文化的建设与发展置于世界文化发展的进程中来谋划、考量和推进。至于《宣言》在检讨中国文化时提出的"存其所当存，去其所当去"原则，他认为文化选择不应只是一个"形式"，而应以"实验主义哲学"的态度切实找到"中国本位文化"与"大同理想"的背离之处并予以具体分析。中国文化的"特征"和"独创"，不应违背"大同理想"，不应"崇尚资本主义社会自由竞争"，而应是致力于实现"大同理想"目的的文化建设。只有这样，才会实现在中国的"时代性"与"地方性"上种植出大同理想的细芽。③ 正如学者所识，"任何一种文化，若不与其他文化发生联系，就不可能形成自己的存在"。"若不将一国文化置于与世界其他文化关系之中，也就谈不上该国本身的民族文化。""一切文化的发展，都离不开与其他文化的联系；只有不断吸收外来的新鲜东西，才能不断激发自己的生机。"④ 伍蠡甫关于中国本位文化的见解，延续了他对建设具有"世界意识"的中国新文学时的思想观念，并将此观念拓展运用于整个中国文化的建设发展思路中，对于当时有关文化建设问题的深入探讨是有所助益的。

从表面看，《宣言》主张的文化建设既不守旧，也不盲从，对于传统思想和西方文化，主张名义上去粗取精、实际上各取所

---

① 伍蠡甫：《中国本位的文化建设》，《世界文学》1935年第3期。
② 伍蠡甫：《中国本位的文化建设》，《世界文学》1935年第3期。
③ 参见伍蠡甫《中国本位的文化建设》，《世界文学》1935年第3期。
④ 王逢振：《知识分子图书馆·总序》，载［美］莫瑞·克里格《批评旅途：六十年代以后》，李自修等译，中国社会科学出版社1998年版，第4页。

需的办法，显示出所谓"中庸"的态度（十教授之一陈高佣语）。但《宣言》多次将中国的"文化"与其政治、经济、社会、思想等方面相提并论，并迫切指出"政治经济等方面的建设既已开始，文化建设工作亦当着手"。可见，《宣言》着重强调的是狭义上的"文化"建设。马克思主义认为，"一定的文化是一定社会的政治和经济在观念形态上的反映"[①]。文化属于上层建筑，受经济基础制约。文化的产生和发展是随着一定社会历史、经济基础的变迁而产生和发展的。文化是一个整体，其内涵包罗万象，几乎可以总结概括人类认识世界、改造世界的一切活动和成果。作为一个完整体系，它是不能分开的。"本位文化派坚持文化的可分性，是有其政治目的的。他们不懂得文化是一上层建筑，而上层建筑是建立在经济基础之上的唯物主义原则，不顾中国社会现实，全盘继承洋务时期'中学为体，西学为用'的思想，为国民党反动统治效力。"[②] 他们与政权力量结合在一起，其本质体现着统治者的意识形态。[③] "国民党有关文化建设或中国现代化之理念或意识形态，也因此一运动的出现，而由早期片面的、较不稳定的，进一步趋于完整而定型。"[④]

《宣言》彰显了20世纪30年代中国民族自救运动中知识分

[①] 《毛泽东选集》第2卷，人民出版社1991年版，第694页。

[②] 马克锋：《试论三十年代中期的中国本位文化建设运动》，《宝鸡师院学报》（哲学社会科学版）1987年第4期。

[③] 参见赵立彬《民族立场与现代追求：20世纪20—40年代的全盘西化思潮》，生活·读书·新知三联书店2005年版。

[④] 蔡渊絜：《抗战前国民党之中国本位的文化建设运动（1928—1937）》，博士学位论文，台湾师范大学，1991年，第325页。另据黎明书局员工冯和法回忆：事后，孙寒冰对参与《宣言》一事悔恨不已。某日，伍蠡甫和孙寒冰及冯和法在"杏花楼"吃饭，服务员端上一盆家常豆腐，伍蠡甫用筷子指着说："寒冰，这才真正是本位文化呢，吃吧！"这句"一语双关"的话，令孙寒冰"脸红"，仿佛在疾风骤雨中跌了一跤，但立刻站了起来。伍蠡甫的提醒使好友孙寒冰在探索真理的道路上增强了辨别的能力。参见冯和法《回忆孙寒冰教授》，中国人民政治协商会议全国委员会文史和学习委员会编，《文史资料选辑合订本》2011年第30卷，第133—134页。

第一章 伍蠡甫的"世界文学"观念与实践

子的自觉与自信，但也加剧了部分知识分子原本存在的思想混乱。1935年3月初，广东一些人鼓吹"读经救国，读经学做人"，上海一些人组织以"保存汉字保存文言为目的"的"存文会"，宣言要"保存国学"，一时再度掀起复古的逆潮。《现代》首先组稿，刊发"反'读经''存文'"特辑，发起反击。6月，一份由文化艺术界知名学者联合提出的《我们对于文化运动的意见》（以下简称《意见》）在《芒种》《新生》《读书与出版》等沪、平等地的报刊上发表。这份意见书由文学社、文学季刊社、太白社等17个文学团体发起，伍蠡甫、郑振铎、老舍、艾思奇、柳亚子等148位进步作家和文化界人士积极响应并签名支持。这份针锋相对、坚决有力的《意见》批驳道，现在"弥漫各地的复古的呼声"，"是一副毒药，对于民族前途，绝对没有起死回生的功效"。"我们相信救国不必读经，读经和救国没有关系……把读经作为'救国'的一种方术，那就浅妄得可笑"。当前，要实现"民族的自救，除了向'维新'的路上走去，再没有别的办法了"。而"民族自救的责任不是少数人所能担负的，必须大众来通力合作。怎样普及知识于大众，是今日最重要的问题。所以我们对于改革汉字的运动觉得是必要的"。"通一经一史，能作诗词的人物，不是现代中国所需要的；我们需要现代的人，我们也需要能够表白现代人的情思的现代文。"《意见》最后说："我们相信，从提倡读经到鼓吹以经史百家为'挽救'学生国文程度的主张，全都是不明白文化运动是什么的，全都不明白危急的中国需要什么的；他们未必是'王道'政治论者的同群，而其结果却是一致的。"[1] 同年12月21日，鉴于中华民族的危机日迫，整个华

---

[1] 刘长鼎、陈秀华编：《中国现代文学运动史料编年》（中编），山西高校联合出版社1994年版，第323—324页。

北又将成为第二个"伪满",上海文化界马相伯等 280 余人发起了救国运动。[①] 伍蠡甫积极响应并与文化界人士共同发表《上海文化界救国运动宣言》,深刻揭露帝国主义的侵略野心,向全国民众明确提出了反抗压迫、争取民族解放的号召,他以实际行动表现出坚定的爱国立场和无畏的担当精神。

　　伍蠡甫从"世界"的宏观视角审视和思考中国"本位文化"的未来发展,在思想方法上,延续了他对建设具有"世界意识"的中国新文学思想观念,并将此观念拓展运用于整个中国文化的建设发展思路中。他对中国新文学艺术特质和社会功能的见解,以及主编《世界文学》杂志、译介出版外国文学经典的实践活动,不仅反映出他对文学艺术创作规律和审美规律的深刻洞察,而且显示出他以"世界"为参照系进行比较观照的方法论特质。他所推崇的"内外兼修"文学鉴赏观,重视吸收世界其他国家优秀文明成果,注重探寻中国与世界其他文明间的互通与共生规律,为他晚年开展比较艺术研究奠定了重要的学术基石。

---

① 参见中共中央宣传部办公厅、中央档案馆编研部编《中国共产党宣传工作文献选编》(1915—1937),学习出版社 1996 年版。

第二章　伍蠡甫的中国古代画论研究

抗日战争爆发，伍蠡甫立即中断留学，回国效力。战火纷飞中，复旦大学辗转内迁。伍蠡甫在艰难执教的同时，积极承担学院管理和大学回迁等校务工作，为"保存学术实力，赓续文化命脉，培养急需人才，开拓内陆空间"[①]做出了自己的贡献。民族危难之际，他没有囿于象牙塔中，而是尽自己所能为国效力。他举办个人画展献机捐款，以实际行动支持抗战，彰显了民族气节和爱国情怀。在战争恐怖笼罩的险恶处境中，他坚持深研学问，笔耕不辍。其间遭遇父亲离世、好友罹难，他将哀痛和悲愤化作创作与研究的热情，撰写出展示和剖析中国古代绘画精深意境与笔墨精髓的学术篇章。

第一节　抗战中的艰难执教与捐机画展

在父亲伍光建及相关师友的鼓励和支持下，伍蠡甫于 1937 年

---

①　陈平原：《绪言：炸弹下长大的中国大学》，载陈平原《抗战烽火中的中国大学》，北京大学出版社 2015 年版，第 6 页。

远赴英国，到他父亲曾经留学过的伦敦大学攻读西洋文学。① 是年1月，他应邀参加在英国举办的普希金逝世百周年纪念会，作题为《普希金之拜伦主义与中国》的演讲。② 2月18日，安抵伦敦不久，伍蠡甫致信复旦同学会。他感谢同学会诸位同人临行饯别，并简要报告自己近期的事务安排：

> 先将旧作未完成之点，就博物院、图书馆参考补充。五月间谅可毕事。四月起当入伦敦大学研究。现同学在此间者不过数人，已晤赵邦镕兄，渠在东区办理华侨学校，并编《英报之中国新闻》周刊。专载各报有关中国之消息，中国留学生几人手一篇。弟适存一份，已寄回母校图书馆。③

1937年6月，他代表中国笔会赴巴黎参加国际笔会第十五届年会，事毕返回伦敦。7月7日，在中国驻英大使馆举办伍蠡甫山水画展。由中国驻英大使郭泰祺主持开幕式。英国笔会会长威尔斯、秘书欧尔德，东方艺术学家威宾恩等百余名文化界名人参加。翌日，伍蠡甫应英国皇家东方学会之邀，演讲"中国绘画之精义"，由罗斯爵士主持。④ 伍蠡甫在留英期间所进行的学术演讲和山水画展，成为20世纪30年代中国学者对外学术交流、推广中国文化的有益尝试。

---

① 张元济曾为伍蠡甫在英留学期间的公费资助问题求助于汪精卫。据张元济日记载，1937年4月15日星期四，"出访汪精卫于江西路颐和路卅四号，谈及海盐事。……又说伍蠡甫谋官费事。允即电郭复初、孔庸之，先劝其勿遽离英，再谋官费"。参见《张元济全集：第7卷·日记》，商务印书馆2008年版，第351页。

② 参见《复旦大学百年纪事》编纂委员会编《复旦大学百年纪事1905—2005》，复旦大学出版社2005年版。

③ 参见《复旦同学会会刊》1937年第6卷第6期。

④ 参见徐昌酩主编《上海美术志》，上海书画出版社2004年版。

第二章　伍蠡甫的中国古代画论研究

"八一三"淞沪会战爆发后,上海租界之外顿成战场。9月,国民政府教育部指令上海复旦、大同、光华、大夏四所私立大学组织联合大学,各自筹款内迁。大同、光华因经费无着退出,复旦、大夏则遵部令,组成复旦大夏联合大学。联大分为两部,第一部以复旦为主体,迁往江西庐山;第二部以大夏为主体,迁往贵阳。这是中国抗战时第一所命名联合大学的学校。11月,随着中国军队撤离上海,日军西进占领沪宁沿线城市,兵锋直逼首都南京,庐山震动。12月初,联大第一部决定溯江西上重庆,然后赴贵阳与第二部合并。12月底抵达重庆时,得悉贵阳校舍无着,便暂借重庆菜园坝复旦中学开课。重庆各界闻讯,表示欢迎第一部留渝办学。1938年3月,联合大学在贵阳桐梓举行联席会议,鉴于第一、第二两部各在异地办学,事实上无异于各自独立之学校,于是决定联大解体。在重庆之第一部复名复旦大学,贵阳之第二部复名大夏大学,并呈文教育部备案。随后,复旦大学在重庆北碚选定永久校址,征地建校,拓荒创业。[①] 众多学者名师及莘莘学子,在两江环抱的山城,以各自不同的方式书写和延续着中华民族生生不息的文脉,为抗战文化史留下了不朽的传奇。

国难当头,伍蠡甫及时中断留学生涯赶赴重庆。1938年3月,复旦大学在距离重庆数十里的北碚黄桷镇开学,分为文学院、理学院、法学院、商学院等。其中,文学院包括中国文学系、外国文学系、教育学系、社会学系、新闻学系、史地学系。伍蠡甫任外国文学系主任。由于余楠秋先生因病续假一学期,文学院院长一职暂请伍蠡甫兼代,他还承担一、二年级英文、现代文艺

[①] 参见程晓蘋、孙瑾芝、严玲霞《复旦大夏联合大学西迁史料选》,载复旦大学档案馆选编《抗战时期复旦大学校史史料选编》,复旦大学出版社2008年版。

思潮、西洋文学批评、欧洲文学史等课程。① 孙寒冰、陈子展、谢六逸、顾仲彝、吴剑岚等曾经与他创办书局并支持他主编《世界文学》的好友同人也继续在复旦执教。伍蠡甫热心发展学院教学事业，他的老友宗白华、胡小石、谢冰莹、叶圣陶、老舍、余上沅等都曾到复旦大学文学院任教或讲学。1938 年 8 月 14 日，老舍从武汉到达重庆，不久即到北碚复旦大学造访伍蠡甫，请他聘请胡风到复旦任教。伍蠡甫当即填写好聘书交给老舍，敦聘胡风及其夫人梅志担任复旦文学院教授。② 10 月 27 日，胡风接老舍、伍蠡甫电，应邀前往重庆复旦大学任教，主讲《创作论》及《日语选读》。③ 伍蠡甫在主持文学院院务工作的同时，还参与校务管理等工作。1941 年 8 月，他与代理校长吴南轩等 6 人出席教员资格审查会，审查通过该学期新聘教员资格。9 月 3 日，吴南轩主持召开校务会议，议定本学期起，学校聘任教授以专任为原则，专任占总数三分之二，兼任占三分之一；推举伍蠡甫等 7 人为起草委员，草拟《教职员服务规程》（修正案）。④ 1944 年 5 月，他与章益、陈子展、林一民等 5 位教授，应聘担任教育部第五届学业竞试委员会委员。⑤ 8 月 27 日，孔子诞辰暨教师节，陪都重庆举行盛大纪念活动。教育部表彰优秀教师，在二等、三等服务奖

---

① 参见《复旦大学百年纪事》编纂委员会编《复旦大学百年纪事 1905—2005》，复旦大学出版社 2005 年版。1941 年 5 月，伍蠡甫不再兼任外文系主任，正式成为文学院院长；梁宗岱任外文系主任。见上书第 127 页。

② 参见李萱华《老舍在北碚活动纪要》，载重庆市北碚区政协文史资料委员会编，《北碚文史资料·第 9 辑》，1997 年，第 172 页。

③ 参见陈鸣树《20 世纪中国文学大典》（1930—1965），上海教育出版社 1994 年版。

④ 参见《复旦大学百年纪事》编纂委员会编《复旦大学百年纪事 1905—2005》，复旦大学出版社 2005 年版。

⑤ 其间，1941 年 12 月 26 日，教育部向复旦大学发布训令：奉行政院 11 月 27 日决议，准将复旦大学改为国立。1942 年 1 月 1 日正式改为国立复旦大学，吴南轩任校长（2 月 5 日宣誓就职）。参见《复旦大学百年纪事》编纂委员会编《复旦大学百年纪事 1905—2005》，复旦大学出版社 2005 年版。

第二章　伍蠡甫的中国古代画论研究

状获得者中，复旦大学共有 7 位教授获此荣誉，伍蠡甫获颁二等服务奖状。① 与此等繁忙公务相映衬的，是他积极投身的文化抗战运动，以及他在难得的片刻安宁之中所能从事的国画创作和研究。

1941 年 11 月 29 日至 12 月 3 日，伍蠡甫献机国画展在中苏文化协会展出。本次展出伍蠡甫国画作品 120 余幅，出售所得全部用于抗战献机捐款。复旦大学校长吴南轩、江一平等设茶会请中外人士，林森、蒋介石、陈立夫、陈果夫、郭泰祺、郭沫若、汪东、顾颉刚等均在画上题咏。蒋介石题"击落寇机"，标价 3000 元被美商马克敦购得；林森于一柏树中题"元气淋漓"，被虞洽卿以 3000 元购得。此外还有 33 幅作品被人购得，筹款两万余元，创重庆画界拍卖新纪录。② 12 月 1 日，据《国民公报》载，伍蠡甫画展签名册已逾 5000 人。伍蠡甫的献机国画展受到重庆文化界的广泛关注，对大后方的文化抗战运动发挥了提振精神的作用。当地媒体赞誉伍蠡甫"作画不拘一格，且能融洽中西画理"③。文化界人士纷纷撰文，赞赏伍蠡甫捐机抗敌的爱国情怀，鉴赏伍蠡甫精妙高超的国画技艺。④ 郭沫若为伍蠡甫《山田图》题诗：

乐园随地是，莫用天外求。薄田三两顷，衣食足无忧。种树可成荫，通泉以作流。碧箬胜荷叶，大木藐崇楼。春来百鸟鸣，翠盖何清幽。寒声叶尽落，解脱万木愁。繁华与寂灭，自我为春秋。静中有生意，动中有静休。亦内即亦外，

---

① 参见龙红、廖科《抗战时期陪都重庆书画艺术年谱》，重庆大学出版社 2011 年版。
② 参见龙红、廖科《抗战时期陪都重庆书画艺术年谱》，重庆大学出版社 2011 年版。
③ 哈瓦斯世界电讯社：《伍蠡甫画展——售价充献机捐款》，《重庆·新闻报》1941 年 11 月 30 日第 7 版。
④ 参见马宗融《写在伍蠡甫献机画展前》；陈子展《绘画与文学——为伍蠡甫献机画展作》；常任侠《题蠡甫江碛偶耕图》均发表于 1941 年年末至 1942 年年初的《新蜀报》。

— 69 —

亦刚即亦柔。万物备于我，谁谓等浮鸥。①

尽管伍蠡甫的这幅画作现在已无从寻觅，但我们有幸通过郭沫若的诗作可以对画作的佳境展开丰富的联想。郭沫若不仅对画作展示的清幽淡雅的画面作了生动细致的描绘，还进一步引申出自然界动静、内外、刚柔对立统一的和谐关系，引领观者进入"万物皆备于我"的胜境，可谓诗画合璧，相得益彰。

伍蠡甫在重庆举办的这次抗战献机个人画展，有两大亮点：一方面是他以个人画展的形式筹集善款、捐机抗敌的爱国义举；另一方面是本次画展中伍蠡甫集中展出的国画创新之作。画展除了田园山水画之外，首次公开了伍蠡甫创新的国画作品。洋房、工厂、军舰、枪炮，寇机被击落或我机侦察等场景都成为他笔下的创作对象，以此实现他变革国画的创作理念。他在1942年发表的一篇论文中表达了对于国画题材创新的看法，"中国绘画的题材跟着中国社会的发展逐渐扩充，今日汽车、洋房、西服、摩登女子之可入画，原无异于牛车、茅舍、僧衣、宫装在过去之可以入画，甚而有些还成为独立的部门（画科——笔者注）。不过，今日一般冬烘的批评家却攻击中国画上的汽车、洋房等等，认为'恶俗'，太不'雅观'了，这无非是传统的'雅'的观念在作祟，而这样的看画，还够不上懂得'执正以驭奇'！"② 他以超前的创作观念和创作实践诠释了"笔墨当随时代"的真义。

1945年8月15日，日本宣布无条件投降，战时内迁大后方的机构、人员陆续复员回迁。不久，国民政府教育部颁布国立各

---

① 郭沫若：《题伍蠡甫先生山田图》，载王继权等《郭沫若旧体诗词系年注释》（上册），黑龙江人民出版社1982年版，第352页。
② 伍蠡甫：《再论中国绘画的意境》，载《谈艺录》，商务印书馆1947年版，第55—56页。

级学校迁校办法。1946年2月，经校务会议推选，成立复旦大学迁校委员会，承担迁校准备、执行等事项。迁校委员会由17人组成，分设物资调查、物资迁运、人事、安全卫生、纠察五股。伍蠡甫、芮宝公、卢于道3人被人事股推定为召集委员。①

学校迁校方案确定后，迁校委员会的各项组织工作进入紧锣密鼓的实施状态。自1946年2月召开第一次会议到同年6月期间，迁校委员会累计召开20多次会议，商议部署各项迁校具体工作。根据职能分工，伍蠡甫所在的人事股承担格外繁重的工作任务：负责详细调查并登记本校应行东迁的员生、工友及员工眷属信息；分配迁校时舟车舱位或座位铺位；确定分批东迁人员的先后次序及沿途膳宿等事务。② 处理迁校事务占用了伍蠡甫很多时间和精力，他努力兼顾教学科研与管理事务，忠实履行身为教授和校务管理者应尽的责任和义务。③ 尽管目前尚未见到伍蠡甫本人在此期间留下的亲述文字，但对于一向醉心于书画创作与研究的伍蠡甫来说，如此繁重琐细、耗时费力的迁校工作，难免会使他感到焦虑。但战后迁校毕竟是关涉学校未来发展、延续大学文化传承的要事，伍蠡甫始终以高度的责任心和使命感履行着自己的岗位职责，并以实际行动投入支持战后重建和大学回迁的重要工作中。

---

① 参见孙瑾芝、严玲霞、田园《复旦大学东迁史料选》，载复旦大学档案馆选编《抗战时期复旦大学校史史料选编》，复旦大学出版社2008年版。

② 参见孙瑾芝、严玲霞、田园《复旦大学东迁史料选》，载复旦大学档案馆选编《抗战时期复旦大学校史史料选编》，复旦大学出版社2008年版。

③ 1945年5月5日，朱家骅与陈立夫联名向蒋介石推荐九十八名"最优秀教授党员"，伍蠡甫与梅贻琦、蒋梦麟、张伯苓、陈寅恪、冯友兰、贺麟、朱光潜、华罗庚、竺可桢等大学校长、教授名列其中。有学者研究指出，民国时期政治高压下的"党化教育"对大学教授渗透较重。重庆教育部曾有命令，大学院长以上的人都必须是国民党党员，这是教育部长和组织部长可以向国民党党中央炫耀请功的资本。但从相关史料文献中获知，当时的教授或校长入党是动员号令下的集体行为，多数并非自愿申请加入。1949年，国民党政府失去了大陆政权时，这九十八位"最优秀教授党员"选择留在大陆的是多数。参见沈卫威《民国大学的文脉》，人民文学出版社2014年版。

复旦迁校之事不免使他原本喜静的生活性情稍有烦扰，但他却能求得片刻余暇寄兴丹青。这一年，伍蠡甫在重庆北碚创作了一幅《嘉陵江观音峡即景》。画中的观音峡景色，峡江映带，烟云出没，秋树扶疏，江心波流婉转，两位渔夫乘筏顺流而下，笔墨清新纯粹。伍蠡甫法效石涛"搜尽奇峰打草稿"画旨，技法质朴却有一种沉厚苍茫的意趣，寄寓着国人抗击敌寇的不屈意志和勇夺胜利的激越豪情。

第二节 伍蠡甫绘画艺术美学研究的方法与视野

中国美术史研究，如果从唐、宋算起，已逾千年。唐代张彦远的《历代名画记》已为中国画史的著述作出了开创性的功绩。把中国美术史研究作为一门学科来对待，始于20世纪初。陈师曾、滕固、郑午昌、潘天寿、俞剑华等学者名家都为中国美术史研究奠定了宝贵的学术基石。据统计，我国历代的画学编著，至民国为止，有800多种，其中有记录画事、画家、画派、画论以及收藏等，真可谓"卷帙浩繁"[1]。但是在这些编著中，过去的所谓"画史"，大多只是记载某些画家的事情与作品的流传，所以直到民国时期，流传下来的历史文献不少，但要真正编撰一本中国画学史，著者对于史料的爬梳、整理、取舍、分析着实是一项繁重浩大的工程。其间，对历代史料观点的分析取舍、价值判断、规律把握等，都是对著者史识学养的锤炼与考验。

20世纪上半叶，国内学者编著的、较有学术影响的中国画史著作，有陈师曾的《中国绘画史》、滕固的《中国美术小史》、郑

---

[1] 王伯敏：《功在筑基与铺路——评俞剑华的画史研究》，《艺苑》（美术版）1997年第1期。

第二章 伍蠡甫的中国古代画论研究

午昌的《中国画学全史》、俞剑华的《中国绘画史》等十八种；外国学者的中文译作，如陈彬和译日本大村西崖的《中国美术史》、熊得山译日本关卫的《西方美术东渐史》等6种。① 这些编著的出版对海内外学术界产生了影响，对提升中国美术史研究水平起到了重要的推动作用。但由于受社会环境、时代思潮和史家观念等局限，这一时期的画史著述也为日后的学术研究提供了宝贵的借鉴与启示。例如有学者指出，现代以来中国学者出版的美术史著述，撰著模式大多"四平八稳，不偏不倚，材料接近、思维框架大同小异"，在史学观念、著作体例、主导思想等方面"给人以雷同、乏味的感觉"，体现出"有史料而无作者"之弊。② 20世纪二三十年代以郑午昌《中国画学全史》为代表的美术史，虽然在绘画史及理论的历史分期和史学观念上受到了西方思想的影响，但"具体叙述仍偏重于传统的史料罗列和品评"，"留下不少古代艺术史家重源流、重品评的痕迹"。20世纪四五十年代，胡蛮、李浴等人的美术史"更多从当时的政治状况入手，使得政治、社会因素强烈地掺入美术史"，势必受社会历史的局限而影响对美术本体发展的分析和判断，"传统简约而直入的鉴定与评断模式已无法满足现代理性的追求"③。

相比陈师曾、滕固、郑午昌等人通过资料收集、整理、考证撰写通史的著述方式，伍蠡甫不仅长期沉潜于浩瀚的中国画史文献，而且还拥有品鉴古画真迹、创作山水画作的真切体验，因而他的画学研究，注重切近中国古代绘画艺术本体去探究中国画特有的艺术特质和文化内涵，从而形成了自己的史识建树和艺术体

---

① 参见王伯敏《艺术创造与慧悟价值——中国美术史研究答问》，《新美术》1990年第4期。
② 参见顾丞峰《中国美术史学反省》，载顾丞峰《感受诱惑》，重庆出版社1999年版。
③ 顾丞峰：《中国美术史学反省》，载顾丞峰《感受诱惑》，重庆出版社1999年版，第126页。

悟。这使得他对文人画史和画论的研究,不再满足于概览通论式的史实描述和观点归纳,而更强调对绘画艺术的创作原理、中国画的创作手法和审美意蕴等画论领域的关键性问题进行深度的探究与阐释。他在 1938 年至 1946 年的研究心得与理论建树,主要体现在 1947 年商务印书馆出版的论文集《谈艺录》中。

《谈艺录》主要由以下十篇文章组成:《文艺的倾向性》《试论距离、歪曲、线条》《中国绘画的意境》《再论中国绘画的意境》《笔法论》《中国绘画的线条》《故宫读画记》《关于顾恺之〈画云台山记〉》《中国的古画在日本》和一篇译文《利奥纳多·达·芬奇的〈最后的晚餐〉》。这些文章最初曾发表于一些杂志和日报副刊。[①] 如果以伍蠡甫一生的学术兴趣和理论成果为参照系来审视这部艺术专著,从各篇文章的论题已能窥探出伍蠡甫画论研究的旨趣之所在:中国绘画的意境及其生成机制,中国绘画的艺术形式美及其合成要素、中西艺术比较等。伍蠡甫认为"论艺之文,最须写得细致",所以他特地增选了一篇意大利学者安东尼·瓦伦汀于 1938 年出版的学术专著《达·芬奇:追求完美的悲剧》中的节选译文作为范例,"希望与留心斯道者共同参考"。

对于从事中国绘画史和绘画理论研究的学者而言,研读第一手文献资料和品鉴古画真迹是研究的重要途径和手段,而伍蠡甫的画论研究正建基于此。抗战时期,伍蠡甫与故宫博物院马衡等专家曾到贵州安顺华严洞提选古代珍藏书画,并编写书画展览目录。《故宫读画记》一文反映了这个时期伍蠡甫参与故宫书画整理与研究的部分情况。抗战胜利后,为调查日本自甲午战争以来夺取我国文物有关情况,1945 年 10 月,国民政府教育部成立

---

① 伍蠡甫的《文艺的倾向性》《笔法论——中国画的线与均衡》等曾刊于《时事新报》(重庆版)副刊《学灯》。

第二章 伍蠡甫的中国古代画论研究

"清理战时文物遗失委员会赴日调查团"调查中国在日本各项文物，编制目录并形成调查报告。调查团分古董、书籍、字画等小组，伍蠡甫负责字画鉴定并兼任随团英语翻译。① 据国民政府教育部于抗战胜利后整理编撰的《被日劫掠文物目录》和《文物损失数量估价表》统计："我国战时被劫之公私文物，查明有据者计有书籍、字画、碑帖、古物、仪器、标本、地图、艺术品、杂件等3607074件，另1870箱；又被劫古迹741处，以上估价共值国币（战前币值）9885646元。"② 作为此项调查整理工作参与者，伍蠡甫在《中国的古画在日本》一文中，不仅略述了中国古代画迹历经政治军事变乱遭受损毁的命运，名画散失收藏的去向，以及故宫博物院对保护文物所做的工作，而且详细叙述了就其所知，日本存有中国古画的情况。他通过古籍记载和画作真迹，细致描述了古画的年代、作者、题材、风格、收藏归属等内容，并从书画鉴定的角度提出了自己的见解。他对日军侵华期间被掠夺走的中国古文物深感痛心，在文章末尾他义正词严地说，"我们不仅有权要求日本返还战争中劫去的部分，还有权要求日本返还平时巧取豪夺的部分，作为赔偿这次战争期间中国公私所藏文物的损失"。因为"这是中国艺术的瑰宝，这是中国文化或民族精神的领土之一部分，侵略国家应当负责归还"。他深切呼吁，"为着要使我们民族文化的宝藏，今后得由努力收集，保存、整理、使用，而至发扬光大，所以我们现在十分希望全国人士通力合作，把这些真而且精的中国古画，尤其是日本反有而中国独无的，尽先收归国有，来填补中国画史的缺页，来便利艺术界的

---

① 参见国民政府教育部《教育部清理战时文物损失委员会报送赴日调查团工作纲要呈》，载中国第二历史档案馆编《中华民国史档案资料汇编》（第五辑·第三编·文化），江苏古籍出版社1999年版。
② 戴知贤、李良志主编：《抗战时期的文化教育》，北京出版社1995年版，第185页。

研究，来加强一般民众对于中国艺术和中国文化的优良传统的认识。"① 伍蠡甫对日军侵华造成的文物流失表达了谴责和愤慨，也对古画真迹在中国绘画史研究和文化传承中的重要价值给予了特别的珍视，字里行间映照出他身为学者的拳拳之心。

新文化运动以来，中国美学进入发展和分化阶段。20 世纪 20 年代后期，由于国共两党统一战线分裂等政治原因，促使反帝反封建的文化统一战线发生分化。到 20 世纪 30 年代初，这种分化在美学理论领域也明显地反映出来，形成了对立的两派：一派是继续在西方资本主义美学体系影响下深入发展，其中以朱光潜、宗白华、邓以蛰的成就最突出，以朱光潜为代表；另一派是运用马克思主义的立场、观点、方法批评文艺和研究美学，主要是共产党人和进步的文艺家，以鲁迅与蔡仪为代表。② 伍蠡甫长期从事西方文艺理论教学和研究，大量译介西方文艺理论和文艺作品，使其拥有较为广阔的理论视野和较强的理论理解力和辨析力，因而他的思想观点和理论立场呈现多元综合的面向。《文艺的倾向性》（1938 年）是一篇探讨创作原理和表现手法的文章。1938 年 8 月 7 日，宗白华在为《学灯》刊发的伍蠡甫《文艺的倾向性》等文章撰写"编辑后语"时写道：

> 近代德国艺术史的研究和著作非常发达，鸿篇巨制，层出不穷。然而因学者的性格和观点不同，在注意考证，搜罗史实派以外，突起一种所谓"文艺科学派"，着意在阐发文艺史上风格的递变中间的规律，由此而窥见文化的时代精神，最后探索到人类心灵里集中最基本的倾向性，如古典主

---

① 伍蠡甫：《中国的古画在日本》，载《谈艺录》，商务印书馆 1947 年版，第 110 页。
② 参见聂振斌、王向峰《中国百年美学发生发展的轨迹》，《沈阳工程学院学报》（社会科学版）2006 年第 2 期。

第二章 伍蠡甫的中国古代画论研究

义与浪漫主义型，理想主义与写实主义型，文艺复兴与巴洛克型式等等。唯物史观一派由社会经济的阶级性，摹绘各阶层的意识形态，更以此窥探各派文艺的底蕴。文艺变成"生命情调"和"意识形态"的标本、映影。伍先生这篇文章是探讨文艺倾向性的一般的问题，立论严谨，颇不少独自的见解。①

正如宗白华所识，19世纪下半叶至20世纪之交，世界艺术史研究领域各种新理论和新观点层出不穷。自康德以降，从赫尔巴特、齐美尔曼、费舍尔和费德勒，到桑佩尔、李格尔、沃尔夫林等人的美学与艺术史研究，在理论基础和研究方法方面出现新的转向和趋势：从形而上学的美学思辨，到对形式要素和知觉心理学的实证研究；从对自然美与艺术美的主观的、笼统的描述，到对具体艺术作品的风格描述与形式分析。② 在20世纪初西学东渐的浪潮中，蔡元培、宗白华和滕固等留德学者积极向国内翻译相关成果，对我国20世纪上半叶的美学、艺术史及艺术教育产生了直接的影响。《文艺的倾向性》一文反映出伍蠡甫出国留学归来不久，综合驾驭中外古今艺术理论资源的学术功力，以及注重运用比较研究等方法论的自觉意识。在主要凭借的理论资源和阐释路径方面，该文显示出他早期接受黑格尔美学思想的影响。更为可贵的是，他在阐释分析中能够以马克思主义文艺理论为主导，将上述理论观点有机结合，形成更加辩证、更具阐释力的理论话语。

所谓"文艺的倾向性"，在伍蠡甫的阐释语境下可作艺术家的创作意图和主旨理念来理解。伍蠡甫首先从分析人类生存活动

---

① 宗白华：《〈文艺的倾向性〉等编辑后语》，载《宗白华全集》第2卷，安徽教育出版社2008年版，第186页。
② 参见陈平《读滕固》，《新美术》2002年第4期。

中的思想和行为引入"倾向"概念。"人生一世，不论思想行为，都表现出一种倾向。每次认识所导向的行动，或每次行动所包蕴的认识，也含有某一倾向。甚至于言行不符，做出嘴里所不以为然的事情，还是表现某一倾向。……然而，人虽时刻决定他的倾向，他自己却不必意识到此。"① 可见，伍蠡甫所说的"倾向"似可理解为人类行为中反映主体意志的意向性态度。在之后对现实"倾向性"的阐释中，伍蠡甫表现出对于唯物辩证法的运用和超越"主客二分"的认识能力。他说："自来分裂精神与物质或主观与客观为各自独立的存在，都是不曾觉察倾向性的作用。世上只有基于物质而后可以影响物质的精神，只有源于客观而后再去左右客观的主观。人就在这无数的影响和左右之中，表现出他逐次递变的倾向。……我们认识倾向的程度，完全决定于我们认识现实的力量。"② 他继而阐释了人类艺术实践及其精神活动所表现出的"倾向"。他通过辨析黑格尔美学观念论与马克思主义唯物史观中有关艺术表现理论观点的差异和关联，认为黑格尔具体地考察分析了美的理念和艺术的生成发展的特点和规律，为"探取艺术的倾向"提供了"普遍的公式"；而后来的"唯物史观的艺术论则给黑格尔的观念论找到了物质的基础，阐明一部艺术史中物质或实在如何决定观念，以及观念再如何作用实在"。伍蠡甫在此不仅获得了方法论上的指导与支持，而且引出了他致力于探究的理论问题："艺术需要何种媒介来表出倾向，亦即艺术内涵与艺术工具间之关系。"③ 这一命题也正是令伍蠡甫终生着迷，并于此后持续探究的关于艺术形式美等系列理论命题的核心母题。他针对当时国内的理论研讨和创作实践，强调了以下重要的理

---

① 伍蠡甫：《文艺的倾向性》，载《谈艺录》，商务印书馆1947年版，第1页。
② 伍蠡甫：《文艺的倾向性》，载《谈艺录》，商务印书馆1947年版，第1—2页。
③ 伍蠡甫：《文艺的倾向性》，载《谈艺录》，商务印书馆1947年版，第3—4页。

第二章 伍蠡甫的中国古代画论研究

论观点：

第一，"艺术过程就是凭想象求典型"。他指出，"历代艺术名作无不以深澈的形象来表出倾向。倾向所趋是内容问题，如何表出倾向……则属技巧问题。于是艺术家顶大的困难，便在指示我们，他所传出的倾向，乃是无论何人，可以同一素养处此同一情势所必走的路。在此，艺术过程就是凭想象去求典型"。艺术表现并非简单照搬生活，"艺术作品必使我们在认识共性之外，更能辨出其中确有某某其人真在奔赴某种倾向……在共性中切实体味到活生生的某一个体。……唯从个别中表出普遍，则印象明晰，基础深固"。"艺术家创造典型以达倾向之时，固须凭一己的想象，但是未用想象前，他不能不先充分认识共性之社会基础……他须以社会科学的知识，去察出倾向，再以艺术的想象去表出倾向。"[1] 绘画创作也须遵此规律，画家试图通过"掺和概念与形象，以达出倾向……如同筋骨般的概念还待形象予以血肉……作者先须有充分学识以认知时代，认知倾向，那时骨骼健全，想象方能在骨骼上包以皮肉，灌入鲜血"[2]。伍蠡甫通过阐述艺术创作中"典型"的生成机制及其艺术属性，告诫创作者要重视观察和分析社会生活，以现实为基础去激发灵感、确立主旨、提炼典型，再以艺术的想象和丰满的形象去实现自己的创作意图。

第二，创作者要择取恰当的表现形式表达创作理念；观赏者要学会透过艺术形式探究作者的意图和作品的深意。他通过比较雕刻、绘画、音乐、诗歌等不同艺术形式在表现和传达创作倾向（意图）时的技巧，分析各种艺术形式在展现时空动静特征时的

---

[1] 伍蠡甫：《文艺的倾向性》，载《谈艺录》，商务印书馆1947年版，第7页。
[2] 伍蠡甫：《文艺的倾向性》，载《谈艺录》，商务印书馆1947年版，第7页。

优长，强调综合运用各种艺术手法进行创作的重要性。他说："自来伟大作品之功，端赖这种综合与贯穿。它不仅描写时间之由过去转到现在，而没入未来，以及空间之由此移彼，再从彼之它。伟大的作品必夏能凝聚这种转换契机于一个中心点上。画与雕塑或音乐与诗皆含此种凝聚功夫，而诗所可以凝聚的当然更多于画。"① 他指出黑格尔和莱辛的美学理论虽然已经初步阐明诗画等艺术门类的优长属性，但未能进一步探究艺术家在表现倾向时的精心运思。针对有些唯物论者在分析作品时仅仅关注作品内容倾向和社会背景，不去回溯作者艺术手法的研究方式，他分析指出"艺术家必审察自然，得其发展原则，才能知所强调，正如哲学家穷平生之力，归纳宇宙法则。艺术家同哲学家一样，他将寻到一个抽象的结论，以为创作的基准。……法则是抽象的，其基础或应用则必是具体的"②。因此，鉴赏者只有深刻把握艺术家展开艺术想象并进行抽象洗练的创作手法，方能更加理解作者的意图及其作品形式的奥秘。伍蠡甫从创作和欣赏的角度，对创作者的形式表达和鉴赏者对作品形式的领悟和理解提出了富有启发性的思想见解。

伍蠡甫在该文的后半部分结合达·芬奇的《最后的晚餐》和米开朗基罗的壁画《最后的审判》等世界名作进行了作品分析和理论阐释，以增进读者对上述理论观点的理解。得益于他赴英留学期间游历参观了许多欧洲著名的博物馆，近距离观赏了大量世界名画，他在文中认真描绘了上述名画的结构示意图，从整体布局到各局部细节，详细阐述了造型艺术中曲线式结构与凝聚作品中心的关系。他分析指出，"黑格尔所谓观念之矛盾的发展，

---

① 伍蠡甫：《文艺的倾向性》，载《谈艺录》，商务印书馆1947年版，第8页。
② 伍蠡甫：《文艺的倾向性》，载《谈艺录》，商务印书馆1947年版，第10页。

第二章　伍蠡甫的中国古代画论研究

马克思所谓物质之矛盾的发展，或达尔文所谓一切生物的形状、结构、机能等之永久的变化，都是告诉我们生命或生命的倾向是沿着曲线而前进，而我们所可把捉的演化的一个方式，也是曲线的。""曲线的要求同时又是人类生理与心理上的要求。我们不必将那有生命的艺术与险峻刻板的准确性混为一物，而艺术家则比常人又多出一种任务，他贵能捉住欣赏者这一要求，而利用之，予以毫无痕迹的诱导，使在作品中再度体验倾向之曲线式的过程"①。伍蠡甫不仅强调了曲线式发展的普遍性存在，而且还向艺术家传授了"抓住欣赏者渴求变化的心理要求"这一创作秘诀。

　　与《谈艺录》书中其他八篇中国绘画艺术专论相比，《文艺的倾向性》作为全书的开篇之作，其在反映伍蠡甫接受西方艺术美学理论与方法，建构自己的艺术美学理论与研究范式方面的意义值得珍视。他对"典型"意义的阐发抓住了艺术创作的核心要诀。从前文所述他对黑格尔美学与马克思主义唯物史观的辨析可见，这应是他从黑格尔《精神现象学》中的"这一个"、恩格斯在给哈克奈斯的信中提出"艺术美要再现典型环境中的典型人物"等深刻论述中获得的启发。伍蠡甫从这些经典论述中，领会到了创作过程中求得个别性、特殊性和普遍性的辩证统一的重要性，激发了他关于艺术品的构成及其形式特征等美学命题的研究热情。相较于20世纪40年代初蔡仪提出"美是典型"的观点、20世纪50年代蒋孔阳关于"形象与典型"的专题研究，伍蠡甫在此发出了理论的先声。他运用风格心理学和作品结构示意图等理论与方法，对西方绘画名作的布局结构和审美原则进行分析，对于当时大多数国人的艺术欣赏而言或有费解生硬之嫌，但他对艺术作品进行详细的图像文本分析，对创作

---

①　伍蠡甫：《文艺的倾向性》，载《谈艺录》，商务印书馆1947年版，第10—11页。

倾向采取绵延式表达的倡导，对当时的艺术创作和艺术风格研究提供了宝贵的方法论启示。

第三节　中国古代绘画的意境及其创生机制研究

意境是中国古典艺术追求的至高境界，中国人谈到诗文书画，常以意境之高下作为一个基本标准，对意境的含义及其表现特征的研究，是中国艺术美学研究的重要内容。自王国维提出"境界说"以来，关于中国艺术的"意境"研究，在20世纪上半叶受到邓以蛰、宗白华、朱光潜等学者的关注。

邓以蛰在20世纪30年代末和40年代初撰写的《画理探微》和《六法通诠》中，较为集中地阐述了他关于中国绘画美学理论的见解。他将中国绘画历史发展概括为"体—形—意"的形态变迁，分别对应于"生动—神—意"的理论结构：即中国绘画的发展，大致由人造实用之器"体"，逐渐摆脱器体的束缚进入书画对人物"形"体及生命"神"态之描摹，进而出现了以表现"意境"为追求的山水画形态的演变过程。这样，邓以蛰将"意境"作为"生动"与"神"的统一，认为"意境之描摹将离于形而系诸'生动'与'神'之上矣"[①]。意境是宗白华美学思想体系的核心。相比王国维提出的"诗人之境界"，宗白华将意境的内涵予以扩大、丰富和深化，除诗词、小说、戏曲外，还涉及中国古代绘画、书法、音乐、园林等艺术的意境问题，并将西方的生命美学与中国古典美学结合起来建构自己的意境理论，把"意境"作为赏析中国古代艺术理论与实践的核心范畴。他认为意境是"客观的自然景象和主观的生命情调的交融渗化"，是"艺术创作

---

① 邓以蛰：《画理探微》，载《邓以蛰全集》，安徽教育出版社1998年版，第202页。

第二章 伍蠡甫的中国古代画论研究

的中心之中心"①。朱光潜接受王国维"意境说"的影响，并结合克罗齐的"直觉说"和立普斯的"移情说"等西方美学思想，通过对中国古典诗词的研究，对"意境"的内涵和意蕴进行了新的诗学建构，认为"诗的境界是情趣与意象的契合"，"真正的诗的境界是无限的，永远新鲜的"②。

伍蠡甫也较早地对中国艺术的"意境"进行了专题探究。为了增进当时国人对中国古代绘画的了解和认识，伍蠡甫曾于1942年至1943年，连续发表了关于中国绘画的系列文章《中国的绘画》之《明用篇第一》《意境篇第二》《法度篇第三》，较为系统地阐述了中国绘画的文化价值、意境的确立与传达，以及结构布局中的笔墨法度。他的研究不仅在切入的层面和探究的路径方面别有心会，而且他撰写的《中国绘画的意境》和《再论中国绘画的意境》等专题文章的发表时间亦早于宗白华和朱光潜的有关论著。③ 如果说正如邓以蛰在其《画理探微》一文所言，他本人的画论研究之所以"曰'理'曰'微'，原于实际问题少所涉及，抑聊事哲理之探讨"；而伍蠡甫却没有停留于"意境"抽象概念的理论思辨，而是从中国古代绘画的创作实践为切入点，深入探究中国绘画艺术"意境"的创设、生成与建构的动态过程，以期获得对中国绘画艺术意境内涵及其创作规律的把握。

在《中国绘画的意境》中，伍蠡甫以"中国绘画的意境或意

---

① 宗白华：《中国艺术意境之诞生》，载宗白华《艺境》，北京大学出版社1987年版，第151页。

② 朱光潜：《诗论》，载《朱光潜美学文学论文选集》，湖南人民出版社1980年版，第191页。

③ 比较邓以蛰、宗白华、朱光潜有关"意境"问题的论著出版时间，邓以蛰的《画理探微》第二部分《论艺术之"体""形""意""理"》曾以《以大观小》为名发表于1925年3月24日《大公报》；宗白华的《中国艺术意境之诞生》发表于1943年3月《时与潮文艺》；朱光潜的《诗论》出版于1948年上海正中书店；而伍蠡甫的《中国绘画的意境》发表于1941年10月《时事新报·学灯》（渝版）。伍蠡甫的论著发表早于宗、朱的上述论著。

识形态之完成与表出""中国社会史决定的中国绘画的意境""中国绘画意境形成中意与法的问题"为逻辑对中国绘画艺术的"意境"进行了系统分析和阐释。①

（一）中国绘画意境生成的思想基础

伍蠡甫以较大篇幅论述了决定中国绘画意境产生的社会与思想因素。他回顾了我国从殷代起至鸦片战争时期主要社会制度和宇宙观、哲学观的变迁历程后指出，"作为中国文化主干的儒家思想实浸渍了中国的一切文化工作，并握住文化批判的钥匙，于是绘画与画学也不能例外，而我们所要进一步认识的画家意境，也逃不出儒家的范畴，纵使两方的关系有时是很间接、很隐晦。若说中国画学在方法论上主要是受儒家的支配，亦不为过。……中国画学便在这保守的、单调的、停滞的支配的思想中发育滋长"②。他进而通过深入阐释孔子尚"仁"、重"乐"、崇"礼"，辅以"政""刑"的思想体系，具体探究儒家思想如何影响画家的意境。他认为，礼乐是"致取中和"的手段，而中和之为用，便是中庸。拿礼乐来配合天地，以天地来解说礼乐，这一关系的成立，便把人位置在一个"天""地"之间的场所，亦即放在"中位"上。礼和乐通过对个体情感和自然欲望的节制和引导，使之逐渐符合理性和社会化的要求。礼是通过外在的强制和约束来实现，乐是以内在的陶冶情感来实现，最终实现"礼义立，则贵贱等矣。乐文同，则上下和矣"（《礼记·乐记》）。礼和乐相辅

---

① 20世纪80年代，伍蠡甫对新中国成立前后所写的文章"或全部重写，或作了很大修改和补充"，其中多篇收录在1983年出版的《中国画论研究》中。1947年《谈艺录》中的《中国绘画的意境》和《再论中国绘画的意境》二文，在《中国画论研究》（1983年）一书中，均有较大增删改动。为真切反映伍蠡甫当年的思想痕迹，笔者在观点征引中主要采用1947年原文，同时将伍蠡甫在1983年新版论文中的补充内容纳入本书的相关论述中，下同。

② 伍蠡甫：《中国绘画的意境》，载《谈艺录》，商务印书馆1947年版，第30页。

相成，形成礼乐传统。这一礼乐传统得到孔子和尊奉儒家的统治阶级的维护和完善，将艺术对于情感的表现完全限制在社会政治需求的范围之内，成为我国各艺术领域的主导审美思想和一种文化心理结构。具体到中国的绘画艺术领域，伍蠡甫认为，

> 中国山水画——实则中国各门绘画也都如是——乃在儒家中庸的教训中滋长，而以物我调和为其最后的目的。中国山水画所表现的，与其说是"自然"，不如说是通过"自然"而表现的"人"。山水画的种种意境，都是象征治道之下的某一种标准人品。不过同时，画家对于所遇着的自然的某些形象，也必须要能够使其配合得上人的某些品德，而谋取自然与人的契合。
>
> 中国山水画家必须学着如何站在人与自然的关系下，去调节自然现象与主观现象。一幅山水画必须是从人的方面看，它兼有自然的成分，从自然方面看，它又兼有人的成分；抑即人天俱备，而且是位于人天的中间。[①]

在伍蠡甫看来，中国山水画家笔下的山形水势并非单纯的客观自然，而是画家置身山水之间、天人之际的情感外化与品德彰显。山水画的创作是画家秉持儒家中庸之道和入世观念而产生的艺术实践，而山水画的意境也正蕴藏于画家处理和把握人与自然、物我关系的和谐适度之中。他总结道，"作为政刑的前驱的乐礼，含有许多精透的理论，而中国绘画的理论则与之吻合。乐礼的最高原则，就是画理的最高原则，而历代画家的意境又间接受着乐礼的理论之指导。这一层乃认识中国画学精神的一个门

[①] 伍蠡甫：《中国绘画的意境》，载《谈艺录》，商务印书馆1947年版，第35页。

径……中国画学的根本"①。

　　伍蠡甫将中国画学的根本原则与儒家礼乐文化的精神和原则进行互通阐释，从而将儒家文化作为中国绘画意境生成的思想基础。他对中国山水画"属人的本质"的论断，不仅显示出他对马克思"人化的自然"深刻论述的理解和运用，而且也融入了他对中国绘画德性内涵与人文意蕴的透彻观察。他的阐释与分析有着能够自洽的立论依据和学理支撑，但他认为中国画家的意境都"逃不出儒家的范畴"，则不免过于决断。至于他说"中国画学在方法论上主要是受儒家的支配"，"中国绘画主要是反映儒家哲学所攀附的治人者的意识"，这些观点尽管在中国古代绘画史中确有实际表现，但他仅仅强调儒家思想而没有论及其他思想文化对中国绘画艺术产生的影响，其论述尚有片面不周之处。他将中国历朝历代无数画家丰富而独特的创作价值观与方法论，以及不同作品的主题和意境笼统地归结为"受儒家思想的支配""反映治人者的意识"，恐有以偏概全之虞。

　　就在伍蠡甫的这篇《中国绘画的意境》在《学灯》发表一年多之后，时任该刊主编的宗白华发表了《中国艺术意境之诞生》。宗白华在文中不仅对意境的意义、意境创造与人格涵养进行了更加深入的论述，而且对中国艺术意境的思想内涵和结构特点发表了独特见解。与伍蠡甫的观点互为补充而又相映成趣的是，宗白华认为"中国自六朝以来，艺术的理想境界却是'澄怀观道'，在拈花微笑里领悟色相中微妙至深的禅境"②。可以说，他们二人的观点共同道出了中国绘画艺术得以产生的思想基础以及包蕴的哲学内涵，这两篇探讨中国艺术意境的经典文献共同提升了我国20世纪40年代美学研究的学术品质和理论境界。

---

① 伍蠡甫：《中国绘画的意境》，载《谈艺录》，商务印书馆1947年版，第32页。
② 宗白华：《中国艺术意境之诞生》，载宗白华《艺境》，北京大学出版社1987年版，第155页。

第二章　伍蠡甫的中国古代画论研究

从伍蠡甫后来的研究和著述来看，他不仅删除乃至重写了1949年前的有关论述，而且不断调整完善了自己过往的一些观点。①1962年，在他为吕凤子《中国画法研究》撰写的书评中，伍蠡甫针对吕氏书中将顾恺之、宗炳、荆浩和张彦远有关"立意"的观点并置同论的表述，他认为要对各家论说详加辨析后再作论断。他具体分析道，张彦远在《历代名画记》中所言，"夫画者，成教化，助人伦，穷神变，测幽微，与六籍同功"，主要是以早于山水画的人物画为论说对象，张氏所言"充满儒家板起面孔的实用论"，与宗炳、荆浩的观点有所区别。顾恺之的《画云台山记》只着重构图设计，"未尝论及创作动机"。他同时指出，吕凤子的书中所列宗炳、荆浩以至北宋苏轼等人的观点，更多是"以自然为题材、借助自然以抒情的山水画而言，并且深染道家的、浪漫的色彩，强调发挥画家对自然的主观能动作用"。而且，正是由于宗炳最早提出"畅神"说，使得"我国山水画主要以道家思想所代表的'意'，影响了以后较长时期的发展"②。从伍蠡甫的这些分析可见，画论研究者在列举中国绘画史上各位论者的观点时，要注意分析观点持有者的思想背景和观点所指，避免笼统定论。同时，他指出了道家思想因素对山水画创作产生的影响，从而补充丰富了他原来关于"中国绘画意境生成的思想基础"的相关论断。不仅如此，伍蠡甫于20世纪80年代出版的《中国画论研究》《名画家论》等多部论著，更是为我们描绘了儒、道、释、禅、玄等多元思想交互影响下，中国绘画在不同历史时期的历史发展画卷，显示出他对自己早年有关学术问题思想观点的不断修正与深化。③

---

① 参见伍蠡甫《后记》，载《中国画论研究》，北京大学出版社1983年版。
② 伍蠡甫：《略谈吕凤子〈中国画法研究〉》，《文汇报》1962年3月17日第3版。
③ 此外，还可参阅伍蠡甫主编《中国名画鉴赏辞典》（上海辞书出版社1993年版），收录历代名画千余幅，鉴赏文章746篇。

(二) 中国绘画意境的创生机制研究

伍蠡甫对中国绘画意境的创生机制研究，从"尚形""尚意""尚法""以意使法"四个方面予以阐释。他首先通过史料文献回顾并总结出中国绘画史从"尚形"到"尚意"的主要脉络，认为从宋代起"主形说屈服于主意说"，文人论画与作画无不"首贵立意"，而后来"元画重意""明画重趣"可视为宋代文人精神发展的余绪。① 他从"尚形"到"尚意"的过程把握与邓以蛰的观点既有相似也有差别。邓以蛰立足于"体"（器体）去考察中国绘画的发展，梳理出绘画从"形体一致"到"形体分化"的历史过程，并且把中国绘画的发展划分为四个时期：商周为形体一致时期，秦汉为形体分化时期，汉至唐初为净形时期，唐宋元明为形意交化时期。② 而伍蠡甫则主要从创作主体以及时代的审美旨趣的发展演变进行概括。两者的看法基本上是符合中国绘画发展的历史实际的，都把握到了从追求形似到自主立意这一宏观转向。其主要不同在于，邓以蛰是从绘画史与画学研究的角度对各个时期进行较为细致的分期；而伍蠡甫则主要从中国绘画意境的生成演化进行创作旨趣的分析，两位学者都为增进对中国绘画艺术发展的理解提供了重要的观察视角。

随着中国绘画艺术发展到"尚意"的阶段，表达意境的形式、手段与法则也逐渐确立。这也正是中国画学特别发达的部分——"法"。要了解中国绘画，先要懂得绘画之"法"。伍蠡甫曾对"法"与"法度"进行区别。在他看来，"中国画学的法不是通常所谓方法或技巧，而是统理这方法或技巧的一个基本原则。法所包含的范围是笔墨"③。而笔墨之道正寓于法度之中。在绘画过程

---

① 参见伍蠡甫《中国绘画的意境》，载《谈艺录》，商务印书馆1947年版，第37—39页。
② 参见邓以蛰《画理探微》，载《邓以蛰全集》，安徽教育出版社1998年版。
③ 伍蠡甫：《中国绘画的意境》，载《谈艺录》，商务印书馆1947年版，第40页。

中,"法度是足以垂为模范的,应用最广的一个准则","法度的位置毕竟高于技巧,不容混同于技巧"①。他结合自己有关中国文化以儒学为中心的观点,认为儒家文化对绘画创作的影响表现为,古代画家将"仁"作为意境去追求,而将"礼乐"视为节制绘画的法度;意境是画家作画之初的创设,法度则是促成其意境实现的原则和手段。以此来观照中国古代绘画,伍蠡甫认为,"中国画家对于法度,无有不是在其严谨、节制、中道的双重作用上做工夫,即一面使严谨等性质贯彻到他的技巧的各部门中去,一面使严谨等性质又反转来能影响他的意境,减少轻佻或狂野的毛病"②。

如果说伍蠡甫在前一部分的论述中,详细阐释了儒家礼乐文化对中国画学根本原则和文人画家创作观念的影响,那么他在此处的论说则意在揭示,在儒家精神的指导下,画家的绘画技巧、创作原则和作品风格所呈现的艺术特征。古代画家以符合儒家伦理规范的原则和法度去作画,因而他的情感表达呈现发乎情、止乎礼的以礼节情状态。由于画家主体精神对艺术形式的制约,使得其在画面构图和笔墨技法的运用中也体现严谨节制的样貌,而由此产生的作品意境则绝少浮夸轻佻,而更多的是中和含蓄的审美意趣。为了进一步说明画家所持法度对其实际创作的影响,伍蠡甫分别从用笔、用墨的角度来审视立意与表达、意与法之间的关系。

关于用笔与立意造型的关系,唐代张彦远有段精辟之言:"夫象物必在于形似,形似须全其骨气,骨气形似皆本于立意而归乎用笔,故工画者多善书。"③ 形神兼备的象物造形,源于画家

---

① 伍蠡甫:《中国的绘画——法度篇第三》,《文化先锋》1943 年第 1 卷第 25 期。
② 伍蠡甫:《中国的绘画——法度篇第三》,《文化先锋》1943 年第 1 卷第 25 期。
③ (唐)张彦远:《历代名画记》,载张彦远撰,承载译注《历代名画记全译》,贵州人民出版社 2009 年版,第 55 页。

的构思设计,其立意的实现则有赖于笔法的塑造。可见,用笔贯穿于立意与造形的全过程,因而笔法格外重要。当然,作为中国画传统技法的重要组成部分,墨的运用同等重要。历代诸家对用墨及墨法积累了丰富的经验和理论总结。但伍蠡甫主张笔墨不宜分论,正如意与法结合至深。因为笔的作用有赖于墨,所以提及用笔,势必说到用墨。他道出了自己体悟出的笔墨观:

> 要笔中有墨,墨中有笔,好像骨肉相依,肉的中心,以骨支撑,骨的四周,以肉黏贴。于是乎,墨留纸上,须有笔踪。笔是指的那指挥人体动作的骨,人志寓于动作,画意存乎笔踪。人不可无骨,所以画不可无笔。又笔过之处,亦须墨润。墨是指的那使人体动作灵活化的肉,人意因动作灵活而益显,画意赖墨润笔始更畅。人不可无肉,所以画也不可无墨。照文人的看法,画首贵立意,正如人首贵立志。①

伍蠡甫充分肯定了国画创作中笔墨的同等重要和依存共济的关系,继而细致论述了运笔作画过程中笔墨的功能作用及意蕴,进而从笔墨与画迹的骨肉联系,溯源至一切以创作主体的立意为主脑的原则归纳。这段精彩的笔墨观阐释,既反映出伍蠡甫多年从事国画创作的丰富经验,也反映出其建立在实践经验基础上的富于辩证统一的指导理念,也是对中国古代画论笔墨观点的承续与深化。

在明确了"尚意"与"尚法"的原则之后,伍蠡甫继续论述"以意使法"的过程,这是中国古代绘画意境生成的关键环节,也是考验与锤炼艺术家技艺的"难关"。以中国文人画为例,画中点、染、皴、擦等技巧表出的各种形象,并非自然本有的形象,

---

① 伍蠡甫:《中国绘画的意境》,载《谈艺录》,商务印书馆1947年版,第42页。

第二章　伍蠡甫的中国古代画论研究

都经过画家主观择取洗练，都是以"意为主导"的作品。正如南朝宋宗炳《画山水序》所言，"旨微于言象之外者，可心取于书策之内。况乎身所盘桓，目所绸缪，以形写形，以色貌色也"①。历代名画家在创作之初，无不先确立一件作品的意境，待"意存笔先"之后，然后才能"使法就意""以意运法"。伍蠡甫从历代山水画名作和文人画论的品位中，体味出要使立意完满实现，"（画家）须学习才能使意境成熟，使技术足够运用，抑即使手从心，传写这成熟的意境，这情形无论中外古今都是如此"②，而且也"只有贯通了意境完成与表出这二重工作的人，才真能名家"③。这正是画家与画匠的关键区别所在。

有学者将20世纪中国美学研究历程中有关"意境"范畴的学术史划分为四个阶段：20世纪前半期，是"意境"的现代诠释——标举阶段；20世纪50至60年代，是"意境"的意识形态阐释——批判阶段；20世纪70年代末至90年代中期，是"意境"的文化溯源——重构阶段；20世纪90年代后期至今，是在全球化语境中的"意境"的质疑——反思阶段。④尽管身处20世纪40年代的伍蠡甫有关"意境"的专题论述不及王国维、朱光潜和宗白华的相关著述系统丰厚，但伍蠡甫这篇创作于1941年的《中国绘画的意境》，不仅较早地将"意境"范畴的审视和分析运用到了中国绘画艺术领域，而且通过对历史根源、思想观念和文化属性等层面的探究，较为深入地剖析阐释了决定中国绘画意境的社会文化基础和儒家思想意蕴。更为可贵的是，在当时中国绘画界关于中西绘画孰优孰劣、中国画何去何从的激烈讨论中，伍

---

① （南朝宋）宗炳：《画山水序》，载俞剑华编著《中国古代画论类编》（修订版），人民美术出版社1998年版，第583页。
② 伍蠡甫：《中国绘画的意境》，载《谈艺录》，商务印书馆1947年版，第28页。
③ 伍蠡甫：《中国绘画的意境》，载《谈艺录》，商务印书馆1947年版，第28页。
④ 参见肖鹰《意与境浑：意境论的百年演变与反思》，《文艺研究》2015年第11期。

蠡甫能够自觉抵制西方现世功利主义创作观和批评观的影响，紧扣中国画学研究的核心课题，专注于中国古代绘画传统精神的溯源和形而上价值的发掘。他的研究没有止步于绘画史层面的总结和归纳，而是紧密结合文人画的发展历史和创作实践，在勾勒中国绘画由"尚形"到"尚意"的发展基础上，阐释了中国古代绘画"意存笔先""以意使法""意为主导"的意境生成机制和原理。他的这种建立在历史与审美、思想与实践基础上的画学研究，不仅承续了中国古代文人画批评和研究的话语体系，而且以现代学术的理路和方法对中国古代绘画史和画论中有关意境演进的史实和经典论述进行了细致的梳理和提炼分析，为相关艺术门类的美学研究提供了可资借鉴的思路和范式。[①] 时隔不久，伍蠡甫撰写了《再论中国绘画意境》，力图进一步阐释中国绘画意境富含的审美意蕴和多样形态。从该文1944年刊于《文史杂志》的原文和伍蠡甫晚年修订完善的内容来看，与其说是对中国绘画意境的宏观"再论"，不如说是伍蠡甫对以文人画为典型的中国古代绘画艺术风格的持续探寻。[②]

第四节 文人画的艺术风格及其审美范畴

伍蠡甫从文人画艺术风格中提炼出简、雅、拙、淡、偶然、

[①] 鉴于伍蠡甫在《中国绘画的意境》中对中国古典绘画艺术的思想内涵和意境生成所进行的深入阐释，该文不仅已作为20世纪重要美术文献收录于多部艺术批评著作当中，而且还被作为艺术学专业学术论文写作的范例用于教学研读。收录文选参见郎绍君、水天中编《20世纪中国美术文选》（上卷），上海书画出版社1999年版，第663—687页；孔令伟、吕澎主编《中国现当代美术史文献》，中国青年出版社2013年版，第321—328页；收录写作教程参见赵盼超编著《艺术学论文写作教程》，中央民族大学出版社2014年版，第47—49页。

[②] 在《中国画论研究》（北京大学出版社1983年版）一书中，原收录于《谈艺录》（商务印书馆1947年版）的《再论中国绘画的意境》，调整扩展为《文人画艺术风格初探》。

第二章 伍蠡甫的中国古代画论研究

纵恣、奇崛等典型特征，为之后的中国古代画论研究提供了重要的审美范畴，他对每一种典型风格的阐释和论述都建立在扎实的文献史料和透辟的析理论证上，印证了陈寅恪"凡解释一字即是作一部文化史"①的见解，为学界树立了宝贵的研究范式。他不仅对文人画的审美风格给予了深刻精准的把握，而且梳理探究了这些核心审美风格得以形成的思想渊源和文化成因。

（一）简

伍蠡甫在阐述文人画尚简原则之前，首先从中国传统文化的礼、乐、诗、文领域的思想观点进行溯源和梳理，探寻文人画尚简风格得以形成的历史与文化根源。礼乐思想在儒家文化中占有突出的重要地位。庄重简洁的儒家礼乐文化为后世的仪式制度、文艺创作树立了典范。"礼，与其奢也，宁俭。"（《论语·八佾》）"大乐必易，大礼必简。"（《礼记·乐记》）彰显简易质朴的仪礼亦能达到礼治教化的作用。《老子》中的"少则得，多则惑"也说明了少取或可多得、贪多反而受惑的处世原则。伍蠡甫通过对王充《论衡·艺增》、陆机《文赋》、挚虞《文章流别论》、刘勰《文心雕龙·物色》等论说的阐发，梳理总结中国古代文论诗话中"尚简"的审美原则，指出我国古代礼乐诗文的尚简原则并非孤立的文化现象，同时也影响波及绘画领域。中国绘画的表现形式和风格，也讲求要而不繁、切中肯綮，树立了"减消迹象以增强意境表达"的审美准则，追求"笔墨尽量从简，方能突出意境，且寄寓深遥"②的创作旨趣。

文人画家多持两种创作使命：载道与言志。但礼教题旨与笔

---

① 陈寅恪：《致沈兼士》，载《陈寅恪集·书信集》，生活·读书·新知三联书店2001年版，第172页。
② 伍蠡甫：《文人画艺术风格初探》，载《中国画论研究》，北京大学出版社1983年版，第113页。

墨繁复都不足以否定他们的崇简立意。汉代画学发达而礼制教化崇尚实用，诸多画作的主要题材和核心命意多为礼教服务。唐代画技与构图得到发展与进步，突出表现在吴道玄的《地狱变相图》，尽管形象至繁，但劝世警俗的意旨却简明突出。唐代朱景玄在《唐朝名画录》中描述自己曾见过画家王宰的《临江双树图》，"一松一柏，古藤萦绕，上盘于空，下著于水，千枝万叶，交植曲屈，分布不杂……叶叠千重，枝分四面。达士所珍，凡目难辨"[①]。伍蠡甫从朱景玄的描述中窥出画家王宰必先有夫子"忠恕"之道往来于胸次，令其精神卓然而立，方能赋予双树以位于天地之间的"正义"。他进而总结出文人画家确立意旨的普遍规律："立意必简"。"简约、简率是文人画较有代表性的、较能体现'士气'的一种风格，而文人画的其他风格则与之有千丝万缕的关系"[②]。文人画家在描绘自然对象之初，先赋予物象以所能兴喻的品德，诸如松柏之忠贞，杨柳之温柔，兰竹之清逸，桃李之活泼，梅菊之傲岸。他们以最单纯的感应直接从自然物象中捉取品格，同时将自己的主观情趣与意志投射于所要表现的对象中，从而创设出独特的作品意境。

  伍蠡甫通过中国山水画艺术发展史详细阐述文人画的尚简风格，以分析具体作品和创作技法来阐述立意与笔墨的关系。他从现存的顾恺之《女史箴》摹本和吴道玄《送子天王图》予以分析指出：《女史箴》线条细、用力匀，笔连不断，不作轻重缓急之势。《送子天王图》线条粗细兼备，用力或轻或重，每笔两端轻细，中间粗重，每线势有徐疾，力有多少，且时见断绝，而笔与

[①] 朱景玄：《唐朝名画录》，载吴企明等编《历代题咏书画诗鉴赏大观》，陕西人民出版社1993年版，第22页。
[②] 伍蠡甫：《文人画艺术风格初探》，载《中国画论研究》，北京大学出版社1983年版，第118页。

笔相接之处，复多空隙，即所谓"莼菜条"。他认为确如张彦远所云，顾、吴两位技艺高超的画家，一个笔意周密，一个笔不周而意周。但吴道玄的笔墨"缺落"与省略并非退步，而是技艺娴熟进步的表现。顾恺之笔意"停匀"的作风，证明他在创作时主观作用和支配笔墨的力量较弱于吴道玄，尚未做到笔简而意丰。

日本学者金原省吾在《唐宋绘画》一书中把中国绘画分成三个时期：顾恺之"无变化"的线条；吴道玄"多样速度的"线条；马远夏珪梁楷等因压擦而起变化的线条（即斧劈皴）。他认为线有时间、空间两个方面，时间方面指线的速度，空间方面指线的面积。由六朝经唐入宋，线的发展特征是由时间的速度转入空间的面积。针对金原省吾的观点，伍蠡甫认为不能将线条同时具有的属性拆开来认识。作为笔墨主要技巧的线条，由简而繁地发展，到了斧劈皴已经累积了线在时空两方面可能的变化，这是加以融会后表现出的复杂多样的作用。同时，在笔墨运用方面，画家善于借鉴书法艺术的优长，以利于作品意境的形成和塑造。画家择定斧劈皴或披麻皴来支配画面主要的线条时，早已确立了某种皴法所特易表出的意境。在构图过程中，画家全神贯注于这一简明意境的表现。形象与笔墨尽可以繁复，但都要共同集中在表现意境的焦点上，不得冲突或干扰意境的表达。由此可见，中国文人画的"尚简"始终是立意的一个必要条件，而内容繁复，未必就是不简。这其中，"立意简明"是其成功的第一条件。[①]

郭若虚《图画见闻志》说山水画家许道宁"始尚矜谨，老年唯以笔画简快为己任，故峰峦峭拔，林木劲硬，别成一家体"[②]。郭氏将"简""快"并列，可见"尚简"之风始有萌芽。《宣和

[①] 参见伍蠡甫《再论中国绘画的意境》，原载《文史杂志》1944 年第 3 卷第 3—4 期，收录至《谈艺录》，商务印书馆 1947 年版，第 53 页。

[②] 郭若虚：《图画见闻志》，俞剑华注释，江苏美术出版社 2007 年版，第 157 页。

画谱》卷十八"葛守昌"条目,强调"形似少精,则失之整齐;笔墨太简,则失之阔略。精而造疏,简而意足,唯得于笔墨之外者知之"①。这些画论著述对画家笔墨的评点,都反映出对笔简意深的赞许。伍蠡甫认为文人画的简约风格自南宋马远始成,直到元代出现"物我为一""简中见我"的审美原则,首倡者是元代画坛领袖赵孟頫。他以赵孟頫为例,通过剖析画法与书法的关系来阐述文人画"尚简"风格的形成要素。他认为文人画家们为了求简,把全部功力首先放在"线条"的运用上,而书法正是以线条表现形体和生命的艺术,他们便把书艺的笔法吸收到画法中来。正如赵孟頫题诗《秀石疏林图》云:"石如飞白木如籀,写竹还应八法通。若也有人能会此,须知书画本来同。"② 伍蠡甫通过大篆、小篆、秦隶、汉隶演进历程的分析认为,隶体的运笔对山水画笔法的影响更大,它增强了山水画造形、达意的效果和艺术形式的感染力。"画笔是否吸取书法(隶法)的用笔,影响着绘画的艺术效果的强弱,而在画家中士大夫又大都工书,所以画笔之有隶体也就犹如作品之有'士气'。"③ 除了隶体对文人画法的影响,以籀笔画竹木,以其圆笔增其浑朴;以飞白画石,以枯笔露白状石之嶙峋,都可助益画意生动。随着竹木和山水日渐成为士大夫绘画的主要题材,简约风格成为画中高品。

(二)雅

伍蠡甫认为文人画的其他风格都与上述"简"的审美范畴相关联。"文人既能简练他的精神而给人以准确的、不致引入歧途的印象,于是跟着就产生意境的某些因素,其中首要因素就是

---

① 王群栗点校:《宣和画谱》,浙江人民美术出版社 2012 年版,第 210 页。
② 张晨主编:《中国题画诗分类鉴赏辞典》,辽宁美术出版社 1992 年版,第 454—456 页。
③ 伍蠡甫:《文人画艺术风格初探》,载《中国画论研究》,北京大学出版社 1983 年版,第 117 页。

第二章　伍蠡甫的中国古代画论研究

'雅'。"①"雅"的提出和演变有着丰富的文化史积蕴。他重点梳理分析了"雅"在礼制、文论、画论中的演进过程。

他先从儒者的处事态度谈起。儒者"不忤物""文其质"的行事原则在荀子对"伪"的阐述中得以彰显。《荀子》曰："人之性恶，其善者伪也。""故圣人化性而起伪，伪起而生礼义，礼义生而制法度。然则礼义法度者，是圣人之所生也。故圣人之所以同于众、其不异于众者，性也；所以异而过众者，伪也。"② 这种"人为"的因素，被儒家视为"雅"。礼乐制度方面，郑玄《〈周礼〉注》有言，"雅，正也，古今之正者，以为后世法"。孔子曰"恶郑声，恐其乱雅乐也"。将歌词"典雅纯正"、音乐"中正和平"之乐称为"雅乐"，以区别于"淫邪"之"郑声"。可见，"雅正""雅淡"意味着士大夫的政治态度、处世哲学和人生修养；"雅致""雅兴""雅怀"等标志着文人生活的特色；"雅"成为儒家审美准则之一。

他认为中国古代画家关于"雅"的审美观念源出于诗论与文论。南朝刘勰较早地将"雅"作为评论文章风格的主要原则，对"雅"这一审美范畴在文学领域的运用进行了较为系统的阐发。《文心雕龙·体性第二十七》标举八体，首曰"典雅"，指出"雅与奇反"③，但并不反对"奇"，认为"奇正虽反，必兼解以俱通"（《文心雕龙·定势第三十》）。④ 但雅与郑则互相排斥，不相通。《文心雕龙·定势第三十》言："若雅郑而共篇，则总一之势离"；"旧练之才，则执正以驭奇；新学之锐，则逐奇而失正"⑤。雅和郑是敌对的，正和奇则是相对的，而且有主从之分，应以

---

① 伍蠡甫：《再论中国绘画的意境》，载《谈艺录》，商务印书馆1947年版，第53页。
② 张觉校注：《荀子校注》，岳麓书社2006年版，第293、296—297页。
③ 周振甫：《文心雕龙今译》，中华书局1986年版，第257—258页。
④ 周振甫：《文心雕龙今译》，中华书局1986年版，第279页。
⑤ 周振甫：《文心雕龙今译》，中华书局1986年版，第279、283页。

"雅"或"正"为主导以御"奇"。伍蠡甫认为这样的辩证关系同样适用于绘画艺术创作中,"只有尊重传统的老手,才能做到'执正以驭奇'这一步。初学入门者更须熟悉并掌握雅正的悠久传统,方可谋求新奇,而不至于逐奇失正"①。

伍蠡甫从绘画题材、笔墨运用、审美风格三个方面的奇正关系,对文人画论中的"雅"详加论析。绘画题材方面,文人惯于指摘"俗恶"来反证"雅"的审美标准。伍蠡甫以北宋张择端《清明上河图》为列指出,这部作品以写实手法描绘北宋都城汴河两岸人民的生活场景,具有一定的历史参考价值,但明代张丑却认为"所画皆舟车城廓桥梁市廛之景,亦宋之寻常品,无高古气也"②。可见,仅仅描画现实生活和眼前事物,而未能表达画家自身思想情感的题材和作品,将被文人画家或品评家视为俗不可耐之作,而表达含蓄、意境幽远之作则被称为"高雅"。《宣和画谱》卷七载:李公麟画陶渊明《归去来兮图》,"不在于田园松菊,乃在于临清流处";"公麟作《阳关图》,以离别惨恨为人之常情,而设钓者于水滨,忘形块坐,哀乐不关其意"③。伍蠡甫体悟到了李公麟的构思意图,他解读道,"前一幅画题,如果强调渊明急于归去观赏'故园'中'犹存'的'松菊',未免流为一般的表面现象,公麟则选择了'临清流而赋诗',以描写主人公罢官归来,正是心无一累才能咏吟雅怀,从而点出诗人本色。公麟高人一着,就在于捉取最能表达渊明内心世界的场景。关于后一画题,一般是描写行者和送行者双方形象,以表达依依惜别之情,公麟则想象开阔,添上一位襟怀旷达、悠然自得的钓者,这实质上反映了嵇康《声无哀乐论》的思想,以'率然玄远'作为

---

① 伍蠡甫:《再论中国绘画的意境》,载《谈艺录》,商务印书馆1947年版,第55页。
② (明)张丑:《清河书画舫》,徐德明校点,上海古籍出版社2011年版,第31页。
③ 王群栗点校:《宣和画谱》,浙江人民美术出版社2012年版,第75页。

第二章　伍蠡甫的中国古代画论研究

画中的最高超境界"①。李公麟在主题场景和人物特征的选取和把握上所体现出的典型性，反映出其不同流俗、力求"高雅"的创作旨趣。

　　笔墨运用上的"雅"突出表现为形似之外，对"古雅"的追求。伍蠡甫认为"古雅"大致表现在线条和笔致两个方面。中国古代绘画描写人物衣折纹所用的典型线条画法主要有三种：晋代顾恺之的高古游丝描，唐代阎立本的铁线描，唐代吴道子的莼菜条。"前二者运笔精谨，用力均匀，线条的宽度一致，行笔的速度也一致，后者笔势豪放，用力不一，迟速不一，因而线条中部较粗，两端较细。就线条所唤起的感觉而言，游丝、铁线敛约而偏于静，莼菜奔放而偏于动。"②伍蠡甫对人物画线条画法的力度、速度、笔势和表现特征的典型分析，反映出他对古画观摩鉴赏时的细致深入，同时也不难想象，若非经常从事国画创作和笔墨技法体验者，难有如此精当的感悟与辨识。他从古代画论文献中找到了相应的理论支持。米芾曾对吴道子的笔法提出异议，他提及李公麟"尝师吴生（道子），终不能去其气（习气）"，称自己宁可"取顾（恺之）高古（游丝描），不使一笔入吴生"。③邓椿《画继·论远》也曾记载，"画之六法，难于兼全，独唐吴道子、本朝李伯时（公麟）始能兼之耳。然吴笔豪放，不限于长壁大轴，出奇无穷。伯时痛自裁损，只于澄心堂纸上运奇布巧，未见其大手笔，非不能也，盖实矫之，恐其或近众工之事"④。所谓"裁损"就是矫正吴生之"俗"，画家抑制豪放的笔势，目的在于

---

　　① 伍蠡甫：《文人画艺术风格初探》，载《中国画论研究》，北京大学出版社1983年版，第121页。
　　② 伍蠡甫：《文人画艺术风格初探》，载《中国画论研究》，北京大学出版社1983年版，第122页。
　　③ （宋）米芾：《画史》，黄正雨、王心裁辑校，湖北教育出版社2002年版，第151页。
　　④ （宋）邓椿：《画继》，黄苗子点校，人民美术出版社1963年版，第117页。

为了免"俗"而求"雅"。可见，依照传统文人画家、评论家的审美标准，吴道子的笔力多刻露、少含蓄，带有作家习气或霸气，其矫正之途在于，以含蓄蕴藉之"雅"，反对纵横习气之"俗"。但伍蠡甫认为，吴道子的笔法价值却不能忽视，因为古代绘画技法的传统是逐渐发展演变的，"倘若起先没有吴道子笔法的挥霍、豪放，那末'裁损'之后也许就所余无几了。正所谓后世画论所言'熟而后生'之'生'，'熟而后生'则'雅'"①。

为了将"雅"之审美风格的理解引入更高阶段，伍蠡甫通过"雅正"与"奇崛"的相互关系来领会"以正御奇"的艺术效果。他指出，我国书法理论中率先提出正和奇的辩证关系。明代项穆《书法雅言·正奇》有言："奇即连于正之内，正即列于奇之中。正而无奇，虽庄严沈实，恒朴厚而少文。奇而弗正，虽雄爽飞妍，多谲厉而乏雅。""逸少（王羲之）一出，揖让礼乐，森严有法，神采攸焕，正奇混成也。"② 在传统文人画领域，明末清初的石涛广泛汲取前代传统笔法的精髓，做到功力深稳，归于雅正，他同时又以倪瓒的涩中见骨之笔为基础，再加锤炼和突破，终于解脱出来，化为奇崛以至险峭。石涛在正奇关系上掌握得巧妙恰当，毫无粗野狂怪等习气，恰好体现出文人画"正奇混成"的风格。由此可见，在文人画史的某一特定阶段，抑制"豪放"是为了免"俗"而求"雅"，而一旦过于"裁损"，则会使"豪放"失却"苍茫"，所以不能孤立片面理解"豪放"与"裁损"。③ 伍蠡甫的观点与王国维的"古雅"论产生了共鸣。王国维

---

① 伍蠡甫：《文人画艺术风格初探》，载《中国画论研究》，北京大学出版社1983年版，第123页。
② （明）项穆：《书法雅言》，载华东师范大学古籍整理研究室选编校点《历代书法论文选》（上），上海书画出版社1979年版，第525页。
③ 伍蠡甫：《文人画艺术风格初探》，载《中国画论研究》，北京大学出版社1983年版，第122—123页。

说,"天下之物,有决非真正之美术品,而又决非利用品者,又其制作之人,决非必为天才,而吾人之视之也,若与天才所制作之美术无异者,无以名之,名之曰古雅"。"若夫优美及宏壮,则非天才殆不能捕攫之而表出之。今古第三流以下之艺术家,大抵能雅而不能美且壮者","故古雅之位置,可谓在优美与宏壮之间,而兼有此二者之性质也"①。他认为优美和宏壮乃艺术天才之事,而古雅则属第三流艺术家所为。"古雅"未能与优美宏壮争胜,恰说明"雅"是缺乏豪放、苍茫之气的。王国维和伍蠡甫所言都意在提醒,切不可使"雅"在过于敛约、裁损、去习气的过程中,削弱了意境的创设和技法的创新。

(三) 拙

中国人重视"拙"的智慧,所谓"大巧若拙"即是中国美学反映这一高明智慧的理论命题之一。中国古代文人画家将作品意境与技法中体现出的"生拙""古拙"视为不逞才、不使气的"敛约"精神,认为其较之"纵恣",更合乎儒家的"中和"之道。作为审美范畴的"拙",蕴含着丰富的美学意涵和深厚的哲学义理。

我国画论和书论中有许多崇尚"生拙"风格的论述。伍蠡甫认为书论在崇尚"生拙"风格方面先于画论。北宋黄庭坚论书有言:"凡书要拙多于巧。近世少年作字,如新妇子妆梳,百种点缀,终无烈妇态也。"② 苏轼曰:"凡文字,少小时须令气象峥嵘,彩色绚烂,渐老渐熟,乃造平淡,实非平淡,绚烂之极也。"(《与赵令畤书》)尽管这是关于文论的观点,但与书论相通,意在赞

---

① 王国维:《古雅之在美学上之位置》,载《静庵文集》,贵州教育出版社 2014 年版,第 156—159 页。
② 黄庭坚:《李至尧乞书书卷后》,载吴光田编注《黄庭坚书论全辑注》,河北教育出版社 2008 年版,第 167 页。

美伴随老熟而来的、自然而然的疏放和生拙。明代书法家傅山也主张"宁拙毋巧，宁丑毋媚，宁支离毋轻滑，宁真率毋安排"。① 相比较而言，黄庭坚在批评"有意为拙"，苏轼在论说"无意而拙"，而傅山比黄、苏更深一层，不以"技艺"而以"人"来论说书法中"生拙"与"巧媚"的风格。伍蠡甫称赞傅山敢于冲淡形式主义，"在审美认识中接触到美、善一致的问题"。②

关于画论中崇尚"生拙"风格的观点。黄庭坚《题赵公祐画》中说，"余初未尝识画，然参禅而知无功之功，学道而知至道不烦，于是观图画悉知其巧拙功俗，造微入妙。然此岂可为单见寡闻者道哉"。③ 他主张无意地、自然而然地于"拙"中见出画的奥妙，反映了当时文艺理论上的儒道思想结合，以天真稚拙为美。明代顾凝远《画引》说："生则无莽气，故文，所谓文人之笔也。拙则无作气，故雅，所谓雅人深致也。"④ 他将生拙与文雅相提并论，把生拙同匠气相对立，反映出文人画的审美标准以及对于美丑的区别原则。顾凝远还说："工不如拙，然既工矣，不可复拙。惟不欲求工而自出新意，则虽拙亦工，虽工亦拙也。"⑤ 可见，画家必须掌握前人传统技法，进行改造，化为己有，方能于"拙"中见出雅正而新奇。

伍蠡甫主要从技法和意境两个方面探究古代文人画家尚"拙"的意趣，聚焦于技法中"生"与"熟"的问题，以及作品

---

① （清）傅山：《作字示儿孙》，载傅山《霜红龛集》，山西人民出版社1985年版，第92页。
② （宋）伍蠡甫：《文人画艺术风格初探》，载《中国画论研究》，北京大学出版社1983年版，第127页。
③ 黄庭坚：《题赵公祐画》，载屠友祥校注《山谷题跋》，上海远东出版社1999年版，第72页。
④ （明）顾凝远：《画引》，载沈子丞《历代论画名著汇编》，文物出版社1984年版，第232页。
⑤ （明）顾凝远：《画引》，载沈子丞《历代论画名著汇编》，文物出版社1984年版，第232页。

第二章 伍蠡甫的中国古代画论研究

境界的"生而后熟"与"熟而后生"两个阶段。"生而后熟"的过程较好理解。初学绘画的人大多由于技法生疏，在绘景状物方面尚不能达到心手相应的娴熟状态，因而画作显示出生疏、稚拙的特征。经过勤学苦练，待他进入"生而后熟"的阶段后，又唯恐因为自己的技法过于娴熟老套，被人诋为"不雅"。所以在这个阶段，他深感"熟"所带来的俗套束缚，不亚于未熟以前研习笔墨技法给他的磨难，他又想突破这"熟"的藩篱，向往古人的"生拙"，于是进入"熟而后生"的阶段。人类绘画艺术发展史也有类似的文化现象。德国艺术史家格罗塞对原始造型作品的共同特征总结道，"原始的造型艺术在材料和形式上都是完全模仿自然的。除去少数的例外，都从自然的及人为的环境中选择对象，同时用有限的工具把它描写得尽其自然。描写的材料是很贫乏的；对于配景法，就是在最好的作品中，也不完备。但是无论如何，在他们粗制的图形中可以得到对于生命的真实的成功，这往往是在许多高级民族的慎重推敲的造像中见不到的。原始造型艺术的主要特征，就是在这种对生命的真实和粗率合于一体。"[1] 原始时期受客观条件限制，原始初民们只能凭借很少的媒介和尚不成熟的技法形成简单粗略的图像。但他们以诚挚的态度认识自然、表现自然的创作精神，却使原始艺术显示出生动率真的稚拙美。这与中国古代文人画家追求的"生拙""古拙"不同。伍蠡甫指出，原始艺术由于时间和经验的不足，其稚拙的风格是出于真诚的"无意"；而文人画的"生拙"类似荀子所谓"人为"之"伪"，这是文人画家特意从"敛约之为雅"或"中和之为美"的审美观点出发而"有意"为"拙"[2]。它们分属艺术技艺"生

---

[1] ［德］格罗塞：《艺术的起源》，蔡慕晖译，商务印书馆1984年版，第144—145页。
[2] 参见伍蠡甫《文人画艺术风格初探》，载《中国画论研究》，北京大学出版社1983年版。

而后熟"与"熟而后生"两个不同发展阶段。伍蠡甫的确识出了文人画家尚"拙"的创作动机与审美心态。由此来看，有些当代画家未能了解古代文人画"生拙"风格形成的历史背景，他们在立题命意阶段尚且不能真诚质朴，却一味脱离现实内容，把"生拙"看作纯属笔墨技法的艺术形式因素，实在是自甘倒退的不明智之举。

（四）偶然

文人画中不乏看似毫不经意、偶然得之之作，伍蠡甫将其视为"平淡的升华"，将"偶然"列为文人画的审美范畴之一。中国书画史上许多艺术家道出无意间偶成佳作的亲身体验。苏轼《评草书》曰："书初无意于佳乃佳尔。"[①] 黄庭坚《山谷文集》载论书语曰："老夫之书本无法也，但观世间万缘如蚊蚋聚散，未尝一事横于胸中，故不择笔墨，遇纸则书，纸尽则已，亦不计较工拙与人之品藻讥弹。譬如木人，舞中节拍，人叹其工，舞罢则又萧然矣。"[②] 形象地描绘了书写者行笔若无其事却不离绳墨、合乎节奏，酣畅淋漓仿佛不曾写过似的。清末戴熙所言也深得体会："有意于画，笔墨每去寻画。无意于画，画自来寻笔墨。盖有意不如无意之妙耳。"[③] 此语道出了画家自由地挥毫运墨，非但没有斧凿痕，反而取得平淡天真、佳作偶成之意趣。

伍蠡甫分析"偶然"这一意趣得以形成的机制和基础。画家接触自然、创立意境，通过钻研自然而掌握自然形象的规律，经过锤炼艺术造形的种种技法，做到意笔契合，心手两忘，物我为一。尤其是物为我化，终于有了偶然得之，天成天就之趣。这其

[①] （宋）苏轼：《评草书》，载李福顺编著《苏轼与书画文献集》，荣宝斋出版社2008年版，第111页。
[②] （宋）黄庭坚：《书家弟幼安作草后》，载吴光田编注《黄庭坚书论全辑注》，河北教育出版社2008年版，第24页。
[③] （清）戴熙：《赐砚斋题画偶录》，载沈子丞编《历代论画名著汇编》，文物出版社1984年版，第573页。

中存在着规律性与必然性。因此,"文人画的无意为之的'偶然',实际上是以有意为之的'必然'为基础的"①。而"这种'偶然'的境地,是工夫火候俱已到家之后的收获,并且也只有画家本人在自己的心中感觉得到,非旁人所能妄测"②。

(五)淡

在《谈艺录》(1947年)的原文中,伍蠡甫将简、雅、古拙视作中国传统文人画的一贯法度,并将"偶然"视为法度发展的"最高峰"。随着他对中国古代画论的持续研究和自己创作体验的不断深入,他在后续的研究中又增添了文人画新的审美范畴:淡、纵恣、奇崛等。

伍蠡甫将艺术作品中自然而然、毫不着意的艺术风格归纳为"淡"。这种风格在我国文论、诗论、书论和画论中都较为普遍。范晔《狱中与诸甥侄书》写道,"常耻作文士。文患其事尽于形,情急于藻,义牵其旨,韵移其意。虽时有能者,大较多不免此累,政可类工巧图缋,竟无得也"③。说明著文须在形、藻、旨、意上力求天真自然,以免像工巧的绘画那样华而不实。叶燮《原诗》云:"盖天地有自然之文章,随我之所触而发宣之,必有克肖其自然者,为至文以立极。"可见,诗文都力求自然而不造作。孙过庭《书谱》中描述书法之娴熟时说:"心不厌精,手不忘熟。若运用尽于精熟,规矩谙于胸襟,自然容与徘徊,意先笔后,潇洒流落,翰逸神飞。"④说明掌握了法度,必然思精技熟、行笔自

---

① 伍蠡甫:《文人画艺术风格初探》,载《中国画论研究》,北京大学出版社1983年版,第145页。

② 伍蠡甫:《再论中国绘画的意境》,载《谈艺录》,商务印书馆1947年版,第66页。

③ (南朝宋)范晔:《狱中与诸甥侄书》,载穆克宏主编《魏晋南北朝文论全编》,上海远东出版社2012年版,第161页。

④ (唐)孙过庭:《书谱》,载马永强注译《书谱·书谱译注》,河南美术出版社1986年版,第89—90页。

然,毫无造作之感,笔势潇洒飘逸。张彦远在《历代名画记》中描述了运墨求得的自然意趣,"草木敷荣,不待丹碌之采;云雪飘扬,不待铅粉而白。山不待空青而翠,凤不待五色而彩。是故运墨而五色具,谓之得意。意在无色,则物象乖矣"①。表明文人画家为了创造简、雅、生、淡等文人画艺术风格,大都无须设色而纯以墨笔便可达成借物写心的目的。伍蠡甫以山水画为例,阐述画论中的平淡风格。他通过对米芾《画史》中关于董源的"平淡"胜于毕宏的"凶险"的见解分析指出,在文人画审美观点上,"平淡"与"凶险"相对立。作为艺术风格的"淡",本身具有丰富的内涵:在风格层面,文人画家推崇的是崇尚自然,不事雕琢;在笔墨层面,淡雅的墨笔与设色同样能实现借物写心;而在构图层面,多是指与凶险夺目相对立的平淡铺陈。②但伍蠡甫将性情旨趣、笔墨特征、审美观念等不同层面的"淡"笼而统之地进行杂糅阐释,无形中使"淡"的内涵泛化。类似这样的单一的审美范畴,难免因为浮泛不切,不易对文人画原本丰富的艺术风格进行更为具体、深入的识别和鉴赏。

第五节 线为主导:中国古代绘画艺术形式美的主要特征

20世纪40年代前后,伍蠡甫关于中国绘画艺术的研究主要有两大方面:一方面是有关中国绘画艺术的内涵,包括前已述及的关于中国绘画意境及艺术风格的研究;另一方面是有关中国绘

---

① (唐)张彦远:《历代名画记》,载承载译注《历代名画记全译》,贵州人民出版社2009年版,第87页。

② 伍蠡甫:《文人画艺术风格初探》,载《中国画论研究》,北京大学出版社1983年版,第136—139页。

第二章　伍蠡甫的中国古代画论研究

画的艺术形式及其构成要素，包括中国艺术的想象、艺术处理及主要形态（线条）等。《谈艺录》中收录的《试论距离、歪曲、线条》《笔法论》和《中国绘画的线条》三篇文章反映了他在后一领域的探索。将此三篇文章连缀起来，可以发现伍蠡甫对中国绘画艺术形式奥秘的探索热情，刻获了他由技至艺，由艺入道的研究心得。抗战期间，这般深入研究的过程充满艰辛和困难。[①]从伍蠡甫征引的古籍文献和外国文献可知其阅读范围之广，对绘画技巧、创作规律和审美意蕴体悟揣摩之深，为后人认识和理解中国绘画艺术的形式美提供了宝贵的思想。

《试论距离、歪曲、线条》创作于 1938 年，是伍蠡甫留学归来不久所写。文中明显反映出他学习吸收西方学术思想的痕迹。当时西方有关心理学、形式美学的理论激发了他探究艺术形式奥秘的热情，促成了中国学者关于艺术形式研究的早期探索。概而言之，本文的主旨，即艺术家如何在创作中艺术化地处理现实材料。这个看似简单的行为，其实充满各种技艺难关，也蕴含着丰富的艺术哲理。

中外艺术创作都有以下共识：艺术家通过细致观察现实事物后有所感受，激发创作的冲动和意图，而艺术家头脑中的意象和想要表达的意境已经不只限于自然原本的物象，这就产生了艺术与现实之间的"距离"。而艺术家凭借自己的想象和立意，对原有形象进行的增减删改等艺术处理，亦即"歪曲"。但不同的艺术家，开展"歪曲"的程度和原则不同，于是有了写实与写意之别。同时，因艺术处理方式、水平的差异，也形成了不同艺术家之间技艺之高下与风格之差异。

---

① 在此期间，伍蠡甫的父亲伍光建于 1943 年去世，他的好友孙寒冰 1940 年死于日军敌机轰炸，其悲痛可想而知。

伍蠡甫在上述"常识"中发现了值得探究的问题：例如，歪曲有无基本原则？想象与歪曲的关系如何？成功的艺术歪曲有何具体表现？这表现需要何种特殊的技巧？这一连串的追问，涉及绘画创作的属性、功能、原则、技法等问题，而且都是事关艺术创作质量水平的关键问题。

（一） 中国绘画笔法中的线条

在伍蠡甫看来，"唯有艺术作品的自然，其最小的关节，也藏着作者的想象，映出作者的灵魂，因此可知主观化了的或艺术化了的均衡，须有作者的一切的新的配合，此事完全是人为的，而不是偶然的了。是以距离与歪曲虽因人类想象的要求而始存在，不过它所过之处，却布满着理智与思考的种子。它可说是完全有计划的行为"①。即使是简约风格的作品，其对题材内容、绘画媒介的减省节略，也都体现着创作者的独特用心。张彦远《历代名画记》论顾、陆、张、吴的用笔时写道，"顾（恺之）陆（探微）之神，不可见其盻际，所谓笔迹周密也。张（僧繇）吴（道玄）之妙，笔才一二，象已应焉。离披点画，时见缺落，此虽笔不周而意周也"②。笔墨简省到了缺落不全，而意象却依然饱满并表出很丰富的意义，这的确是东方艺术的一个特征。伍蠡甫凭借自己的绘画体验对此有一段精彩细腻的描写：

> 纵使一点、一皴、一抹、一过之微，都足代表想象所整理过了的自然之某一部分。不过，严格讲来，那确切代表这某一部分的，却又只应是某某一笔，它在长、短、宽、狭，

---

① 伍蠡甫：《试论距离、歪曲、线条》，载《谈艺录》，商务印书馆1947年版，第21页。
② （唐）张彦远：《历代名画记》，载张彦远撰，承载译注《历代名画记全译》，贵州人民出版社2009年版，第85页。

以及厚、薄、疾、迟上都能适如作者的原意,既不嫌多,也不嫌少。所以,最为忠实准确的表现,无不通过这最为简略的笔墨。反之,最为简略的笔墨,因为占据的时间都很少,所以支配它的想象,也势必较为真纯,不曾掺杂着任何的歧念。在此,表现才可当得起"忠实",意境也讲得上"真实",而非作伪与揉造了。[①]

他从笔墨之"简"揣摩出意境之"真"和态度之"诚",如此意味深长的创作感受,非画家亲身了悟其中的甘苦所不能道。

中国绘画中笔墨既简又能恰当表现画家想象的形式当数线条。伍蠡甫从罗杰·弗莱(Roger Fry)的著作《视觉与设计》中获得了与他上述体会相同的观点:线条表现装饰的调和,可以构造和谐的比例关系;线的意义深长,画家运用线条可以勾画"真实的"物体;线条可以忠实传达艺术家的想象和人格。19世纪英国画家布莱克也认为,画家想象的轮廓与光线比实际肉眼之所见要更完全、更细密。物体的明暗色彩均为客观属性,而线条轮廓却是艺术家通过想象勾勒而成。线条是造型艺术中具有表现性和创造力的主要技巧之一。伍蠡甫还从当时较有影响的李普斯等人的心理学中获得了实证支持:人们注视线条时,精神与身体会下意识地发生相应的心理反应。线条会向人们暗示各种情绪。这不仅说明感情可以诉诸于线条,而且也表明线条的均衡结构可以寓于人类的灵魂和想象。[②]

在西方形式美学与心理学思想的影响下,伍蠡甫决心深入探究中国绘画中运用线条的具体情形。针对当时有英国学者认为,

[①] 伍蠡甫:《试论距离、歪曲、线条》,载《谈艺录》,商务印书馆1947年版,第22页。

[②] 参见伍蠡甫《试论距离、歪曲、线条》,载《谈艺录》,商务印书馆1947年版。

因为中国绘画源于书法，所以中国绘画只表现长、广的平面，缺少表现厚度的立体感。伍蠡甫对此观点予以反驳回应。他先从论述中国绘画的基本笔踪开始。他分析道，"画家的笔锋触着纸面，压住成点，画过成线。点与线各占画面的一部分，故有空间性。做点做线无论迟速，运转腕指，必需时间，所以也有时间性"。有些人以为，只有点具有空间性，而线只具时间性。伍蠡甫也予以反驳，并作出详细阐述：

> 细察大家之作，点时笔锋不仅下压，便算了事，仍须有过，抑即小作旋转，成一小的圈线，而同时笔锋下压亦未间断。于是下压的面掺和在旋转的线中，乃有一点。换言之，由于时空相互作用，画家才能够把点落下。反之，作线也不仅是过，须在过时兼施压力。必如此，点线始终"长""广"之外，更能"厚"了。只有"长""广"，画是平面的，兼有"厚"了，画才是立体的。①

中国绘画艺术的技法难关，也恰恰在于对点、线、面等基本笔踪的理解和创造：

> 作点之法初无异于作线之法，只不过作点时笔锋所走的曲线比较小。……笔法轻薄，不足以言画。至于由线点扩展为片面的时候，拖与压两种笔法运动依然存在，依然相互合作。所以，绘画之难，亦在如何聚精会神，即便笔锋灵活，更使每一运转——压与拖及两者之掺和——能于快慢强弱间

---

① 伍蠡甫：《笔法论——中国画的线条与均衡》，载《谈艺录》，商务印书馆1947年版，第67页。

各得其宜；尤须不忘线实为每笔的基本，点中有它，面中也有它，散布在整个画面上的线实代表画家的精神或意识的倾向，点与面都不过是它的附加物，因它而后成。①

伍蠡甫通过细致分析名家画作中点与线的笔锋运转和细微动作，向人们展示了中国绘画丰富而精微的视觉元素，并就常人有关中国画平面化的浅薄认识予以了有说服力的诠释。他通过对作画过程中点、线、面的笔锋运用，明确了线在构图和表现中的主要作用。

针对日本学者金原省吾等人关于"皴法为面"的误解，伍蠡甫认为体现线、点、面贯通技艺的皴法，仍然是以线为主导。他结合山水画的皴法对此予以解释说明：

> 披麻（皴）看似只有线条，但它的成功与效验，就在如何使数线邻近，或数线互为重叠以成面，是则以线始，以面终了。又如斧劈（皴），乍见若以笔锋砍纸成面，实则不仅每面须以作线之法为之，并且各面相关，构成一贯倾向，又俨然是一条一条的线的作用，是则以面始，以线终了。至于雨点，乃布列点子，使聚合为面，每作一点，亦须有作线之意，数点之用，亦无异斧劈之各面相关，而收得线条的功效。所以，皴法仅有线、面、点不同的形象，线仍是它们的一个共同基础。②

---

① 伍蠡甫：《笔法论——中国画的线条与均衡》，载《谈艺录》，商务印书馆1947年版，第67—68页。
② 伍蠡甫：《笔法论——中国画的线条与均衡》，载《谈艺录》，商务印书馆1947年版，第68页。

伍蠡甫在上述《笔法论》中对中国绘画笔法意蕴的精湛诠释，得到了宗白华的赞赏，他在《时事新报·学灯》的"编辑后语"中写道：

> 董其昌在《画眼》里说："古人论画有云：下笔便有凹凸之形状，此最悬解，吾以此悟，高处历代处，虽不能至，庶几效之，得其白一，便是自老以游丘壑间矣。"为什么"下笔便有凹凸之形"，董老自己虽悟，却没对我们说明其所以然。中国画在纸面上不用几何学的透视法，也不用光影明暗的晕染，却能下笔便有凹凸之形，此中妙诀，全在"下笔"二字。笔下的"点"和"线"，能以它的轻重浓淡表达出物体的生命，把握住物体的精神，自然便会涌现出空间的氛围。八大山人在一张白纸中心用两三笔墨画一条鱼，顿觉江湖满眼，烟波无尽。石涛画几笔兰叶，也觉周围是空气日光，春风裛裛，空间凹凸不写而自现，笔法之妙原来如是。伍蠡甫先生更说明"线是每笔的基本，点中有它，面中有它，散布在整个画面的线实代表画家的精神或意识的倾向"。这话非常精辟。纸面上的画境是作家借托物象的描摹以写出胸中的宇宙和自心的韵律，这是造境。所造的画境必是一个崭新的和谐的均衡的小宇宙。欲达到此目的，画家便不惜"变形""歪曲"来改造对象以完成自己的"构图"，这话不知是合伍先生的原义否？[①]

宗白华不仅对伍蠡甫文中的观点予以赞赏，而且由此引申出

---

① 宗白华：《〈笔法论〉等编辑后语》，原载《时事新报·学灯》（渝版）1939 年第 48 期，载《宗白华全集》第 2 卷，安徽教育出版社 2008 年版，第 232 页。

画家作画造境亦是构造"小宇宙"的化境之高论。简短的"编辑后语"已不只是编辑与作者的共鸣与互动，更是两位智者思想的交相辉映和精神境界的偕同升华。①

（二）意为主导的"一画"

在明确了中国绘画艺术中点、线、面、皴的构成方式之后，伍蠡甫着重论述了中国画学中综合运用各种笔法的基本原则。他先从"一笔画"谈起。唐张彦远《历代名画记》载："昔张芝学崔瑗、杜度草书之法，因而变之，以成今草书之体势，一笔而成，气脉通连，隔行不断。唯王子敬明其深旨，故行首之字往往继其前行，世上谓之一笔书。其后陆探微亦作一笔画，连绵不断，故知书画用笔同法。"② 伍蠡甫认为，一笔画作为中国绘画用笔的最高原则，其地位确立与中国画家独特的精神观念有关，"一笔画乃关乎立意的一个高度的综合，那些逐加线条全赖有这一笔画，才得前后贯通，向背相谋，共趋一的。而作者的意境，于此表出。一笔画超越每一线条，每一线条却对它各有其一份的贡献。它可名为众线所依的一条想象的线，也可视作君临全局的精神力量。在创作过程中，它时刻在贯通了作者的心与手，不使手下须臾背离那已经决定的意向"③。从而实现以意运笔，笔断势连，画尽意在。伍蠡甫高度评价了清代画家石涛对"一画"论内涵的透彻阐释。"夫一画，含万物于中。画受墨，墨受笔，笔受腕，腕受心，

---

① 学术与现实的落差有时令人惊讶到难以置信。与此番学问及精神享受相对照的是，就在《学灯》计划于第 49 期继续刊载伍蠡甫《笔法论》下半部时，重庆连续遭遇敌机轰炸。即使在此形势危急、生命危难之时，《学灯》依然克服艰险恢复刊行。宗白华在复刊的《编辑后语》中诚挚地写道："《学灯》因敌机袭掠已经停刊了 3 月，上期伍蠡甫先生的《笔法论——中国画的线与均衡》中断了许久才能续刊出来，我们是很抱歉的。我们仍盼望读者源源惠稿，不胜感激"（见《时事新报·学灯》（渝版）1939 年第 49 期）。

② （唐）张彦远：《历代名画记》，载张彦远撰，承载译注《历代名画记全译》，贵州人民出版社 2009 年版，第 79 页。

③ 伍蠡甫：《中国绘画的线条》，载《谈艺录》，商务印书馆 1947 年版，第 83 页。

如天之造生，地之造成，此其所以受也。"① 他在肯定了石涛在《苦瓜和尚画语录》中关于"一画"本源论的同时，强调了石涛"一画之法，乃自我立"观点的重要性。他希望当代画家也能在法则的运用中体现出自我风格，表现出独特的生命世界。

20世纪40年代，西洋美术对中国绘画产生了一定影响。伍蠡甫意识到，今后中外文化关系日益密切，研究任何中国文化形态，都须从这一关系上去找答案。国画家也可以从西洋各种画风探求国画的新形式。针对当时超现实主义绘画的影响，他提醒道，"国画对于这超现实主义之撇开形象，徒事科学的游戏，实有戒备的必要。因为使艺术受科学的洗礼，是一件事，使艺术等同于科学，而否定自身，却又是一件事。国画者为了避免这不必要的混同而灭绝了艺术，首应保持其传统尊线的态度，认清线是形象的提炼，而不是形象的符号与标记，甚或形象的消灭。他应当明白，以线存形原属艺术创造的基本手段，尊线不是'落伍'，而是强调这一手段。……东西文化接触日密，国画中具此根本作用的线条，今后将对世界绘画艺术的发展有所贡献"。②

1942年，伍蠡甫在拜读了英国艺术批评家赫伯特·里德的最新几部著作之后，有感于里德先生与自己都很重视"形式在艺术创造中的重要作用"的共同见解，伍蠡甫曾向里德先生致信。他在陈述了关于超现实主义绘画脱离形式的见解之外，向里德先生介绍了中国绘画艺术在巧妙糅合自然与自我，实现"物我融合"等方面的艺术手法和美学特质：

（中国）艺术的修养工夫，要做到忘了物我，然后物我

---

① （清）石涛：《苦瓜和尚画语录》，周远斌点校纂注，山东画报出版社2007年版，第17页。伍蠡甫尊崇石涛，将自己的画室命名为"尊受斋"。
② 伍蠡甫：《中国绘画的线条》，载《谈艺录》，商务印书馆1947年版，第94页。

始而彼此接近终乃彼此圆融,不可强分。若更从艺术以外说,这不可强分确自有其远大的作用,可使人有"己"也必有"他",有"人"也必有"我","彼此""此"互通,浑为一体。这个作用,倘能善为发挥,更可以养成为己即是为人、为人即是为己的信念与作用,使人格扩大而且深化,对于社会、国家、民族当有裨益。艺术至此,也不复仅是画斋、客厅里面的装饰品了。所以,我们觉得中国的绘画乍看好像不切实际,然而它的优良的传统,却是质朴而且并未顷刻忘记了人生。①

他深信中国绘画艺术传达出的"天人合一""物我相融"的精神能够为世界"明日的艺术"提供经验与智慧。伍蠡甫对线条的本质及其艺术功能与审美价值的研究,深入推进了中国绘画美学研究,并赋予其更大的学术生命力。

新文化运动以来,研究中国画论的著作大致分为国内和国外两个方面。针对当时从事中国画论的研究群体,伍蠡甫分析指出国内的作者大都同时也是画家,懂得中国绘画传统的旨趣和技巧。但随着西洋艺术影响日深,原有的画论研究者未必能够准确把握处在创新嬗变中的中国绘画。"加以国画家大都墨守成法,不很愿意兼通艺术的一般理论,对于和艺术密切相关的其他科学,也不感兴趣,于是他的著作,在纵的方面,不易捉取过去国画发展的原则,在横的方面也就无法理解各种不同作风、派别、方法等所共具的和独特的意义了。换言之,我们近来的国画研究者,似乎太过囿于历代权威的意见,充其量只不过是这些意见的零星的

---

① 伍蠡甫:《谈明日的艺术——致赫伯特·里德先生函》,载《文化先锋》1942年第2期。

重述，抑即就材料的累积，不能使读者从中看出什么系统的解释。他们又喜欢博引过去习用的抽象的字面和批评的滥调……而不能进一步予以比较科学的说明，又或刻板似地写上许多类乎神话的诸大名家的遗闻轶事，而不肯说破它们的荒谬无稽，凡此更给读者添了不少的困难。因此，我们所有的关于国画的论著，在大体上可以说是失败了。"[①] 针对国外学者对中国画论的研究，他认为就他所看过的专著而言，它们在方法、取材与综合的见解上，都比国内著作稍胜。但是由于国外学者大多鲜有亲自进行书画创作的体验，因此对国画创作以及中国传统文化的精髓仍存有隔膜和陌生感。另外，由于有些学者无法识别画迹的真伪，致使他们的著作中所选印的代表作品的图片，其原迹多半是赝品，因此更加影响他们对中国画艺术进行正确的考评。

伍蠡甫在撰写《谈艺录》期间曾对当时国内的中国画论研究状况予以批评分析，并阐述了自己心目中"理想的国画研究"方法：

（一）我们首须把国画看作时刻在发展的而且可以创新的精神形态之表现。（二）于是就从这精神所反映的中国社会——中国社会史发展上，去寻国画基础，而溯其原委。（三）等到它的构成、演变、流派都已明白，它的精神或本质就不难认识了。换句话说，我们从画史的迹象探求画学的哲学，找出一个最高原则。若再将这最高原则应用于现今中西文化交互影响的径途上，我们或可知晓国画今后的趋势，抑即它的质将发生怎样的变化。……我们要尽量参酌画史可提供的一切，尤其是画题、画法、画迹、画论以及画家的生

---

① 伍蠡甫：《中国绘画的意境》，载《谈艺录》，商务印书馆1947年版，第26页。

第二章　伍蠡甫的中国古代画论研究

活思想等。①

值得注意的是，伍蠡甫在批判了国内相关著作和画家"墨守成法"，不愿兼通艺术理论等其他学科的方法缺失的同时，积极将当时已成西方学术界显学的风格学方法运用到中国画史与画论研究，甚至敢于突破风格学不涉及风格形成的外部因素的研究藩篱。他将中国社会的发展作为产生、推动和创新中国画的现实基础和生活根底，提出通过梳理和掌握国画艺术及其意境的生成、发展与演变，进而探求国画艺术的精神和本质，体现了他自觉运用马克思主义唯物史观指导学术研究的方法论意识。同时，他从国画艺术本体发展的角度，提出"参酌画史可提供的一切""从画史的迹象探求画学的哲学"的思路，为中国画论研究提供了扎实的理论源泉和至高的学术标准。他将国画艺术创作和画论研究置于"中西文化交互影响"的背景下，为创作和研究提供了宏阔的视野和多元的灵感来源。他在20世纪40年代发出的思想呼声，对当代中国画的传承、创新与发展仍然具有观念与方法的启示意义。

伍蠡甫的中国画论研究经过长期的探索和积累，不仅具有鲜明的方法论特色，而且与其同时代的画论研究者相比，也有着独特的研究特色和理论建树。艺术理论研究兼具理论思辨性和艺术实践性，这些属性也是决定艺术理论的阐释力与生命力的重要质素。朱光潜曾说："不通一艺莫谈艺"。宗白华也说："学习美学，首先得爱好美，对艺术有广泛的兴趣。美学研究不能脱离艺术，不能脱离艺术的创造和欣赏，不能脱离'看'和'听'。"② 伍蠡

---

① 伍蠡甫：《中国绘画的意境》，载《谈艺录》，商务印书馆1947年版，第27页。
② 宗白华：《美学向导·寄语》，北京大学出版社1982年版，第6页。

甫的画论研究得益于两者兼得的优势。在他 22 岁发表于《民国日报》的文章中，就已显示出他对"艺术的创造力亦即艺术生命力之所在"的深刻认识。他自幼喜爱并坚持一生的绘画爱好，为他的画论研究提供了取之不尽的实践感悟。青年时代，他有幸深入故宫博物院和欧洲各国博物馆亲近观赏名画真迹；20 世纪 40 年代，他担任故宫博物院顾问和教育部赴日文物考察团成员的经历，更为丰富了他从享艺术鉴赏的阅历和见识。这些创作体会和鉴赏所识在他 20 世纪 40 年代撰写的《笔法论》《中国绘画的线条》《中国的古画在日本》等论著中表现得尤为突出。正是得益于他在国画创作中的深入钻研和反复琢磨，使他对中国画的笔墨技法、程式构图及其美学意蕴的阐发格外细致入微，这也正是他的画论研究论著，较之其同时代者富于特色之处。

在伍蠡甫看来，这是从事文艺美学研究的人文学者必备的学问本领，他说："六十年来兴趣多种多样，涉及面或纵或横，我是在错综复杂、曲折重重以至碰壁与谬误之中走过来的。然而学无止境，只有中外并蓄，不断地除旧布新才不会倒退落伍。美学研究并无什么捷径妙诀，个人的体会是：上有总指挥——马克思主义与中国社会主义原则，下面兵分两路而互相呼应：一路，学习中西古今美学，另一路，学习中西美术的史与论、作家与作品、风格与流派，如果可能也搞点创作。这样可以避免搬运概念，脱离实际。"① 美学家蒋孔阳先生就曾感佩地赞叹，伍老的中国画论研究，其"最大的一个特点，就在有创作和鉴赏的实践作基础，因此，不仅言之有物，而且言之有味"②。

---

① 伍蠡甫：《伍蠡甫自述》，载穆纪光主编《中国当代美学家》，河北教育出版社 1989 年版，第 250 页。
② 蒋孔阳：《中国画论研究·序言》，载伍蠡甫《中国画论研究》，北京大学出版社 1983 年版，第 7 页。

第三章 伍蠡甫西方文论编译思想研究

中华人民共和国成立后，历经各种政治运动和社会风潮的动荡冲击，伍蠡甫以教师和国家画院画师的身份，同时在西方文论教学研究、国画理论与实践创新方面贡献了自己的智慧和力量。[①] 20世纪60年代，为了扭转新中国成立以来高等院校教学领域陆续出现的教材编写等问题，党中央直接领导开展了包括文科教材在内的高等院校教材编选工作。伍蠡甫受命参与并主持《西方文论选》的编译工作。由他主持编撰的西方文艺理论选集，以及他在20世纪80年代初期编著的欧洲文论史教材，填补了20世纪60年代和80年代初期我国高等学校西方文论教学领域的空白，并为之后的教材编撰和科学研究提供了经验和教训。

第一节 《西方文论选》：意识形态中的
文论经典阐释

中华人民共和国成立后，特别是1952年高等学校院系调整

---

① 本章专论中华人民共和国成立后伍蠡甫在西方文论研究领域的贡献和作为，他在期间的国画创作与画论研究活动见第四章。

后，以学习苏联高等教育先进经验为主要内容的教学改革日渐铺开。自 1952 年年底起，大批编译修订的苏联教材陆续进入我国高等学校的课堂。1956 年 1 月，高教部发出《高等学校教材编写暂行办法》，要求高校在引进苏联教材、修订教学大纲的同时，密切结合中国实际情况，编写适合中国高校的教科书和教学参考书。正当高校自编教材有步骤、有计划展开之时，根据毛泽东 1956 年 4 月发表的《论十大关系》的讲话精神，中宣部和高教部强调宣传和文教工作要"避免生搬硬套苏联经验"，要求高校的教材建设除继续组织翻译苏联等国有参考价值的教材外，重点转向自编教材。但是，受反右斗争的影响，原定的自编教材计划受阻，"大跃进"又引发了文科教材新的危机。以政治挂帅和群众运动为特征的"大跃进"，开展自觉革命、向党交心、拔白旗、插红旗和批判资产阶级学术思想等"兴无灭资"的思想斗争，以学术批判开路开展教学改革，打乱了原有的课程体系和教材体系。在这种背景下开展的高校教学改革，或是取消课程、破坏学科体系；或是在教学中推崇"以论代史""厚今薄古"，轻视对古代遗产的研究；或是片面强调理论联系实际，否定课堂、教师、教科书的作用，有的学校长期停课，在农村、工厂进行劳动锻炼并就地取材编写讲义，有的学校甚至废除教科书。一哄而起、轻率从事的教学改革，使原有的文科教材体系遭到重创。[①]

"大跃进"期间教材编写主要依靠青年教师和学生，排斥和否定老专家、老教师的作用。在一系列政治斗争中，一大批在学术上有造诣的专家教授受到批判，他们曾执笔编写的具有思想性、科学性和系统性的教材也遭受灭顶之灾。由于青年师生知识

---

① 参阅傅颐《"大跃进"前后高等学校文科教材建设的历史回眸——兼论我国人文社会科学学术体系的初创》，《中共党史研究》2010 年第 8 期。

第三章　伍蠡甫西方文论编译思想研究

准备很不充足，水平参差不齐，加上对传统文化遗产否定过多和浮夸风的影响，大量的自编教材水平很低、很难采用。随着庐山会议后的"反右倾"斗争和持续"跃进"，高等学校教材建设中的问题愈加严重；加上国民经济困难而导致的纸张紧缺，教材出版受到很大影响。

从1960年冬起，中共中央开始对国民经济进行全面调整，在贯彻执行"八字"调整方针的过程中，"重新编选文理工农医各科教材"成为高等教育调整的主要任务。1961年2月10日，中央书记处会议讨论解决高等学校教材问题，会议由邓小平主持，彭真、李富春、陆定一、王稼祥等参加。会议指出，解决教材问题的办法，一是"选"，即集中几个人，从现有教材中选出一本来，可能还要做点小的修改；二是"编"；三是"借"，选、编来不及的科目可以借用外国教材。决定还指出，今后编书，应以教师为主，要有领导地编。在新的教科书未编出以前，特别是关于教学体系的改变不能随意进行，重大的改变，要经过教育部批准，甚至要经过中央批准。中央决定：编选教科书和讲义，要作为教育部门的重要工作。理工农医和师范理科的教材，由教育部党组负责；文科教材由周扬负责。教材的审查工作，找政治业务都好的人集体进行。总之，要在党的领导下，组织力量，分工合作。①

时任中央宣传部副部长、中央文教小组成员的周扬，在接受中央书记处的任务后，很快到上海展开调研，听取各大学党委书记和教学一线教师、专家的意见，共同探讨文科教材问题。1961年4月，全国高等学校文科和艺术院校教材编选计划会议（以下简称文科教材会议）召开。会议主要分两个阶段进行：第一阶段

---

① 参见中国教育年鉴编委会《中国教育年鉴（1949—1981）》，中国大百科全书出版社1984年版，第512页。

主要总结几年来文科教学的经验教训,对文科教学中若干带根本性的问题进行热烈讨论;第二阶段比较系统地规定了文科的培养目标、课程设置、教学方针和教学计划。会议明确提出:"建设文科教材是一个长期的任务,而目前又迫切需要在尽可能快的时间内解决主要的教材,因此对教材质量的要求不能太高。只要材料比较充实,观点大体妥当,尽可能做到观点和材料统一;叙述简明、扼要,比较适合学生的程度和教学的要求就可以。尽量反映对于现状和历史比较成熟、比较肯定的经验总结和研究成果,不成熟、不肯定的东西不写进教材,以保持教材的相对稳定性和科学性。"[1] 为了把控工作全局,国家专门设立了文科教材编选工作办公室,按照文科专业成立中文、历史、哲学等七个专业组,通过对专业组的领导,狠抓教材质量并落实教材编选长期规划和阶段性工作计划的实施。教材编选计划确定后,国内一流的人文社会科学的专家学者几乎都被网罗到教材编选这项庞大的工程中来。[2]

周扬在上海调研文科教材建设期间曾提出"文科教学计划和书目在北京、上海各搞一个,来个互相竞赛"。在他看来,上海是海派,外文人才多,文科力量比较强,可以多研究一些世界问题,进一步发挥其优势。南北两地编书的建议,经文科教材会议确定后,近300名来自高等学校和学术机构的专家、学者,集中于北京、上海,开始了浩大的编选工程。文科教材的编选,采取分题包干的办法。一种教材委托一个地区或单位负责,必要时吸收少数外边的人参加,多数教材由新老专家几人写作编选。编选过程实行"小集体编书,大主编负责"。"小集体编书",强调主

---

[1] 中共中央文献研究室:《建国以来重要文献选编》(第14册),中央文献出版社1997年版,第427页。
[2] 参见傅颐《"大跃进"前后高等学校文科教材建设的历史回眸——兼论我国人文社会科学学术体系的初创》,《中共党史研究》2010年第8期。

第三章　伍蠡甫西方文论编译思想研究

持者和学术骨干的作用，提倡在个人独立研究和个人写作基础上的自愿结合。"大主编负责"，是指主编对全书的编选和争论的问题有最后决定权。受上级组织委派，《西方文论选》由伍蠡甫担任主编，与戚叔含、林同济、蒋孔阳、翁义钦、严源等复旦大学教授共同组成编写组。①

我国 20 世纪五六十年代的外国文学翻译取得了较大成就，但外国文艺理论著作与外国文学作品的翻译状况相比，在总体上很不均衡。②绝大多数的西方文艺理论著述散见于各种学术著作和期刊，在西方文学理论的教学中缺少较为系统全面的理论教材。《西方文论选》（以下简称《文论选》）的编著填补了这一空白，首次以专著形式对西方文艺理论发展史上产生的经典著作进行集中呈现，为服务我国高等学校西方文学理论教学与研究起到了重要作用。这套《文论选》教材具有以下四个方面的特点：

第一，它具有较强的历史感和思想冲击力。《文论选》汇集了西方自古代至 19 世纪末，85 位有较大影响的作家、艺术家、哲学家、美学家的 150 余篇代表性文艺理论著述，较为系统地反映了西方绵延两千年间，关于文学创作、审美、鉴赏、批评、理论争鸣领域的思想观念和理论发展状况。20 世纪 60 年代的中国，正处于发展工业生产、提高经济水平的起步阶段，文化教育事业方兴未艾。知识阶层和广大学生对西方国家政治文化、知识理论的真实状况还较为陌生，对待西方文化的好奇和渴求极为强烈。1963 年《文论选》的出版无疑拉近了广大读者与西方文学的距

---

① 参见周扬《在上海中文、外文教学座谈会上的讲话》，人民文学出版社 1990 年版，第 205 页。周扬在讲话中明确提出，"编一部从古代希腊到现代的美学理论资料书，不仅包括哲学家的著作，也包括一部分创作家在这方面的意见，供大学生看的，选材不要太多。这以上海为主，可以与北京文学研究所合作。伍蠡甫先生先提个目录"。

② 参见查明建、谢天振《中国 20 世纪外国文学翻译史》（上卷），湖北教育出版社 2007 年版。

离，丰富厚重的西方文论经典给广大国内作家、理论研究者和青年学生的创作与鉴赏观念产生了较大的触动。①

第二，它具有鲜明的经典性和"原典意识"。《文论选》所选作品反映了西方各历史时期文学理论主潮的重要理论著述，其原文大多选自文论家的作品全集或权威选集。② 编译者除对照文论英译本之外，还对照作者原文版本进行仔细校对。例如翻译家郭斌和对照希腊原文对朗吉努斯、斐罗斯屈拉塔斯、普罗提诺作品的译校；徐怀启对照拉丁原文对圣·托马斯·阿奎那作品的译校；叶逢直、刘德中、史兆瑜、商承祖等对照德语原文对歌德、席勒、叔本华、尼采等人作品的译校等。

第三，它集结了我国当时文学理论翻译队伍的知名学者和最新成果。译者中有许多著名的文艺理论家、翻译家和作家：朱光潜、宗白华、蒋孔阳、伍蠡甫、罗念生、杨周翰、杨岂深、钱锺书、林同济等。许多20世纪60年代左右新近出版的译文作品得以及时收录：如亚里士多德的《诗学》（罗念生译本）、贺拉斯的《诗艺》（杨周翰译本），以及在《文艺理论译丛》《古典文艺理论译丛》和《世界文学》中的新刊译文新作。

---

① 《西方文论选》自20世纪60年代出版以来，不仅成为有关高校西方文艺理论课程的辅助教材，而且成为文艺理论工作者的重要参考书和文学爱好者喜爱的读物，可见该书的广泛影响和普遍受众情况。略举当代学者代表性两例：1. 北京大学中文系陈晓明教授谈及自己年轻时学习的具体方法，"我20岁时开始读西方文论，从伍蠡甫那套《西方文论选》读起，后来读别车杜，是无尽的喜欢，一天能读十几个钟头"（见《我的学术还没有真正开始——访北京大学中文系主任陈晓明》，《中华读书报》2017年2月15日第5版）。2. 南京大学文学院吴俊教授认为对自己的成长影响较大的"批评理论入门指导书籍，一是朱光潜的《西方美学史》、伍蠡甫主编的《西方文论选》等，二是中国旧籍中的《文心雕龙》《人间词话》等"（见《当代批评家是如何成长的？丁帆等专家现身说法》，《中华读书报》2017年2月15日第1版）。

② 关于《西方文论选》的选目，1962年，中宣部曾组织专家在复旦大学进行专题研讨，周扬、胡乔木委派朱光潜、钱锺书、缪灵珠赴上海参加复旦大学召开的座谈会，讨论伍蠡甫主编的《西方文论选》的选目。参见宛小平编《朱光潜先生学术年表》，载朱光潜《变态心理学派别》，商务印书馆2015年版，第123页。

第三章 伍蠡甫西方文论编译思想研究

第四，它的编撰体例为我国一段时期外国文论编选著作树立了典型范式。《文论选》以时代、流派为经，国别、作家为纬，作家以生年先后为序。所选作家，皆冠以小序。① 为了便利读者理解和掌握西方文化背景知识，编者对选文加以注释，对专有名词和专业术语予以解释说明，对节选内容在全部著作或作家理论体系中的内涵予以梳理介绍。为广大学生读者理解和掌握重要人物、作品、史实、观念和理论提供了指导和帮助，也为国内学者进行西方文论家的个案研究提供了重要的文献资料，成为至今为止被国内学者征引次数最多的西方文论选集之一。②

从丰富文论教学资源和文艺学知识结构的角度来看，《西方文论选》的编写改善了中华人民共和国建立以来国内文论教学领域苏联文艺理论体系及其教材占据主导地位的局面，其作为全国高校文科教材被广泛推广使用，对促进我国西方文艺理论教学和研究工作产生了深远的影响。但不容忽视的是，该教材作为特定时期执行党的任务的知识产物，受当时的政治环境影响，其中也不乏将文艺理论政治化、将翻译文学作为政治工具为政治服务的偏颇。此类现象突出表现在《文论选》的选目和"作家小序"中。

《文论选》的"编写说明"写道，篇前的"小序"主要介绍作家生平、文艺思想以及选文的主要论点，并特别声明"各种观点未作详细评论，留待读者自己研究批判"③。但从"小序"的内容来看，序中文字对所选篇目内容梗概的介绍，以及对作家（文论家）思想观点的介绍，带有编者明显的立场倾向。且以《文论选》下卷编者对19世纪后期英国批评家马修·阿诺德的

---

① 参见《编辑说明》，载《西方文论选》，上海文艺出版社1963年版。
② 参见《中国人文社会科学高被引图书一览表》，载苏新宁主编《中国人文社会科学图书学术影响力报告》，中国社会科学出版社2011年版。
③ 参见《编辑说明》，载《西方文论选》，上海文艺出版社1963年版。

评价为例。① 序言介绍中，伍蠡甫能够抓住阿诺德文学批评的核心观点在于强调文化和道德的感染力，其文学批评立场主要是关于人生的批评。但我们将伍蠡甫在《文论选》1964 年版和 1979 年版对阿诺德的文字介绍予以比较发现，编者在两个年代编撰时的表述方式略有不同：

在 1964 年 10 月第 1 版《西方文论选》（下卷）中，伍蠡甫选取了阿诺德的《当代批评的功能》（*The Function of Criticism at the Present Time*，1865 年），在"作家小序"部分，伍蠡甫对其批评观念进行简析和评价道：

> 他（阿诺德）哀叹着英国资产阶级统治的衰弱，害怕劳动人民的觉悟和反抗，主张加强资产阶级的文化教育、道德感染以及宗教宣传，来麻痹人民，和缓阶级斗争，从而巩固剥削统治。他认为文化首须使理智和上帝的意志占绝对优势，这样才能使英国人（即英国资产阶级——原注）行使他们的"天赋"特权——"做自己愿做的事"。他的文学理论也充满了这种敌视人民的反动政治观点。
>
> 阿诺德吸取泰纳的社会学观点，从民族精神和时代契机出发，宣传超阶级的人性论和人性自由创造的谬说。力主文学批评必须无视实际，脱离政治，否定革命……实际上是要求批评只为资产阶级的政治服务。所谓"精神扩张"，不外乎希望资产阶级加强剥削罢了。此外作者还割裂和对立知识与实践、动机与效果、创造与判断——这些也充分暴露了唯

---

① 尽管《西方文论选》系多人合编，但经与伍蠡甫编著的《欧洲文论简史》核对比较可以发现，《西方文论选》中的"小序"内容成为《欧洲文论简史》的基础内容，因此笔者认为"小序"应为主编伍蠡甫所撰并审定。此处特以伍蠡甫翻译的阿诺德篇目为例，用以分析编者的态度与立场。

心主义的观点和方法。他"人生的批评"说,由于包藏了这么许多反动思想,所以在西方资产阶级的文学批评中,产生了很大影响,并及于我国解放前批评界的一部分人。①

而在1979年11月新1版的《西方文论选》(下卷)中,这段"作家小序"中的"评价"被调整为:

> 他(阿诺德)主张以文化教育、道德感染和基督教教义来保证英国人行使"天赋"特权——"做自己愿做的事",并认为文化的中心问题在于发挥理智,宣扬上帝的意志。……他受实证论影响较深,企图糅合科学和宗教,并吸取泰纳的社会学观点,从民族精神和时代契机出发,宣扬人性的自由创造,主张文学批评保持超然地位,不涉政治,从而自由地接触"最好"的思想,了解人生的"阵地",作出对人生的批评。阿诺德的"人生的批评"说,实质上是为现行制度辩护的,因此它在现代西方影响很大,甚至有人认为是理解现代文化和拯救英国的一把钥匙。……可以说,十九世纪前期英国浪漫主义批评理论所强调的诗的热情和想象,被阿诺德的"人生批评"中的"纯正"思想所取代了。②

从上述两段引文可见,同样是对阿诺德批评观念的介绍和评价,在前后不同时期的文字表述存有较为鲜明的差别:从对阿诺德批评观念的介绍来看,两段中涵盖的内容几乎一致,都重点介绍了阿诺德的文化观念的思想渊源及其注重"人生批评"的文学

---

① 伍蠡甫主编:《西方文论选》(下卷),人民文学出版社上海分社1964年版,第74—75页。
② 伍蠡甫主编:《西方文论选》(下卷),上海译文出版社1979年版,第74—75页。

观念。但是，相较于1979年版编者述评所采用的平实话语，1964年版的"述评"中附加了较多诸如"麻痹人民""和缓阶级斗争""巩固剥削统治""敌视人民的反动政治观点"等带有强烈意识形态色彩和政治定性的话语。也就是说，在1979年版的"述评"中，编者主动"抹去"了1964年版本中强加修辞的话语，保留了以文学批评观念为叙述中心的内容。类似带有阶级观念和政治意识形态色彩的"评语"在1964年版《文论选》的作家"小序"中并不少见，这些具有导引性质的序言，对读者理解文论思想观点势必产生影响，而"留待读者自己研究批判"的空间已所剩无几。

这种将文艺理论批评政治化的倾向也反映在《文论选》的选目中。以该书下卷涉及的19世纪选目为例，其中选取的欧美国家的作家和文论家，如巴尔扎克、雨果、海涅、普希金、列夫·托尔斯泰等。他们大多是作为"批判继承"的对象而选取的。这些作家中有的曾得到马克思、恩格斯的赞扬，有的是现实主义创作方法的代表；在思想观点方面，有的具有"反封建的进步意义"，有的"揭露了资本主义制度的腐朽和残酷"，所以译介和选取这些作家和文论家具有"进步的"政治合法性。而华兹华斯、柯勒律治、王尔德、波德莱尔、叔本华、尼采等人的作品，尽管被译介选取，但却是被作为"消极浪漫主义""反动浪漫主义""资产阶级颓废艺术"和"资产阶级唯心主义最为反动的""反面教材"而予以选取和批判的。类似《文论选》这样带有鲜明政治倾向性的编选书籍和教材在20世纪五六十年代并非孤例，① 以至于有当

---

① 1961—1963年上海文艺出版社出版的由周煦良主编的《外国文学作品选》（第1—4卷）也是高校试用教材。其中仅有第4卷收录现代作品，且入选作品主要是苏联、朝鲜、阿尔巴尼亚、罗马尼亚、加纳、墨西哥等社会主义国家及"弱小国家"的文学作品，英法德等国的现代作品一概未选，反映出选目背后的意识形态倾向。

第三章 伍蠡甫西方文论编译思想研究

代学者通过相关例证分析认为,"意识形态对文学翻译的制约、操纵,在中国 50—70 年代表现最为突出",政治意识形态以"进步""消极"和"反动"为名对教材选目和篇章诠释所进行的控制和定性,使得"诗学本身也受制于政治意识形态,成为政治意识形态的附庸",这种合谋关系"共同维护和强化着政治意识形态权力话语"[①]。

伍蠡甫在西方文论编选方面的"主编"地位,在 20 世纪 70 年代末至 80 年代初得到了延续、巩固和加强。首先,由他主编的《西方文论选》(上下卷)继续被用于高等学校文科教材并于 1979 年 11 月出版了新版且印数巨大。新版仅在原有作家文论家的基础上增加了几篇新译文,书中最大的变化莫过于"小序"中的述评内容删除了 20 世纪 60 年代浓重的政治意识形态话语,显示出国内政治形势变化对文论话语和教材编著的影响。其次,他以"学界权威"的身份陆续主编了《现代西方文论选》《西方古今文论选》和《西方文艺理论名著选编》(与胡经之合编)。[②] 这些文论选在收录时段和范围上新增了"19 世纪末至 20 世纪 60 年代西方文学理论重要流派的代表性文章(不包括马列主义的文论)","多为在我国影响甚大而又了解不多的文艺理论(如自然主义、形式主义),特别是现代的文艺理论(如新批评派、新小说派、结构主义、表现主义)"[③]。它们的编撰在选文、翻译、校阅和编辑成书过程中得到了当时国内高校众多学者的参与和共同努力,它们的出版对 20 世纪 80 年代文科教学科研、文学创作和

---

① 查明建:《文化操纵与利用:意识形态与翻译文学经典的建构——以 20 世纪五六十年代中国的翻译文学为研究中心》,《中国比较文学》2004 年第 2 期。
② 《现代西方文论选》于 1983 年 1 月由上海译文出版社出版,《西方古今文论选》于 1984 年 5 月由复旦大学出版社出版,《西方文艺理论名著选编》(上中下三卷)于 1985 年 11 月由北京大学出版社出版。
③ 引自《现代西方文论选》和《西方文艺理论名著选编》的《编辑说明》。

文学批评等方面起到了重要的参考作用。在此编撰过程中，伍蠡甫将自己关于现代西方文学的思考和观点写入了上述编著的《代序》和《编后记》中，①并在年过八旬之际，凭借自己对西方文艺理论发展史的理解和把握独立编就了《欧洲文论简史》。

第二节　《欧洲文论简史》的成就与瑕疵

伍蠡甫编著《欧洲文论简史》之际，正值粉碎"四人帮"之后国内学术生态重建和大学教育教学秩序逐渐恢复之时，他在《编写说明》中谈及当时"欧洲文论简史这类的书，国内以前还未有过"，这也正是他克服困难努力编撰的动机和使命所在。撰写一部纵论绵延两千年的西方文艺理论史著作是一项极具挑战性的学术工作，它对撰著者的学识基础和批评素养提出了很高的要求，年逾八旬的伍蠡甫还面临身心体力的考验。对于当时从事外国文学研究的学者而言，他们获取外文资料的便利程度不如当下这般便捷，编著过程中遇到的困阻可想而知。伍蠡甫坦陈，撰著西方文论史所需的外文原著经过长期收集，但"许多原书在'文化大革命'中散佚"，所幸在文献资料获取和德、意、法文资料翻译等方面得到了相关同志的帮助。就全书的体例安排、章节结构以及论及的理论家和理论问题而言，结合我国20世纪80年代的文化语境和从事学术研究的支撑条件来看，《欧洲文论简史》是一部史料丰富、脉络清晰的文论专著，对于当时的文论教学具有较高的参考价值。伍蠡甫在《编写说明》中建议，如将《欧洲文论简史》"与《西方文论选》上卷、下卷增订本、《西方古今文论》配合使用"，对于学生准确把握欧洲文论的发展脉络、理论

---

① 有关《代序》和《编后记》的论述见本章第三节。

建树和主要观点具有较好的教学效果。

一 《欧洲文论简史》编撰的经验与贡献

为了对《欧洲文论简史》（以下简称《简史》）的撰著方式和特点给予更为明晰的把握，我们将其与其他同类的西方文论著作进行比较，试图探究其作为文论教材取得的成功经验与借鉴意义。《简史》体现以下主要特点：

其一，贴近历史，把握主潮。西方文论发展史年代跨越久远，国别、流派、作家、理论纷繁复杂。作为一本适用范围较广的高校教材，如何向学生既忠实、系统地呈现西方文论发展的历史样貌和演变历程，又能够帮助其把握西方文论的艺术传统和思想精髓，需要撰著者在详略取舍、批评立场、论述风格等方面予以严谨细致的考量。伍蠡甫凭借其在高等院校多年从事西方文学理论教学与研究的丰富经验，对教材所应承载的知识要点、教学重点和理论难点有着清晰的掌握。《简史》的章节主要以历史发展为序，同时兼顾历史发展的复杂性，使读者既能了解西方文论两千多年的历时发展，又能领略思潮激荡、交互影响的共时特征。全书共计十三章，分别论述了从古希腊至19世纪末的73位代表性文论家。同时，伍蠡甫紧紧抓住西方文论传统中重要的文学概念、理论命题、流派特征作为整部《简史》的重要线索予以追踪和贯穿，使得全书尽管涉及长时段、多国别、众作家，但始终保持提纲挈领、"形散神聚"的整体感和历史感。伍蠡甫以六章的篇幅专论19世纪文论，显示出他在《简史》有限篇幅条件下的详略取舍。这种"远略近详"的编写原则，不仅与19世纪欧洲文论日趋复杂多样的发展态势相吻合，而且与其对当代产生的深刻影响相呼应。他在《编写说明》中强调，不同批评流派之间的区别，有时并非绝对的、水火不相容的。浪漫主义与现实主义不宜一刀斩断、截然分开，其他章节的若干批评观点也有前后呼应、相互包容之处，本书也分别酌予指出。比如：从17世纪到19世纪初的两百多年间，欧洲文论的发展日趋复杂。《简史》深刻地把握住这一时期西方文论从古典主义向浪漫主义过渡的主潮转向，兼顾古今不同阶段思潮流派之间的复杂关联。不同于国内同期及之后出现的一些西方文论史著作，伍蠡甫并未简单地按照时间顺序排列章节，而是根据文论发展史上的"影响逻辑"来安排章节。例如：鉴于康德和黑格尔的哲学和美学思想对18世纪之后欧洲文论发展的深远影响，伍蠡甫在介绍18世纪启蒙运动时期文论之前先对德国古典美学予以专章论述，这样便于学生在知晓德国古典美学主要思想观点的前提下，在后续阶段的文论学习中追索德国古典美学的继承、发展与影响。此外，启蒙运动作为开启欧洲现代化和现代性发展的重要思想文化运动，波及面广、影响巨大。伍蠡甫认为，启蒙运动时期文论既批判继承古典主义的现实主义因素，又萌生浪漫主义思潮，因此在论述古典主义与浪漫主义的章节之间，将前浪漫主义文论置于启蒙主义运动的思潮背景中予以介绍和评价，这样有助于学生理解浪漫主义产生的思想和文化根源，以及文学艺术观念与社会文化思潮之间的密切联系，也有助于掌握"古典的"与"浪漫的"，"素朴的"与"感伤的"等重要文学批评概念在欧洲文论转折发展期所经历的嬗变过程。

其二，体例清晰，论述扼要。在《简史》中，伍蠡甫对于每个历史时期、每个艺术家、文论家的评述大多采用"总—分—总"的叙述结构：即运用辩证唯物主义和历史唯物主义方法分析文论产生的历史时期和社会结构，以精练的语言概述所论年代的重要历史事件和主要发展趋势，继而描述具有重要影响的社会思潮和哲学思想，再勾勒出所论年代文艺理论的主要成就和基本特

第三章 伍蠡甫西方文论编译思想研究

征。这样的写作安排，便于学生了解文学理论和文艺思想所产生的历史语境、社会状况和文化氛围。在介绍每一位艺术家、理论家时，他首先简要概述其主要生平、主要著述及主要理论观点，然后择取其代表性著作和重要的理论观点进行较为详细的分析和阐释，最后将"传主"的文论思想置于欧洲文论发展史中予以审视，指出其理论观点与西方文论传统的渊源关系及其后续影响，并指出其理论创新与偏颇不足之处。这样相互映带、承前启后的撰著方式，不仅能够反映欧洲文论传统的发展、承传和流变，而且也便于学生掌握文学理论专业领域的重要概念和核心问题，对欧洲文论传统的萌生与流变形成连续贯通的历史观念和思想认识。

其三，基于原作，传达真谛。以第一手文献资料为据，是进行西方文艺理论研究的基本要求，但对于非西方国家的学者而言，存在第一手文献获取不易、原文语言理解吃力等实际困难。我们在《简史》中可以看出伍蠡甫对上述研究困难所付出的卓绝努力，显示出他扎实的外语功底和广博的外文文献阅读。

以《简史》第七章"十八世纪启蒙主义运动时期"，论述德国狂飙突进运动的重要代表赫尔德的理论贡献为例。1985年《简史》出版之际，赫尔德的主要著作在我国尚无完整译本，仅有少量几篇节选译文也只反映赫尔德广泛收集古代民族歌谣，注重研究民族歌谣与其民族文学间关系的理论成就。但从《简史》的注释及其引文出处可见，伍蠡甫曾通览过《赫尔德全集》。他通过对赫尔德《论鄂西安和古代民族歌谣》和《论诗的艺术在古代和现代对民族道德的作用》等文论著作的分析指出，赫尔德文艺理论的主要贡献在于，通过考察原始民族以及当代欧洲若干民族的民间歌谣特有的发展历史和社会环境，论证不同民族之间具有相互平等的地位，反对抹杀各民族文学的独创性；强调民歌最能体现人民的心灵和民族的感情,"真正的诗人"双手捧着"人民的心"。但他又通过引证《赫尔德全集》第一卷、第五卷、第八卷、第十一卷的相关论述指出,赫尔德认为诗并非模仿自然,而是"模仿那创造万物并予命名的上帝",诗人是仅次于上帝的"第二创造者",这种强调直觉性和无意识的"诗力说"使得赫尔德的诗论脱离了现实生活实践,而具有不可知论的色彩。他认为,赫尔德"不仅机械地对立诗和科学、想象和理智,而且幻想当代德意志民族诗歌的创作应乞灵于所谓原始的神示",是"复古倒退"的观点;但有时赫尔德又主张诗人的想象要"建立在意识和理智的基础上",不要做"癫狂的空想家"①。由此,伍蠡甫指出赫尔德的观点有时候强调想象与理智的对立,有时候又主张想象与理智的结合,显示出其理论观点存有自相矛盾之处。伍蠡甫通过引用文艺理论家和艺术家个人作品全集中的原文内容,尽力呈现作者原初的思想真意。这在论述席勒、柯勒律治、马修·阿诺德、托马斯·卡莱尔、约翰·罗斯金、叔本华、柏格森的章节内容中体现得尤为明显,这样有助于避免编撰者间接转述可能引起的曲解与不实。②

其四,广义文论,艺理相通。尽管《简史》的作者没有界定"文论"的含义,但从全书内容来看,伍蠡甫的"文论"概念不仅仅是"文学理论",而是包含诗论、画论等艺术原理在内的"文艺美学理论"。这既与伍蠡甫钟爱绘画艺术有关,也是他知识素养深厚、艺术视野宽广的学识境界使然。从该书诞生的时代语境和知识需求状况而论,相较于一本单纯的"文学理论"书籍,

---

① 伍蠡甫:《欧洲文论简史》,人民文学出版社1985年版,第178页。
② 伍蠡甫在《欧洲文论简史》中采用较多的"原作"引用,固然有其尽量采用"第一手资料"的编撰意图,但书中仍然存有编者"组合"原作进行解读的现象。详见后文关于"史论编撰的瑕疵"的论述。

第三章 伍蠡甫西方文论编译思想研究

《简史》所涵盖的丰富驳杂的经济社会状况、哲学美学思潮、文艺理论名家、文艺理论问题和主要思想观点，对脱离"文化大革命"梦魇不久、饱受知识"饥渴"的青年学子而言，着实是一份有助于摄取"西学"营养、提升审美质素的"精神食粮"。以《简史》第七章"十八世纪启蒙主义运动时期"论述英国诗人、画家威廉·布莱克为例。在韦勒克的《近代文学批评史》中，韦勒克较为系统地评述了布莱克的诗学观念。伍蠡甫在评述其诗论观点的基础上，更指出布莱克在《画展目录》前言中关于艺术想象的观点与其诗作和诗论是相通的。伍蠡甫通过分析布莱克的诗作后指出，布莱克认为诗人与自然、神明之间不仅存在自然契合的持续联系，而且还有相互象征的作用，"冥合于上苍"是布莱克赋予想象的最高认识功能。由此，伍蠡甫指出布莱克诗论的基础是宗教的神秘观念，具有"客观唯心主义"的色彩。他又引述布莱克由哥特式教堂建筑风格而阐发的"线条是艺术家想象天国境界所凭的艺术手段"，"想象须先于线条，而后才能借线条表达思想感情"的观点，指出布莱克强调线条的表情功能，注重"感情—想象—线条"在绘画艺术中的紧密关联。通过对布莱克诗作、诗论、画论、"想象论"的评述，提炼出布莱克作为诗人、画家的文论特色，从而向读者传授了"扩展文论视野、探求艺理相通"的研究门径。

其五，中西比较，相互阐发。在阐述西方文论家的理论观点时，伍蠡甫经常联系中国文论和画论的相关论述，并指出其间在学理上的互通之处，显示出他在理解西方文论时始终持有的比较视野和对中外艺术理论的熟稔驾驭。比如：在论述济慈关于诗人用以丰富审美感受时提出的"消极能力"（negative capacity）观点时，伍蠡甫解释道，"济慈之所以主张诗人把心里掏空，使自己没有本性，让思考、哲理在诗人心中无容身之地，正是为了使精神能保持消极被动的状态,方能大开感觉、感受之门,给想象提供大量素材,进而丰富诗的想象,来捉取并表现无关理智或说教的纯美,以达成诗的目的"①。伍蠡甫认为,济慈强调的"消极能力"和"纯美"分别意味着诗的手段和目的,"消极能力"说,一定程度上含有"虚为实用"的辩证观点。这个观点与唐代司空图在《诗品》中所说"返虚入浑"可以"互相映发"。再如:在论述19世纪末英国文论家沃尔特·裴特(Walter Pater)的文论观点时,伍蠡甫认为,裴特正确地强调了艺术批评家有必要通晓各门艺术所特有的表现技巧和手法,这种做法可以避免批评的概念化和教条化。他联系对我国国画艺术的鉴赏,称清代画家石涛所言"过关者自知之"也说明了鉴赏山水画时观者深谙笔墨技法的重要性。他指出,国画艺术所具有的独特性质的美,表现在线条、轮廓、设色、水墨等具体运用方式和方法上,如果观者不了解各个画派、画家的笔墨技法和风格特色,就不能具体感受和理解艺术的形式之美。这与裴特提出的艺术批评家所应具备的能力素质要求是相一致的。通过此类带有关联性的阐发论述,伍蠡甫将中外文论资源进行了有机贯通,帮助读者加深了对所论观点的理解,也向读者展示了进行中外文论比较研究的可行性和实效性。

其六,问题意识,回应时代。伍蠡甫在《简史》中对20世纪80年代初期国内文论界集中讨论的理论问题也给予了关注。例如关于文学典型问题、"形象思维"问题、批判现实主义的总体特征等问题,伍蠡甫把对这些问题的辨析,自然地贯穿在西方文论发展史以及个别文论家的分析和论述中,从观念的萌生、概念的提出,到不同时期、不同文论家的相关论述和观点差异均作了

---

① 伍蠡甫:《欧洲文论简史》,人民文学出版社1985年版,第228—229页。

较为系统的阐释和辨析，这对于促进当时国内文论界理性地开展理论争鸣起到了学理层面的指导和借鉴作用。同时，伍蠡甫在《简史》的理论分析过程中，还经常指出某些理论问题有待进一步深入研究的必要性，体现出他对待学术研究保有的问题意识和不懈的探究精神。例如，他认为启蒙运动时期的文论内容丰富而复杂，是介于古典主义和浪漫主义之间，同时作为现实主义前驱而出现的。其间的"理性原则"在17世纪古典主义文论中主要为封建秩序服务，到了18世纪启蒙主义运动的文论中则转向资产阶级的政治，为它的合情合理来说教了。因此，他认为启蒙运动时期的文论值得进一步研究的问题还有很多。

二 史论编撰的瑕疵

若以当代学术研究日益深入精微的研究范式审视《简史》一书，我们会发现该书在史料运用、观点辨析和论述评价方面尚存在一些值得进一步考量探究的观点，现择取较为典型的几处予以指出，希望能够对今后的西方文论教材编撰起到借鉴作用。

（一）过度引申

伍蠡甫在介绍康德有关自然美与艺术美之关系的观点时是这样阐述的。他先引述了康德所言"美的艺术必须看起来像是自然，虽然人们意识到它是艺术"的观点，并指出问题的关键在于何谓"看作是自然"或"像是自然"。他转述康德的话解释道，所谓"像是自然"，就是说"我们在艺术作品上所见到的，是'完全符合着一切法规'，并且显得十分自然，犹如上帝造物一般，而且'没有死板固执的地方……不露出一点人工的痕迹'"[①]。接着，伍蠡甫联系清代画家石涛（原济）的画论观点"至人无

[①] 伍蠡甫：《欧洲文论简史》，人民文学出版社1985年版，第113页。

法，非无法也，盖有法必有化……化然后为无法"，认为二人所言同理，正所谓"用法而不为法用"，其观点都反映出艺术创作过程中"创作自由与必然规律的对立统一"。但伍蠡甫紧接着话锋一转，认为"康德不同于尊重现实、自然的原济，他（康德）所谓的'自由'是出发于实践理性对物自体的信仰，也就是艺术实践中，通过艺术美以达到人和上帝的冥合，而进入自由的领域……人、神合一本身即艺术，于是艺术也就没有目的可言了。康德把艺术美的概念引到不可知论中去"①。伍蠡甫将康德原本说明艺术家超越、摆脱规则束缚而获得的创造"自由"，转换为"出发于实践理性对物自体的信仰"之"自由"，并且特别强调，与尊重现实自然的原济（石涛）"不同"的是，康德追求的艺术美在于"达到人和上帝的冥合"，"人、神合一本身即艺术"，艺术"没有目的可言"，于是认为康德"把艺术美的概念引向不可知论"。伍蠡甫这样的阐释和表述方式是有失严谨的，试析如下：

其一，自由与必然的关系是康德考虑一切哲学问题所围绕的核心。康德哲学体系中的"自由"概念有不同层次、不同范畴的含义。因此在理解其"自由"概念时要详加辨析、谨慎使用。伍蠡甫在此仅仅指出康德所谓的"自由"是出于实践理性对物自体（上帝）的信仰，在逻辑分析上显得有些跳跃，而且容易造成简化"自由"概念的片面印象。不仅如此，有学者将康德的"自由"概念分为先验的自由、实践的自由和自由感三个层次。② 康德这段话实际上意在强调"艺术创造的自由在于既符合规律，却又不受规律限制；既符合目的，却又没有任何实际

---

① 伍蠡甫：《欧洲文论简史》，人民文学出版社 1985 年版，第 113 页。
② 邓晓芒：《康德自由概念的三个层次》，《复旦学报》（社会科学版）2004 年第 2 期。

第三章 伍蠡甫西方文论编译思想研究

的功利目的。艺术的美，就在于这种无目的的合目的性、无规律的合规律性"①。而伍蠡甫却将康德的观点过度引申为，在"艺术实践中，通过艺术美以达到人和上帝的冥合"。试想，一贯强调"无目的的合目的性"的康德，怎么会认同专以"达到人和上帝的冥合"为目的的艺术实践？

其二，康德哲学体系中的"艺术"概念也有不同层次。康德在《判断力批判》中从"一般艺术"里分出四个层次：①凡是与自然现象不同的人为活动都可以叫做艺术活动；②与理论活动不同的实践活动，如熟练技巧；③与一般手艺的熟练技巧不同的自由的艺术，它纯粹是为了好玩和显示能耐；④"美的艺术"，即仅仅以表现"美"这种"无目的的合目的性形式"为目的的艺术。康德比较推崇的是"美的艺术"②。伍蠡甫在引述了康德基于"无目的的合目的性"的审美判断这一观点之后，将康德的观点阐释为"人、神合一本身即艺术"，并且艺术美的目的在于"达到人和上帝的冥合"。这样的表述叠加在一起，给康德的美学观点蒙上了过于浓重的神学色彩。

不仅如此，伍蠡甫对康德哲学观念的介绍也存在将其"简化归纳"的现象。例如，他在《简史》中介绍康德"批判哲学"的主旨内容时说，康德主张"人虽不能从理论上证明物自体，但还是渴望知道宇宙万物的究竟，那末只好在实践上、在意志与行动中表达出对物自体的信仰，而皈依上帝了"。的确，康德确实肯定过形而上学思辨对人类理性认识的重要性，并将上帝存在、自由与灵魂不朽称为"先验理念"。但这并非是指康德个人会如伍蠡甫引申所说的那样去"皈依上帝"。事实上康德本人"对宗教

---

① 朱立元：《对康德哲学、美学中"自然"概念的几点理解——对刘为钦先生观点的补充和商榷》，《复旦学报》（社会科学版）2013 年第 1 期。
② 邓晓芒：《审美判断力在康德哲学中的地位》，《文艺研究》2005 年第 5 期。

不甚虔诚，并且反对一切外在的宗教礼拜"①。康德主张的"否定知识，好为信仰保留空间"，源于他相信形而上学必然会把我们带到一个界限，我们必须把眼光放在可能经验的范围以外。虽然我们不能"认识"经验以外的一切，我们仍然可以"思考"他们，而且"必须"去思考它们，因为理性本身要求我们这样做。康德"假设"有外在于理性的事物，其中之一便是"作为设计者的上帝"，因为"我们若不假设一个有智能的造物者，所有关于设计或秩序的认识根据，就会陷于明显的矛盾。虽然我们不能证明如此的秩序不可能没有一个有智能的造物者……主观上我们却有充分的理由相信这样的造物者的存在"②。但这个"主观的理由"只是出于理性认识的需求，而非出于世俗层面的虔诚信仰。康德曾说过，"没有人可以自诩说：他'知道'有上帝和来世……这种确信不是'逻辑上的'确定性，而是'道德上的'确定性，而且由于它是给予（道德意向的）主观根据，所以我甚至不能说：上帝存在等，而只能说：'我是'在道德上确信等"③。由此可见，伍蠡甫认为的"康德把艺术美的概念引到不可知论"，并主张"皈依上帝"，艺术美是为了"达到人和上帝的冥合"等理解、介绍与论断，是对康德思想的简单化概括和过度引申，这势必引起读者对康德的哲学和美学观点产生歧义与误解。

（二）以偏概全

在上文论述《简史》的编撰特点时，我们曾指出伍蠡甫在当时史料文献较为匮乏的条件下，尽可能通过外文原著传达所述文

---

① ［美］曼弗雷德·库恩：《康德传》，黄添盛译，上海人民出版社2014年版，第289页。
② ［德］康德：《思维的取向是什么?》，载［美］曼弗雷德·库恩《康德传》，黄添盛译，上海人民出版社2014年版，第303页。
③ ［美］曼弗雷德·库恩：《康德传》，黄添盛译，上海人民出版社2014年版，第290页。

第三章　伍蠡甫西方文论编译思想研究

论家观点的追求和努力，如此依据文论家书信、全集等第一手史料"如是说"的表述方式，能够较为客观真实地反映文论家的真实见解，避免由文论史家"转述"而引发的"失真"。但《简史》的史料运用中也存在另一种情况，那就是在阐发过程中"以偏概全"。例如，对文论家的观点未作全面的观照和分析，将某一阶段时期的言论观点作为其主要观点予以固化，忽视了其之后对早期观点的校正和变化，从而造成误解与偏见。另外，对其言论出现的语气、场合、情境，以及原有的针对性缺乏了解和辨析，脱离语境进行解读，也难免产生误解。在此，我们将伍蠡甫的《简史》与另外两位作者的文学批评史著作中的相关论述进行一番比较：一部是美国文学批评家韦勒克的《近代文学批评史》（1955 年），另一部是吉林大学杨冬教授的《文学理论：从柏拉图到德里达》（第 2 版，2012 年），试图探讨中国人编撰西方文学理论史的方式与方法问题。尽管我们非常清楚地认识到这三部创作于不同时期的文论史著作在篇幅长度、详尽程度、历史跨度等方面存在差异，但是我们在此主要对撰著者在史料运用、批评立场、撰著风格方面进行比较，着重对于撰著者所持的批评方法论进行分析和探讨。

　　施莱格尔兄弟是德国浪漫派理论家的最杰出代表，他们不但创办了《雅典娜神殿》杂志，崇尚自然，提倡个性解放，主张文学艺术作品要注重对人的内心世界的发掘，而且译介莎士比亚及古代印度的文学作品，从而在德国人面前打开了一个新的精神世界。在对弗里德里希·施莱格尔的评述中，伍蠡甫首先概述了施氏的主要著作及其在文论史上的主要贡献：以美学和批评的角度研究文学史；关于"古典的""浪漫的"概念的阐发；饱含客观唯心主义和神秘主义色彩的耶拿派浪漫主义理论；重点分析了耶拿派浪漫主义诗论观点。在有限篇幅的专题评述中，可以感受到伍蠡甫对耶拿派浪漫主义诗论是持强烈的批判态度的。比如，针对弗·施莱格尔在评论性刊物《雅典娜神殿》上登载的《断想》片段（伍蠡甫译为《断片》）提出的下列观点：浪漫主义的诗是包罗万象的进步的诗；浪漫主义诗人为所欲为，不受任何法则约束；诗的核心应在神话和宗教神秘剧中寻找等观点，伍蠡甫认为弗里德里希的上述观点"越说越露骨"，"翻来覆去并未跳出上帝的掌心"①。在介绍其兄奥古斯特·威廉·施莱格尔的文论成就时，伍蠡甫简要介绍了他在柏林所作的《美术与文学讲演录》中的部分观点。例如：艺术或美的非实用性、"无目的论"；一切艺术都含有诗和想象；文艺批评是纯粹的心灵活动；以及艺术史与艺术理论的关系；等等。他对奥古斯特批评方法论的成就和历史影响一笔带过，而着重强调了耶拿派浪漫主义理论的"主观唯心主义和神秘主义的浓厚色彩"②。

在《近代文学批评史》中，韦勒克对施莱格尔兄弟逐一进行了专章论述，且篇幅多达 40 页，可谓资料翔实、论述详尽。撇开韦勒克在占有文献资料方面的优势不论，我们主要考察韦勒克评述施莱格尔兄弟文论成就所采取的评述方式与方法。韦勒克对施莱格尔兄弟的评述，在写作体例方面近似，大致分为两个部分：首先是对施莱格尔主要批评著作及其主要批评理论的介绍和评论；然后介绍施莱格尔兄弟对西方文学史不同历史时期、不同国别、不同体裁和著名作家的批评论述。关于弗里德里希·施莱格尔，在选择其代表性著作方面，三位撰著者共同选择的有：发表于评论性刊物《雅典娜神殿》中的《断想》、《诗歌漫谈》（伍蠡甫译为《诗的对话》）和《古今文学史》（伍蠡甫译为《文学史讲演》）。但是，三位撰著者从中抽绎出来的理论分析不尽相同。

---

① 伍蠡甫：《欧洲文论简史》，人民文学出版社 1985 年版，第 254—255 页。
② 伍蠡甫：《欧洲文论简史》，人民文学出版社 1985 年版，第 256—257 页。

第三章 伍蠡甫西方文论编译思想研究

韦勒克首先概述了弗·施莱格尔三个方面的主要成就，即早期著作对浪漫主义发展的重要意义；关于批评、阐释、文学史之间关系的理论阐释，以及他对欧洲各国和印度等多个民族文学史研究的开拓性贡献。这三方面的理论成就，在伍蠡甫和杨冬的著作中都有提及，但伍蠡甫仅仅着重对其早期著作中的浪漫主义理论进行评介；而杨冬对其浪漫主义观念、诗歌创作中的神话理论及其文学史观念等方面，都进行了比之伍蠡甫较为详细公允的论述。[①] 韦勒克敏锐地把握住弗·施莱格尔关于"浪漫的"、反讽、神话、诗歌等概念术语的论述，详细辨析了这些概念在其理论著作和实践运用中的产生、变化及其历史影响。在《简史》中被伍蠡甫大段引用且"突出显示其客观唯心论神学色彩的"那篇《断想》（第116篇），韦勒克认为，尽管这篇《断想》一直不断为人引用，被视为"解释全部浪漫主义的钥匙"，但是"应当认识到，这篇文字为作者诸多故弄玄虚的言论之一，弗·施莱格尔在文中运用'浪漫的'这个术语时，带有浓厚的个人独特色彩，他本人不久便放弃这种用法"[②]。可见，伍蠡甫在缺乏对弗·施莱格尔不同时期理论观点全面掌握的情况下，仅以其早期的阶段性观点为据，去把握耶拿派浪漫主义诗论，才会做出以偏概全的判断和结论。当然，伍蠡甫对耶拿派浪漫主义诗论的介绍实有必要。因为施莱格尔兄弟是耶拿派浪漫主义的主要代表人物，而且该诗论观念在19世纪文论史上产生了较为深远的影响，尤其体现在对柯勒律治诗论观点的影响中。但作为文论史著作和高校文科教材，伍蠡甫对弗·施莱格尔的评介仅限于对所谓"露骨的"耶拿派浪漫主义诗论

[①] 杨冬：《文学理论：从柏拉图到德里达》第2版，北京大学出版社2012年版，第122—128页。

[②] ［美］雷纳·韦勒克：《近代文学批评史》第2卷，杨自伍译，上海译文出版社2009年版，第10页。

的介绍,而忽视其本应属于"正题"且更为重要的文学批评理论贡献,以至于对他有关"浪漫的"、神话、反讽等重要批评观点和文学史观念等其他理论建树却未做具体介绍,这对于读者全面了解施莱格尔兄弟的文论思想及其理论贡献是有缺憾的。

(三) 刻意贬损

固然,在文艺理论与文学批评通史的编撰过程中,文论史家可以持有自己的评论立场和评价标准,可以根据自己的理解和判断对史料进行取舍。但是作为一部面向普通高校文科学生广泛使用的西方文艺理论教材,理想的撰著方式或当尽可能全面展示文论家的理论观点,在充分了解和参考学界同人的相关研究成果基础上,对所述文论家的思想观点进行学理分析和考量评价。以此为视角,我们发现伍蠡甫在《简史》中对个别文论家的分析和评价与西方评论界的相关评价存有异乎寻常的差别。

我们继续选取伍蠡甫对英国批评家马修·阿诺德的评价为例。在1985年出版的《欧洲文论简史》中,伍蠡甫对阿诺德的评价依然延续着他在20世纪60年代对其的态度和看法,国内时代与社会政治风潮的变迁似乎没有对伍蠡甫的文学批评观念产生明显的影响。在分析了阿诺德《当代批评的功能》的观点之后,伍蠡甫总结道:

> 由此可见这位批评家对于文学和社会现实的关系以及文学发展的前后联系等,几乎都加以割裂,却一味地捧着理智和精神自由这把尺,去衡量十九世纪欧洲文学,只能得出这样的结论——伟大作品中只有思想,没有感情,没有政治。[①]

---

① 伍蠡甫:《欧洲文论简史》,人民文学出版社1985年版,第291—292页。

第三章　伍蠡甫西方文论编译思想研究

在随后的行文中，伍蠡甫不加区分地将阿诺德在不同时期发表的观点"杂糅"在一起进行分析和阐释。在分析了阿诺德刊行于1888年《批评文集·二集》的《诗的研究》中的批评原则之后，伍蠡甫进行了以下这段带有"总结评价"意味的"夹叙夹议"：

> 所以阿诺德说：批评须力图"造成一种崇高理智的气氛，使创造力能加以利用"（笔者注：所引该句出自1962年《讲演和批评文集》，下文括弧内文字均为笔者注。）也就是文学批评应伙同文学创作一起，来完全肯定当代英国的政治，使维多利亚王朝的秩序可以稳定下来。我们经过以上分析，懂得了阿诺德的根本意图，那么对于他给批评所下的其他一些定义，也就不难明白了。（言外之意，通过以上对1888年观点的分析去理解阿诺德以前给批评所下的其他一些定义。）例如："努力理解对象的真正实质"（出自1860年《论古典传统》）：识辨作品有否危害当今政权；对"过于偏激的爱和憎"以及"个人的幻想"来说，"超然无执"乃是一种解毒剂（出自1860年《论古典传统》）：无执是假，有执是真，就是要狠狠地批判国际的情绪、思想或个人自由；对"正确的情绪和思想"应有明确定义（出自1962年《讲演和批评文集》）：人民必须规规矩矩；"我并不希望自己有权去解决任何问题；批评乃是伟大的艺术，应撇开自己，一切让人们来解决"（出自1962年《讲演和批评文集》）：英国人民有理智，能接受统治，便是一切大吉，我又何必再唠叨。①

由此，伍蠡甫不但利用阿诺德早期的批评观点作为其晚年观点的注脚，而且通过"断章取义式"的片段摘引重新进行"逻辑组

---

① 伍蠡甫：《欧洲文论简史》，人民文学出版社1985年版，第293—294页。

合",不仅使所引观点脱离了原始语境,而且进行了"政治化"的解读。于是他得出以下评价结论:"在西方文论史上,像阿诺德这样的极端虚伪、陈腐、庸俗,而又装腔作势的批评,也是相当罕见的。"[1] 正是由于伍蠡甫在评述其具体观点时,未能顾及阿诺德思想观念的转变和内在矛盾,于是作出了生硬而固化的评价和结论。

马修·阿诺德作为19世纪下半叶英国最重要的批评家,他既擅长文学批评,同时享有诗人兼英国社会及文明"批评泰斗"的声望。他的文化哲学和文学批评在英美学术界产生较大影响。他因重视道德和情感而提出的"以情养德"的观点,被文学理论家认为"同时给宗教和诗歌所下的定义"[2]。他倡导批评家以无功利的"超然立场"探索高级文化(high culture),以"客观的"试金石理论(touchstone theory)重新界定文学批评的任务,并且在文学批评中引入主观方法,使批评家不再只是文学作品的阐释者,而是社会价值的守护人,使诗歌成为人类最高级的活动。阿诺德也凭借他的文学批评成就成为"维多利亚时代的英格兰及其文学的公认代言人"[3]。"即便在当今时代,在文学批评史无前例的丰富多彩之时,在学院派文学研究的制度性结构帮助形形色色的当代批评家获取不同寻常的权力和声望之时,阿诺德著作被引用、释义和参考的频率或许高过其他任何人。他成了一种无处不在的文化存在,至少在批评文化的圈子内是这样的——就此而论,他的地位可与莎士比亚媲美。"[4] 这样一位在英美文学批评领

---

[1] 伍蠡甫:《欧洲文论简史》,人民文学出版社1985年版,第294页。
[2] [美]雷纳·韦勒克:《近代文学批评史》第4卷,杨自伍译,上海译文出版社2009年版,第214页。
[3] [美]查尔斯·E. 布莱斯勒:《文学批评:理论与实践导论》第5版,赵勇等译,中国人民大学出版社2015年版,第52页。
[4] [美]迈克尔·格洛登等:《霍普金斯文学理论和批评指南》第2版,王逢振等译,外语教学与研究出版社2011年版,第112页。

域享有极高声望的文学批评家,在中国学者的认识和理解过程中,却出现如此巨大的反差性评价,其深层原因值得进一步剖析省察。

第三节 伍蠡甫西方文学译介事业再审视[①]

伍蠡甫的西方文学译介工作贯穿我国外国文学翻译由起始到发展壮大的重要历史阶段,他对西方文学的接受和传播,对于我们理解中国学者面对西学的态度、方法与立场具有独特而珍贵的学术史研究价值。在前文总结了伍蠡甫在西方文学编译事业中的成就基础上,我们继续对其在编译实践中折射出的问题予以分析和探讨。

一 文论选本的功与过

伍蠡甫于20世纪30年代投身西洋文学编译工作之际,正值我国外文翻译的第一个繁荣期。[②] 为了便于广大读者及时、便利地欣赏外国文学作品、获取世界文坛资讯,伍蠡甫采取编辑出版《世界文学》杂志、编著《西洋文学名著选》和《西洋文学鉴赏》等书籍的形式可谓顺应时代和读者需求,对传播外国文艺、辅助西洋文学教学起到了历史性的作用。或许是见证了《名著选》等鉴赏类图书在30年代文学教学和普通读者中的接受效应,当20世纪60年代编写文科教材之际,伍蠡甫与主持教材编写的负责同志依然选取"作品选集"的形式作为教学参考书。[③] 特别

[①] 伍蠡甫一生的译介工作其实涵盖了广义范畴的文学艺术领域,此处题为"西方文学译介"仅出于学界惯称,而非窄化限定之意。

[②] 查明建、谢天振将1917—1937年称为我国外国文学翻译的繁荣期,参见查明建、谢天振《中国20世纪外国文学翻译史》(上卷),湖北教育出版社2007年版,第89—95页。

[③] 我国历来就有悠久的文选传统,各种文学选本十分繁盛并且影响广泛而深远。选本的文化功能无可厚非,此处着重探讨外国文论选本的利与弊。

是对西方文、史、哲作品的译介，"选集"在特定历史时期承载着重要的教学和传播功用。出版于 20 世纪 60 年代的《西方文论选》和 20 世纪 80 年代初的《西方文艺理论名著选编》，在当时国内西方文论专著尚未全面译介的历史时期，其对于西方文论史教学研究和文学创作与批评的辅助和参考价值固然不可小觑，但之后由模仿产生的外国文论选本"风潮"却值得当代学界作进一步反思。①

关于选本，鲁迅有过这样的见解："至于选本，我倒以为是弊多利少的"，"选本所显示的，往往并非作者的特色，倒是选者的眼光。眼光愈锐利，见识愈深广，选本固然愈准确，但可惜的是大抵眼光如豆，抹杀了作者真相的居多，这才是一个'文人浩劫'"。更为严重的是，"倘有取舍，即非全人，再加抑扬，更离真实"②。西方文论作为产生于异域文化的知识和理论产物，对其的接受和理解具有很强的原生语境要求。相较于产生于西方国家原生语境中的"西方文论"，国人接受的大多是翻译成汉语的所谓"汉译西方文论"，作为西方文论与中国文论之间的过渡形态，其"实质上是从异域之思转化成了中国本土文论的内在思想资源"③。如果说汉译西方文论已经经过了译者对原生西方文论的文化解读、语言转换和翻译过滤，那么对汉译西方文论著作再进行片段节选，其对于学生理解领会文论家及文本思想所起到的作用和效果可想而知。如果在选文片段前再冠以编者带有强烈主观倾

---

① 有学者分析指出，我国进入"新时期"以后曾出现了两波"文选热潮"：即 1979 年到 1988 年；1998 年"至今余波未尽"。参见罗执廷《文选运作与当代文学生产：以文学选刊与小说发展为中心》，暨南大学出版社 2012 年版，第 4—5 页。

② 鲁迅：《"题未定"草（六）》，载《鲁迅全集》第 6 卷，人民文学出版社 2005 年版，第 435—436 页。

③ 代迅：《文明重心的东移与本土传统的复兴——新时期文学理论 30 年回顾》，《文艺评论》2008 年第 2 期。

向性的"导言""小序",这样的外国文论选本,不仅使学生好似在品尝已然咀嚼过的馒头般干瘪而缺乏营养,而且由此产生的先入为主的印象会严重影响学生的理解,以致产生不易祛除的误解。叔本华曾告诫渴望获取哲学真义的人们,"只有从那些哲学思想的首创人那里,人们才能接受哲学思想。因此,谁要是向往哲学,就得亲自到原著那肃穆的圣地去找永垂不朽的大师。每一个这样真正的哲学家,他的主要篇章对他的学说所提供的洞见常十百倍于庸俗头脑在转述这些学说时所作拖沓藐视的报告"①。有鉴于此,我国高等院校的西方文论教学,亟须加强以倡导"回到原典"②为导向的教材编撰和教学模式改革。让学生通过阅读经典原著,对作家和文论家的思想观点形成完整全面的认识和理解,从而真切地领会思想家的真知灼见和文学艺术的审美意蕴。

二 通史与个案

重新审视伍蠡甫自20世纪30年代至80年代有关西方文论的著述我们发现,无论是单篇学术论文还是通史专著,他的著述多是对文论流派以及历史脉络的梳理和评述,使得他对历史发展轮廓的宏观勾勒多于对文论家具体个案的微观深描。他的这种研究方法和著述方式在20世纪30年代就已有端倪。他在20世纪30年代编著的《西洋文学名著选》和《西洋文学鉴赏》的序言中,就使用概览的方式向读者介绍了西方文论发展史上的主要流派和阶段性特征,这正是在他持有的"大我"(文学流派)与"小我"(作家)、"情感"与"理性"消长互动的文学发展观认识框

---

① [德]叔本华:《作为意志和表象的世界·第二版序》,载《作为意志和表象的世界》,石冲白译,商务印书馆1982年版,第18页。
② 参阅童庆炳、赵炎秋《回到原典——就文艺学教材编写问题访谈童庆炳先生》,《中国文学研究》2012年第3期。

架下的认识成果。在 80 年代编著的《欧洲文论简史》中,他对 17 世纪至 19 世纪文论史的描述也是以各文学流派为单位进行评述的。尽管他对每位文论家的主要贡献和重要理论做了一定程度的阐释和评价,但在论述文论家理论贡献时,他大多只是采取简单概括的方式"点到为止"。

固然,17 世纪以来西方文学艺术领域的确出现了古典主义、浪漫主义、现实主义、现代主义、后现代主义等各种"主义",但文学流派的命名,尤其是那些非作家个体自觉形成的文学流派,大多只是文学批评家和文学史家对文学发展规律的一种认识性总结与归纳,不能将流派的标签任意贴在那些原本风格多样的作家和艺术家身上。而在《欧洲文论简史》中,伍蠡甫对 19 世纪文学发展的介绍,除了使用西方学界惯用的"浪漫主义""唯美主义"流派名称之外,还自行命名了许多诸如"封建社会主义""空想社会主义""神秘主义""非理性主义"等政治化、宗教化的标签,还将原本兼具多种创作风格和批评风格的作家和文论家,置于某个单一的流派中加以论述。这样的文论史撰著方式,势必因为撰著者根据主观意图所采取的凸显和遮蔽,消解了历史的复杂性和文论家个性,破坏了文论得以产生发展的历史文化语境,从而导致历史样貌的割裂化、简单化与历史人物的绝对化和片面化。

当然,对青年学生和普通读者来说,在他们初涉某个学科领域之际,能够通过阅读由该学科领域的资深学者撰写的通论式著作,对他们了解该学科的历史沿革与阶段特征固然会起到提纲挈领和导引认知的作用。不可否认,在 20 世纪 30 年代和 80 年代的文化境况下,伍蠡甫的导论性论著确实发挥了教学和普及的作用。特别是在 20 世纪 80 年代初,国内学术环境和教学秩序遭受严重破坏而恢复重建之际,《欧洲文论简史》的出版和使用,对

第三章 伍蠡甫西方文论编译思想研究

我国西方文论教学以及文艺学学科建设所起到的建构性历史功绩是不可磨灭的。但是针对该书在文学观念、批评立场和撰著方式等方面反映出的问题，却也值得学界通过剖析和反思而得以镜鉴。20 世纪 80 年代至 21 世纪初的时间里，我国西方文论教学领域曾经出现过许多"西方文论教程"，不仅沿袭了《欧洲文论简史》的编撰体例，甚至在史料文献、观点分析、历史评价等方面出现同质化模仿的现象，[①] 这种文论教材的编撰模式和话语方式对我国文论教学和文艺学研究水平的影响也值得继续得到关注和深究。

英国历史学家赫伯特·巴特菲尔德对"辉格派"历史学家的分析，对文论史家的撰著也具有同样的警示意义，他说：

> 对历史进行概说的重要工作，往往交给教科书编写者和商业文学的职业写手来做，这也许是个悲剧。不幸的是，许多历史概说实际上根本就不是概说——不是一个整全的思想的压缩，而是其他概说的大杂烩。……历史是由不计其数的始终相互关联的复杂情节所造成的一个完整网络。……所有的概说中都存在着一种危险，亦即，由于省略而获得了确定性，于是得出了比历史研究能得出的更加清晰的答案。最后，无疑还有一个危险，亦即，我们的推论也许会依据历史学家的概括性说法而做出太多的推论，而在那些说法中所有的复杂性和限定都被删略的无影无踪了。[②]

的确，为适应我国西方文论史教学工作的需要，在一部教材

[①] 此类西方文论史教程较多，在此略举三例。出于尊重并避免争议，不列编著者姓名，仅列教材信息。《西方文论史》（修订版），高等教育出版社 2002 年版；《西方文论》，华中师范大学出版社 2002 年版；《外国文论简史》，北京大学出版社 2005 年版。

[②] [英] 赫伯特·巴特菲尔德：《历史的辉格解释》，张岳明、刘北城译，商务印书馆 2012 年版，第 60 页。

的篇幅内使学生了解西方文学理论的发展历程和重要成果,对编撰者的才学胆识提出了很高的要求。在西方文论史教材编著和实际教学过程中仍有一系列问题值得不断地探讨和应对,例如,什么样的西方文论史教材才能更好地适应当代教学工作的需要?如何编撰这样的文论通史著作?如何处理好通史写作与专题研究之间的关系?是否还有比教材的形式和效果更好的其他知识传播途径来呈现西方文论史,等等。我们相信以下观念业已成为学界共识,那就是:没有扎实深入的专题研究,通史写作终将成为无根之木和无本之源。没有全面细致的文论家个案研究以及断代史、国别史和风格史研究,通史的概括与提炼就将是不全面、不充分的,通史的广度、深度和精细化程度会因此而缺失许多。

三 "印象式批评"

教材在教育教学过程中具有极为特殊和重要的作用与属性,例如,史料文献的原典呈现,各家观点的如实陈述,以及作者处于学术公心的持平之论。而伍蠡甫在《欧洲文论简史》,以及20世纪80年代编著的《现代西方文论选》《西方文艺理论名著选编》的《编后记》和《代序》中关于现代西方文论的评述,却与教材、选集所应起到的作用似有相悖之处。

伍蠡甫在《现代西方文论选·编后记》两万字的篇幅里,论述了20世纪初至60年代若干重要的文论流派。文章的前半部分首先辨析了"现代派"与"现代西方文学"两个概念。伍蠡甫自己没有界定这些概念,而是以转述的方式将七位欧美学者的见解向读者进行了简介,展示了西方批评界对这两个概念存有的分歧及其多种观点。他采取的这种多角度的描述方式,较之给予一个固定概念,能够更好地帮助学生读者多角度认识现代派以及现代西方文学的多样性和复杂性。伍蠡甫在文章的后半部分主要描述现代西方文艺理论的"思想渊源和思想会合"。他首先向读者指出"现代西方资产阶级文学和理论批评"众多流派的思想主要导源于一处，那就是"唯心主义哲学"，溯其源头即是康德。[①]"康德的思想"被他归纳为四行文字，认为康德"把世界割裂为现象和本体"，"本体是上帝的自由创造"，"人只能认识现象"而且"理性低于意志"。然后他以摘句的方式将康德的"只言片语"与19世纪若干文学流派的特征进行"捕风捉影"般的一一对应阐释，得出的结论是"十九世纪末唯美主义、形式主义、象征主义、神秘主义等颓废派文论，无异于给康德的唯心主义哲学作宣传"。由此，伍蠡甫不仅将19世纪末的文论全部定性为"颓废派"、康德的哲学被简单定性为"唯心主义"，而且将虽有相似之处但其来源并非唯一的诸多文学艺术流派，作出了单一化和片面化的解读。在其后的有限篇幅中，伍蠡甫首先言明，他将从"唯心论哲学中的实证主义和非理性主义及其发展，来分析西方现代文论若干流派的观点，以及两者的会合带来了若干流派之间的相通或相似之处"。于是，在其尚未开始论证之前，就已将后文中的流派、作家和文论家的观点放置在"唯心论哲学的实证主义和非理性主义"的阐释框架中，他以"理论先行"的阐述方式对意象派、唯美主义、象征主义、表现主义、存在主义、新批评派，以及柏格森、詹姆斯、伍尔夫、普鲁斯特、卡夫卡、弗莱等分别进行了印象式的评点，并就"现代西方文学和文论的发展与前途"发表了"个人的看法"。他认为"结构主义要捣毁作家的'自我'"，"'自我'的阴魂未散，也许就决定着西方现代文论以至当代文论的命运"，"先锋派'艺术作品'的非理性色彩"和

[①] 伍蠡甫：《编后记》，载伍蠡甫主编《现代西方文论选》，上海译文出版社1983年版，第368页。

"'撵走诗人而后快'的结构主义,堪称一丘之貉"。"倘若这类的理论还会持续下去,那末西方资产阶级的文学和文论的前途也未免太可哀了!"①

在1984年撰写的《西方文艺理论名著选编·代序》中,伍蠡甫继续抱持其唱衰西方文论的立场和态度,对20世纪以来"西方现代派形形色色的批评理论"进行分析,"勾出主要轮廓,弄清基本面貌,并探寻它们之间的关系"。在他看来,"结构主义批评只做了一桩事:完全否定文学和作家,它之所以如此荒谬,乃是由于非理性主义和形式主义的恶性发展"。"现代西方批评诸流派具有不同程度的非理性色彩,结果也就不可避免地充当了神学的附庸。"究其原因,"现代西方文学理论所以出现这种危机,实在是出于非理性主义和形式主义之赐"。《代序》末尾,他坚信"这样的考察,也许有助于读者比较全面地理解本书,而本文仅仅是个尝试",他谦逊地表示,"至于这些批评流派也并非没有可以借鉴的论点,但此项工作由读者来做以增强独立思考,似乎更为恰当"②。既然希望读者依靠"独立思考"加以理解,那么编者这篇以"印象式批评"方式写就的序言是否"恰当"?

鲁迅曾对"寻章摘句"式的批评方法予以强烈谴责,他说:"还有一样最能引读者入于迷途的,是'摘句'。它往往是衣裳上撕下来的一块绣花,经摘取者一吹嘘或附会,说是怎样超然物外,与尘浊无干,读者没有见过全体,便也被他弄得迷离惝恍。"③ 在1981年至1984年,伍蠡甫以同样的观点立场和述评方式,撰写

---

① 伍蠡甫:《编后记》,载伍蠡甫主编《现代西方文论选》,上海译文出版社1983年版,第390—391页。
② 伍蠡甫:《代序》,载伍蠡甫、胡经之主编《西方文艺理论名著选编》(上卷),北京大学出版社1985年版,第1—14页。
③ 鲁迅:《"题未定"草(七)》,载《鲁迅全集》第6卷,人民文学出版社2005年版,第444页。

第三章　伍蠡甫西方文论编译思想研究

了多篇有关现代西方文论的学术论文发表于国内重要学术期刊，并以《代序》的形式刊载于《西方文艺理论名著选编》（以下简称《名著选编》）三卷本的卷首而被多次翻印已逾三十余年。[①] 该《名著选编》所收录的古往今来的文艺理论代表性篇章固然具有教学参考价值，但具有强烈的个人化解读倾向的《代序》多年来随书印制、广泛传播的现实，折射出学界对文论教材使用及更新的漠视，更令人担忧的是，随着《名著选编》三十余年被作为高校教材广泛使用和传播，其中的个人化偏见乃至误读，对学生和其他读者的认识和理解所造成的影响值得深究。

---

① 除本书前述的撰写于 1981 年 9 月的《编后记》和 1984 年 8 月的《代序》外，伍蠡甫于 1981—1984 年发表的其他概述性论文还有：《西方唯美主义的艺术批评》（《文艺理论研究》1981 年第 1 期）、《现代西方文论漫谈》（《文艺研究》1981 年第 6 期）、《西方文论中的非理性主义》（《外国文学研究》1982 年第 2 期）、《现代西方文论简评》（《外国文学研究》1984 年第 1 期）等。刊载《代序》的《西方文艺理论名著选编》三卷本，自 1985 年 11 月发行第一版，至 2011 年 7 月已印行 13 次。

第四章 伍蠡甫比较艺术研究的探索与实践

党的十一届三中全会之后,已近耄耋之年的伍蠡甫仍在努力钻研,勤于创作,凭借坚韧的毅力造就了学术与艺术生涯新的勃发期。由他撰写和主编的多部理论著作、辞书和文选都是在他八十岁之后编撰完成和出版发行的。[①] 晚年的伍蠡甫,除了进行西方文论教材的编撰工作外,他把绝大多数的时间和精力投入到了国画创作和画论研究中。他在20世纪五六十年代提出的关于新时期如何继承文人画传统和各画科技艺等问题,对我国国画创作理论与实践领域的传承与创新提出了必要的思考命题。他对中国古代画家进行的专题研究和中西艺术理论研究,为深入发掘中国绘画艺术传统的宝贵资源,融会古今中外文化艺术精华,开展比较艺术研究,进行了有益的探索与实践。

第一节 受聘国家画院期间的创作与研究

1956年对于中国画发展而言是非常重要的一年,也是新中国

[①] 伍蠡甫在1980年之后出版的主要专著有:《中国画论研究》(1983年)、《欧洲文论简史》(1985年)《名画家论》(1988年)等,主编《现代西方文论选》(1983年)《山水和美学》(1983年)、《中国美术辞典》(1987年)和《中国名画欣赏辞典》(1993年)等。

第四章　伍蠡甫比较艺术研究的探索与实践

美术史的一个关键转折。是年 2 月,在中国人民政治协商会议第二届全国委员会上,画家陈半丁、叶恭绰共同提交《继承传统,大胆创新,成立中国画院》的提案,得到国家领导人的重视。6月,周恩来总理主持国务院常务会议,审议并通过了文化部提出的《关于筹建中国画院和中国戏曲学院的报告》,该报告明确提出在北京和上海各成立一所中国画院,中国画院的任务是组织和提高国画创作,培养国画人才,逐步建立系统的国画教学方法和制度。这是一份新中国建立中国画院体制的纲领性文件,它意味着对于中国画创作与教学不同于西式美术教育体制而具有中华民族传统自身特殊性的认识。在 1957 年 5 月北京中国画院成立大会上,周恩来总理亲临会场作重要讲话。他认为中国画"不能陷于古典的圈子里",也不能"不包括西洋画的长处";中西绘画是"异曲同工","不要只看到西画对国画排挤,就觉得西画一无长处,这就是固步自封"。对于国画界"不免有些士大夫",他一方面强调"知识分子很可贵,建设社会主义无他,很难前进";另一方面又指出,"旧中国传下来士大夫习气很多,也受到西方资产阶级影响,国画家的内部及对外的团结都应搞好"。他特别明确了中国画"为何人创作""为何人服务"的问题,即要"为广大劳动人民服务,为人民服务,增强文化高尚生活"。对于怎样继承中国画,他指出"要批判接受、鉴别,把优秀的文化遗产保存下来"[1]。周总理对于中国画的殷切期望,正是新中国画院的筹建意义、学术定位和性质任务。有关中国画的发展方向、中西方文化的关系、中国画创作主体的审美心态与意识、怎样继承和发展传统等,都是新中国画院创建之初中国画界面临的重要学术命题。[2]

---

[1] 参见《周总理在北京中国画院成立大会上的讲话》,《中国画》1981 年第 1 期。
[2] 参见尚辉《新中国画院 50 年——北京画院、上海中国画院对民族传统艺术的凸显与创造》,《美术》2007 年第 12 期。

北京与上海中国画院的成立，不仅有利于继承和发扬我国民族民间艺术的优良传统，也是强化国家意识、彰显文化自信的重大战略举措。

1956年8月，上海中国画院筹备委员会成立。大会推选赖少其为主任委员，伍蠡甫与沈尹默、贺天健、吴湖帆、傅抱石、潘天寿等为委员。筹备阶段，画院的组织机构、画师队伍有序组建。筹委会确立了国画创作、辅导院外国画创作活动等主要工作要点，画院功能逐步施展，创作及艺术研究工作取得一批成果。画院通过寻访一批有名望的、对上海画坛熟悉的艺术家的方式，组织开展了上海中国书画篆刻力量调查。被征询的艺术家根据自己的印象和主观判断提出画院画师的提名和分类，后经民主协商，伍蠡甫等69人被正式确定为第一批入院画师。[①] 上海中国画院从筹备到建立经历近四年，其间受到反右斗争影响，直至1960年正式挂牌成立。1960年6月，画院正式成立，陈毅市长为上海中国画院亲笔题名。丰子恺为首任院长。画院成立后，确立了七个业务组，原有人物组、山水组、花鸟组、展览保管组、理论研究组之外，另新增工艺美术组、教学辅导组。画院画师多是民国时期功成名就的大师名宿，面对新中国成立后社会形态发生的巨大转变，遇到了传统中国画能否以及怎样表现现实生活、表达劳动人民思想情感的问题。理论家和画家都把目光投向了写生。画院经常组织画师深入工农群众，深入建设工地进行写生活动，不仅为作品创作提供了收集素材的机会，而且还促成了一批改造中国画的"新山水画"作品出现。

1962年9月，伍蠡甫与朱屺瞻、陆俨少等画家赴浙江天目山

[①] 参见北京画院、上海中国画院编《时代华章：北京画院·上海中国画院50年》，文化艺术出版社2007年版。

第四章　伍蠡甫比较艺术研究的探索与实践

进行为期一个月的旅行写生。写生归来，伍蠡甫创作了《西天目登山所见》，陆俨少创作了《东天目山图》，伍作取山间近景山崖葱郁，陆作取极目远望峰峦缥缈，两幅作品笔墨沉酣，相映成趣，在呈现鲜明时代特征的同时，也凸显了艺术家的个性。1964年10月，伍蠡甫与陆俨少、唐云、张守成等画家到建成不久的新安江水库附近写生，创作出设色山水画《新安江水电站》。他在20世纪40年代提出的有关国画创新的观点与这个时期的"新山水画"的观念有许多相近之处，都强调把自然风光与现实生活的场景进行有机结合。他在受聘画院画师期间，还创作了《上海炼油厂》《工人的乐园》《南汇县三灶李桥公社秋收的一个画面》等作品。画作中不乏新事物与山水相融合的佳作，水库、烟囱、发电厂、拉木材的火车、忙碌的工人以及秋收的农民，都成为他描绘的内容，塑造出新中国的社会生活中一派热火朝天、欣欣向荣的景象。

　　在进行国画创作实践创新的同时，伍蠡甫还特别重视从中国绘画传统中寻求滋养和借鉴，这也是他对20世纪40年代开展的古代画论研究的延续和深化。《中国的画竹艺术》是他1959年发表的一篇学术论文，这是一篇以画科专题研究为切入点，进行绘画史与画论史综合研究的范本。伍蠡甫通过各类古籍文献中有关爱竹、画竹的记载，简述了我国自东晋至明代的画竹史。在史实文献的基础上分析追溯了画竹艺术产生的现实基础、文人心态和审美观念。以画竹名家名作为分析文本，围绕中国绘画艺术的"意境"为核心，深入阐述了绘画创作过程、绘画理论的总结提炼和运用，还就新的历史时期，如何继承绘画传统，表现新的社会生活和思想情感提出见解。他从浩繁的历代文献中单单拣择有关画竹的内容，显示作者平日在广泛收集阅读史料文献的基础上，细心留意、汇集而成的研究成果。仅从伍蠡甫文中所列画竹简史的有关书目，就令读者在了解参考文献的同时，更能感受老一辈学者博通经籍、严谨治学的态度。①

我国古代文人对竹有着特别的感情。"竹林七贤"就常在竹林中饮酒清谈、对竹吟啸。苏轼亦有"可使食无肉，不可居无竹"的感慨。而出现专门画竹的名家并成为独立画科开始于唐代。伍蠡甫认为，在我国画竹艺术发展过程中，"唐代多系着色，五代始用墨染，北宋开始流行墨竹，影响及于元、明，于是墨竹形成了悠久的传统"②。但无论是色竹和墨竹，都是由于画家本人首先爱竹，他们渴望以艺术来表达情感，必以画竹而后快。五代、北宋逐渐发展出不同的风格，涌现出诸多画竹名家。北宋时期的文同较为出众。苏轼和米芾给文同的作品写过不少诗、跋和题记，总结出文同绘画创作的四个特征：①作为艺术家的文同有四绝：诗、楚辞、草书、画；特别是沟通诗画，互相启发。②他在画面上综合表现竹、木、石，特别发展了墨竹一科。③他的墨竹的特点是：善画成林竹；善画折枝林；首创竹叶的处理，以墨深为叶面，墨淡为叶背。④他总结了画竹的基本原则："必先得成竹于胸中。"③

伍蠡甫认为苏轼丰富了中国的画竹艺术。苏轼对文同的画竹理论进行了引申阐述，认为"画竹必先成竹于胸中，执笔熟视，乃见其所欲画者，急起从之，振笔直遂，以追其所见，如兔起鹘落，少纵则逝矣"④。苏辙对画竹也感悟颇多。他在《墨竹赋》中写道，墨竹画家须"朝与竹乎为游，暮与竹乎为朋，饮食乎竹

---

① 伍蠡甫所列画竹简史参考资料：《世说新语》《晋书·王徽之传》《历代名画记》《唐朝名画录》《白氏长庆集》《五代名画补遗》《圣朝名画评》《图画见闻志》《宣和画谱》《画史》《画品》《宋史》《文同传》《画继》《东坡题跋》《集注分类东坡先生诗》《山谷集》《乐城集》《式古堂书画汇考》《画考》《续弘简录》《竹谱》《丹青志》《六研斋笔记》《明史》《崐山人物传》《画史汇传》《莫廷韩集》《习苦斋画絮》等。

② 伍蠡甫：《中国的画竹艺术》，《复旦学报》1959 年第 12 期。
③ 伍蠡甫：《中国的画竹艺术》，《复旦学报》1959 年第 12 期。
④ （宋）苏轼：《文与可画筼筜谷偃竹记》，载李福顺编著《苏轼与书画文献集》，荣宝斋出版社 2008 年版，第 107 页。

第四章　伍蠡甫比较艺术研究的探索与实践

间,偃息乎竹阴",才能"观竹之变",体会到"竹之所以为竹",并产生画竹的冲动,从而"忽乎忘笔之在手与纸之在前,勃然而兴,而修竹森然"①。伍蠡甫赞赏元代李衎对竹的种类、形态、荣枯、老嫩、优劣等方面的精细观察,对用笔、用墨、用色等技法的钻研和探索,李衎编撰的《竹谱》成为后人画竹、赏画的重要读本。李衎的创作实践恰如其分地印证了唐代张璪的至理名言:"外师造化,中得心源"。

在梳理回顾了画竹简史之后,伍蠡甫继而追溯画竹艺术产生的社会根源。他认为绘画史上以竹为题的绘画,源自于晋朝士大夫阶层偏安逐世的生活处境。画竹艺术实乃竹林生活的反映。"作为自然的客观存在和现象的竹,其本身原无士大夫们所谓的竹'美',竹之所以会被他们感到'美',乃是由于他们对竹的看法,乃是决定于他们从竹所联想到的他们自己生活中的理想的'美',因而这'美'就含有一定的阶级性。"② 士大夫们的审美观念赋予他们所爱的竹以"节操""坚贞不屈"等意义,而他们画竹是为了借竹画人、以竹喻人,抒情感怀。伍蠡甫没有停留于竹画缘起和创作原理的一般陈述,而是以画竹艺术的"意境"构成为中心,进一步阐述创作中思想性和艺术性的关系问题。可以看出,这是他在20世纪40年代有关中国绘画的意境以及艺术形式美等论题的延伸。

第一,他强调学习自然、观察生活的重要性。历代画竹名家创立意境的必要途径都是先仔细观察自然形象,钻研事物的具体细节,然后才谈得上表现自己的意境。像黄筌、解处中、阎士安等人为了画出竹的生意,经常观察临风、冒雨、出没烟雨中的竹

---

① （宋）苏辙:《墨竹赋》,载郑麦选注《苏辙散文精选》,东方出版中心1999年版,第85—86页。

② 伍蠡甫:《中国的画竹艺术》,《复旦学报》1959年第12期。

之样态。这与有些画家懒于写生、仅凭临摹名家画迹进行创作的方式,不可同日而语。第二,意存笔先,胸有成竹。文人士大夫画竹写人,都是在大量写生的基础上,熟悉掌握了对象在某些时间、季节、空间条件下的生活规律和实际形态,形成记忆存于脑海。每当他们和自然接触,触景生情之际,他们便把记忆中的竹的形象有机联系到他们的思想感情,"成竹于胸",兴到落笔,一气呵成。当然,这番娴熟连贯、心手相应的创作过程,必须经过勤修苦练,并非一蹴而就。正如元代吴镇自题竹画的绝句:"始由笔墨成,渐次忘笔墨,心手两相忘,融化同造物。"第三,画尽意在,生命无尽。伍蠡甫指出,古代画家画竹一方面是舒散郁结、畅快心情;另一方面也是为了通过描绘竹的生机来提振自我精神。五代西蜀画家黄筌以墨染竹,诗人李宗谔看后,不嫌其墨竹单调寂寞,反而夸赞其画出了竹在秋天的劲挺气节。南唐画家徐熙特意将竹梢位于画卷顶端,以状竹梢摇曳生动之势,仿佛高可拂云。这都反映出中国的诗人、画家和鉴赏家对竹之"生意"的欣赏,对"无尽"生命的向往。

新中国成立后,关于文人画的改造,人物、花鸟、山水等画科如何适应新的时代需要等问题,美术界曾有过热烈讨论。有人认为"传自古人的笔墨技法不能听从我们的自由指使去如实地反映现实,而相反地,使我们相当地离开了它。这也就是说,古人的笔墨在我们手中不是武器,而是阻碍了我们接近真实的自然景物。写生活动无情地揭露了这个矛盾"[①]。也有人对此提出不同的看法,认为"民族形式的形成不是偶然的,必然具有人民性的因素","国画遗产所包含的方法及其形式是很丰富的,有特点的,

---

① 王逊:《对目前国画创作的几点意见》,载郎绍君、水天中编《20世纪中国美术文选》下卷,上海书画出版社1999年版,第16—18页。

第四章 伍蠡甫比较艺术研究的探索与实践

决不是技术上的'科学的写实方法'如解剖学、透视学及素描方法等所能概括或代替的","由于优秀传统的遗产正是从写实而来,所以写实与学古基本上没有矛盾。那些可能产生的矛盾,并不是对抗性的矛盾"①。伍蠡甫认为,水墨一体是我国绘画的特色,是民族艺术的重要组成因素,山水、花鸟、人物等各门绘画都占有十分重要的地位。直接反映生活、歌颂社会主义革命建设的人物画科,毫无疑问地应居于绘画的主流,而花卉(包括画竹)、鸟兽、山水等画科应退居次要地位。但百花齐放的原则当然并不排斥自然画科的存在和发展,问题在于怎样画,表现什么意境,以怎样的"情"去结合怎样的"景"。伍蠡甫提出,在社会主义新中国,画家要从劳动人民的立场出发,用创作反映社会主义新中国的河山新貌和生活风貌,以崭新的画"意"主导创作。对待文人画艺术传统,在技法、题材、创意和题画诗等方面,不能照搬古人做法,要处理好批判与继承的关系,使其服务于新的情感表达。与此同时,还要积极吸取西洋绘画的长处,丰富我国的绘画艺术创作。②

我国文人画艺术及各画科技艺是我国绘画艺术的珍贵遗产,是支撑和滋养我国绘画艺术持续发展的重要资源。伍蠡甫通过对特定画科发展历史的详细梳理,对画科理论和创作规律的分析和总结,为我们在绘画史及画论史研究方面起到了有益的指导和借鉴。③ 同时,他于20世纪五六十年代提出的,关于新时期如何继承文人画传统和各画科技艺等问题,对当代的绘画创作也提出了

---

① 邱石冥:《关于国画创作接受遗产的意见》,《美术》1955年第1期。
② 伍蠡甫:《中国的画竹艺术》,《复旦学报》1959年第12期;《试论我国古代山水画对自然美的处理》,《学术月刊》1962年第3期。
③ 除画竹艺术外,20世纪80年代伍蠡甫还进行了画马艺术、山水画艺术等画科专题研究。《中国画马艺术》见《中国画论研究》,北京大学出版社1983年版,第95页;《中国山水画的诞生》,《文艺研究》1989年第4期。

必要的思考命题。如何回应这些问题，如何在实际的创作中运用并处理好传统艺术资源，艺术理论界和创作界势必应给予足够的重视。

第二节 晚年的中国画论研究

我国绘画历史悠久，流派众多，有许多创作经验和审美准则传诸后世，汇合成内容丰富、影响深远的中国绘画美学。晚年的伍蠡甫不仅通过主持编撰《中国名画鉴赏辞典》的方式进行着中国古代绘画艺术的集成工作，而且还继续发掘整理在绘画理论与实践中未能予以足够重视和充分评价的画论思想与观点。

在对五代北宋期间的画论思想进行研究的过程中，伍蠡甫认为，相较于南朝谢赫的"六法"（气韵生动、骨法用笔、应物象形、随类赋彩、经营位置、传移模写）和五代荆浩的"六要"（气、韵、思、景、笔、墨），北宋刘道醇的若干论点在20世纪80年代画坛尚未得到充分借鉴。尽管画论史上曾有学者从理论来源的角度对刘道醇的"六要"如何来源于谢赫的"六法"进行过分析探讨，并将其与荆浩的"六要"进行过比较，但就结合画迹、画论对其理论作具体分析方面未予足够的重视。于是伍蠡甫力图对刘道醇的绘画理论的历史地位和理论价值进行进一步的分析和研究。

北宋刘道醇的两部主要著作：《五代名画补遗》和《圣朝名画评》，提出"识画之诀"在于懂得"六要"和"六长"的含义。"六要"包括气韵兼力，格致俱老，变异合理，彩绘有泽，去来自然，师学舍短。"六长"包括：粗卤求笔，僻涩求才，细巧求力，狂怪求理，无墨求染，平画求长。"六要"综述绘画创作的基本要求；"六长"列举流派、名家的特长，因而更具实践

第四章 伍蠡甫比较艺术研究的探索与实践

的创新性。凡是欣赏绘画作品须懂得这些道理与特征，才能具有完整的审美准则，所以又称"识画之诀"。伍蠡甫称这两部著作给绘画创作和艺术批评提供了更为细致充实的思想，使得绘画理论免于脱离实践的空洞抽象，厥功甚伟。[①] 于是，他对刘道醇提出的"六要"之首"气韵兼力"，以及"六长"中的"粗卤求笔"和"僻涩求才"进行了着重探讨。

北宋画家范宽重视写生，面对大自然，他总能取景中之趣，以助画思画意，从而刻画出作为艺术形象核心的北方山水之真骨。刘道醇在《圣朝名画评》的"山水林木"绘画门类中评价范宽的创作特征在于"对景造意，不取繁饰"，故能"写山真骨"，而有"刚古之势""自成一家"，刘道醇称其为"气韵兼力"。有论者认为"气韵兼力"仅仅是刘道醇对谢赫"六法"中"气韵生动"和"骨法用笔"的合并概括，"大同小异"，但伍蠡甫分析指出，刘道醇倡导"气韵兼力"是在谢赫的观点基础上对笔力的特别强调。他认为，范宽这般艺术造诣，不单是得益于他对自然美的深刻感情，创立与自然契合的精神意境，还在于范宽懂得必须用浑厚的笔力传写"刚古之势"。范宽在山水画创作中"力感"与"气韵"兼顾的笔墨仍然值得当代画家继承和发扬。从批评家对我国当代画坛存在的"笔墨创新者用笔缺乏国画用笔中一些最基础的审美要素"来看，[②] 今天的国画创作也须讲求"气韵"，做到意境、笔法、力度兼而有之，相得益彰，而"气韵兼力"无疑是引导画家更好地状物写心、充实意蕴，进而实现中国画"笔精墨妙"审美要求的重要观念和主要手段。

[①] 参见伍蠡甫《五代北宋绘画审美范畴》，载《伍蠡甫艺术美学文集》，复旦大学出版社1986年版。
[②] 参见张伟平《正确的笔墨观是构建当代中国画学的基础》，《美术观察》2018年第1期。

刘道醇总结的"六长",如"粗卤求笔"和"僻涩求才"等,其本意是强调"短中有长",将缺点变成优点,亦即在粗狂放纵之中要有笔法可依,在冷僻奇峭中要有规矩法度可循。伍蠡甫着重对这两项优长进行探讨,延续了他自20世纪40年代以来对笔墨技法和绘画题材的特别关注,反映出他对新时期国画发展创新中亟待加强的有关问题的重视。

在中国画的创作和理论研究中,使用着造形、构图、色彩等绘画艺术共有的语言,同时也有中国绘画艺术独有的个性语言——笔墨。"出色的笔墨渗透着精深的文化内涵,是中国画风格、韵致和格调的主要体现。不同类型与题材的中国画,对于笔墨的要求是不一样的,艺术家和艺术批评家应区别对待。"[①] 如南朝齐谢赫《古画品录》称顾恺之"格体精致,笔无妄下",南朝陈姚最《续画品》批评谢赫"笔路纤弱,难副壮雅之怀",都表明批评家开始留意画家的笔法和笔力。到了初唐,李嗣真《续画品录》不仅指出画家郑法轮之所以"精密有余,而高奇不足",是因为"属意温雅,用笔调润",而且还示意画家如果情感奔放,运笔就往往刚劲有力。进入晚唐,张彦远力主"意笔统一",提出"意存笔先,画尽意在",更加强调"力"的作用。到了北宋,刘道醇从画家曹仁希画水的笔法中,将水的动态千变万化寓于一笔而成,总结出"粗卤求笔"的原则。"粗卤"是毛糙、粗率、简略之意。[②] 而画家的细谨之笔是很难显示出力道的,所以刘道醇要求在"粗卤"中见其笔力。伍蠡甫分析指出,"正是画家以心力主宰笔力,因而心手相应,意笔统一,方有统摄万笔的'一笔'。所谓'一笔而成',是强调撇开细节,去抓生命整体,以最高速

---

① 郎绍君:《关于中国画的几点认知》,《美术观察》2018年第1期。
② 参见陈传席《中国绘画美学史》,人民美术出版社2012年版,第276页。

第四章 伍蠡甫比较艺术研究的探索与实践

度追求艺术真实，而'粗卤求笔'正是为了达到这一目的所采取的表现方式。"① 他进一步指出，在中国画论史上，"直到北宋刘道醇方始断言画中意境的表现和象物写心的完成，都和笔力分不开，而力之所在，何患'粗卤'，从而把'壮美'列入美感的领域。尤其可贵的是刘氏在'粗卤求笔'之后更提出'细巧求力'和'狂怪求理'，涉及'优美'和'美丑'等问题，相当全面地看到绘画的审美准则。"② 伍蠡甫从刘道醇"粗卤求笔""细巧求力"和"狂怪求理"中，分别辨析出"壮美""优美"和"美丑"范畴，不仅从现代美学的角度对传统画论进行了画理延伸和范畴归属，而且对古代画论在现代绘画创作中的诠释效力和延续使用作出了有益探索。

刘道醇"六长"之一"僻涩求才"，意指用笔不循常法，但要见其才气，多指画家不同流俗的行为。③ 伍蠡甫对这一画理的阐释堪称其画论概念范畴研究的一个典型范例，对古代画论的现代诠释具有方法论的借鉴意义。他从内涵与创作两个层面对"僻涩求才"进行阐释分析。他先用语义学的方法分别研究"僻""涩"的本义。孔子在总评六弟子受业学习方面所表现出的禀性特点时说，"柴也愚，参也鲁，师也僻，由也喭"（《论语·先进》）。其中，"师也僻"的"僻"，有思想偏激之意。"僻"多指冷僻的、不常见的事物。关于"涩"的理解，伍蠡甫从多个角度进行解读。其一，有关味觉，如"苦涩""酸涩"。如杜甫《病橘》言："惜哉结实小，酸涩如棠梨。"其二，有关触觉，指手感不光滑，如《尔雅·释草》中的"蘩"或"蒿"，宋代邢昺

---

① 伍蠡甫：《五代北宋绘画审美范畴》，载《伍蠡甫艺术美学文集》，复旦大学出版社 1986 年版，第 323 页。
② 伍蠡甫：《五代北宋绘画审美范畴》，载《伍蠡甫艺术美学文集》，复旦大学出版社 1986 年版，第 323 页。
③ 参见陈传席《中国绘画美学史》，人民美术出版社 2012 年版。

《疏》曰：其"叶似艾叶，上有白毛粗涩"。"涩"另有道路阻塞之意，如西晋潘尼《迎大驾》诗云："世故尚未夷，崤函方险涩。"伍蠡甫认为"涩"还有意识精神方面的释义。例如，表示言语不顺畅或文风不通畅。如《宋书·刘义宣传》有："生而舌短，涩于言论。"唐代李肇《国史补》说："元和以后，为文笔则学奇诡于韩愈，学苦涩于樊宗师。"与画论中的"涩"更为接近的理论来源是书学。东晋王羲之说："势疾则涩"，这里的"涩"是用笔的感受，而不是行文"晦涩"。清代刘熙载《艺概·书概》承袭王羲之，对此有精细论述。刘熙载称"逆入、涩行、紧收，是行笔要法"。"古人论用笔，不外'疾''涩'二字。涩非迟也，疾非速也。以迟速为疾涩而能疾涩者，无之！"又言"用笔者皆习闻涩笔之说，然每不知如何得涩。唯笔方欲行，如有物以拒之，竭力而与之争，斯不期涩而自涩矣。涩法与战掣同一机窍，第战掣有形，强效转至成病，不若涩之隐以神运耳"。学者金学智在评注刘氏使用的书学概念时指出，前人常用的"迟"与"速"仅仅着眼于行笔的速度，是单一的和外在的；而刘熙载强调的"疾"与"涩"则不同，是"互为结合而表现为内在的"。后两者是高于前两者的一对概念，体现了刘熙载书学概念的精确性。[①] 针对刘熙载所批评的"涩笔之说"，伍蠡甫以切身体会阐释道，"书法贵在得'势'，'势'建立在运笔过程中内在的'物拒'与'力争'之间的矛盾，而'涩'意味着矛盾的统一，这样才能'力'中见'势'，方始不佻、不薄、不浮，而沉酣浑厚，十分耐看"[②]。在此，伍蠡甫对刘熙载的书学观点进行了提升，他将书写者于纸面运笔的力

---

① （清）刘熙载：《艺概·书概》，载金学智评注《书概评注》，上海书画出版社2007年版，第143页。
② 伍蠡甫：《五代北宋绘画审美范畴》，载《伍蠡甫艺术美学文集》，复旦大学出版社1986年版，第325页。

度感受，转化提升为对书艺气韵、体势的追求，以实现"力中见势"的境界。这样的观点见识，是仅凭古籍释义而无书法画艺实践者不易参悟到的。

在分别辨析了"僻""涩"的本义及其在书学领域的运用后，伍蠡甫对"僻涩"在刘道醇画论品评中的运用进行读解。"僻涩"表现的是绘画创作的个性化与创新性，其新意主要表现在文学艺术创作中鲜有人涉足的领域。我国绘画史上不乏有关"僻涩"的实例。北宋辛文房《唐才子传》和黄休复《益州名画录》都提到五代前蜀的贯休。贯休姓姜，早年出家，号禅月大师，能诗擅草书兼绘画。贯休多画罗汉等佛教人物，现存少量摹本。贯休常以"僻涩"取胜，抛弃常形常理，运用歪曲、变形、夸张等艺术手法，独具艺术风格。贯休画罗汉，其衣褶用唐代阎立本的铁丝描，而面相则力求怪异古野，姿态也不平常，但锋芒棱角却又组合协调，完全打破了传统佛教人物画恬静安详的境界，其险怪诡异使"见者莫不骇瞩"。苏轼曾在清远峡宝林寺见到贯休画的"十八阿罗汉图"，作诗《自海南过清远峡宝林寺敬赞禅月所画十八大阿罗汉》，赞扬其画作"无用之用，世人莫知"。由此可见，贯休的画作尽管"僻涩"奇崛，却蕴含禅门奥秘，耐人寻味。

刘道醇在《圣朝名画评》的人物门与鬼神门中较为详尽地介绍了五代末宋初画家石恪，"成都郫人，性轻率，尤好凌轹人。常为嘲谑之句，略协声律，与俳优不异；有杂言，为世所行。……多为古僻人物，诡形殊状，以蔑辱豪右，西州人患之。尝画《五丁开山图》《巨灵擘太华图》，其气韵刚峭，当时称之"[1]。刘氏评其曰：

---

[1] （宋）刘道醇：《圣朝名画评》，载张劲秋校注《中国画论》（卷一），安徽美术出版社1995年版，第257页。

"石恪笔法颇劲,长于诡怪。"此外,北宋黄休复《益州名画录》也提到,石恪"虽豪贵相请,少有不足,图画之中必有讥讽焉"①。宋代李廌《德隅斋画品》论道,"恪性不羁,滑稽玩世,故画笔豪放,出入绳检之外,而不失其奇。所以作形相,或丑怪奇崛以示变"②。伍蠡甫通过分析画迹与文献认为,石恪不畏豪强,以刚劲的笔墨为武器,创造诡异歪曲的艺术形象来嘲笑豪贵;当他描写造福人类的诸神时,又以劲笔赞美巨伟神力,如此泾渭分明、一庄一谐,显示出其画风技法转换自如。从五代到北宋初年,这种风格有的成为讽刺艺术,堪称我国漫画艺术的滥觞。③ 伍蠡甫接着选取另一位以写意人物画的"僻涩"风格著称的南宋画家梁楷作进一步分析。据元代夏文彦《图绘宝鉴》载,梁楷不愿当画院待诏,"赐金带,楷不受,挂于院内。嗜酒自乐,号曰'梁风子'。院人见其精妙之笔,无不敬伏。但传于世者皆草草,谓之减笔"。伍蠡甫结合梁楷的画作分析道,"所谓'草草',包括摈除轮廓,专事泼墨的没骨法,通过浓、淡、空白之间的配合,以显出衣褶,如传世的《仙人图》,是技法的一大革新;至于造形,更多歪曲:胸腹袒露而肥大,双乳下垂,压在巨腹上,虽极诡异之能,但看来十分生动"④。

在中国绘画史上,石恪、梁楷是将个人情感与禅道哲学理念注入写意人物画的先行者,他们的画风对明清的徐渭、八大山人、石涛以至近现代人物画家都有很大影响。伍蠡甫能够在纷繁

---

① (宋)黄休复:《益州名画录》,载张劲秋校注《中国画论》(卷一),安徽美术出版社1995年版,第221页。
② (宋)李廌:《德隅斋画品》,载张劲秋校注《中国画论》(卷一),安徽美术出版社1995年版,第449页。
③ 伍蠡甫:《五代北宋绘画审美范畴》,载《伍蠡甫艺术美学文集》,复旦大学出版社1986年版,第328页。
④ 伍蠡甫:《五代北宋绘画审美范畴》,载《伍蠡甫艺术美学文集》,复旦大学出版社1986年版,第330页。

第四章　伍蠡甫比较艺术研究的探索与实践

芜杂的古代画论文献中，通过爬梳汇集石恪、梁楷等善画"僻涩"风格题材的画家，不仅对刘道醇"僻涩求才"的画论观点进行了充分诠释和有益传承，而且还能在接续古代画论的同时，跃出古代文人画范畴，提出"漫画艺术的滥觞"等论断，为我国古代绘画研究指示了新的观察视角和研究领域。[①]

伍蠡甫所称道的"僻涩"风格给予后世许多艺术家以创新的启示，在中国当代画家杨晓阳的创作中表现尤为突出。杨晓阳从20世纪90年代中后期到21世纪初的水墨写意人物画中孕育出"大写意"的风格，专注于对中国画传统的笔墨技法和写意精神的探索。在笔墨技法上，他将石恪、梁楷风格的大写意人物传统，与汉代石刻的雄浑拙朴的特质相结合，又吸收了西北一带拴马桩石雕、石狮子等地域风格浓厚的民间工艺的体块质感，主要通过线描与没骨的整合，创造出个性化的笔墨语言。在写意精神上，他主要追求"大美为真"，通过"形、神、道、教、无"五种画境，表现宇宙人生生生不息的生命境界。

由此可见，伍蠡甫对刘道醇的画论观点的发掘和阐释，一方面有助于我国画论传统的延续；另一方面也为当代画坛的实践创新和理论创新启示了新的发展空间，这些审美准则对当代国画创作同样具有宝贵的启发意义。在对刘道醇画论研究的历史意义作以评价时他说："画家在创作道路上，敢于打破陈规，大胆创造，探求新奇诡异，不怕有所偏执，不睬保守派的批评；丢开老路，铤而走险；宁取冷僻，不同流俗。这些都可称为僻涩。在艺术风格和技法上，也必然地大胆创造，舍甜软平易，而取

[①] 在《比较绘画的点点滴滴》一文中，伍蠡甫也提出五代宋初的石恪、李雄是我国较早的讽刺画家，并认为"倘若结合中西古今各个时代背景与画家遭遇，来探寻（讽刺画）这个画题（画科）的规律和审美情操，将是一个值得比较研究的课题"。参见《伍蠡甫艺术美学文集》，复旦大学出版社1986年版，第392—393页。

生涩艰险；不仅跳出前人窠臼，而且自造困难，再加以克服，逆中取胜、拙中见巧，但又绝不轻率、油滑，如此等等。因此，'僻''涩'的统一，便是立意、创境之新和运笔、造形之险相结合，从而使绘画艺术产生了奇、正相须，美好、丑怪互抱的美感与艺术美。……刘道醇以其敏锐深刻的审美鉴赏能力，发现了五代至北宋有不少画家正在创造新内容与新形式，标志着绘画艺术的一场革命，并且具有真实的本领来达到目的，所以不愧为'僻涩求才'。"[①] 回到伍蠡甫撰写此文的20世纪80年代初，百废待兴的中国正开启一场具有革命性的思想解放运动。伴随着各种新近引进的理论和风格流派，中国美术界既有"新潮"涌动，也有"图式"的批判，体现出新一代艺术家客观审视传统、现实与艺术的深刻洞察力。作为见证中国美术现代化进程的"世纪老人"，步入"新时期"的伍蠡甫，"他考察的是过去，眼睛看到的却是现实；他着手研究的是古典绘画遗产，思想概括的则是人类艺术的共同本质"[②]。

第三节　兼收并蓄的古代画家研究

20世纪80年代是我国现代学术的复苏时期，"当时的研究者纷纷参与'拨乱反正'，以种种新的理论视角去阐释百年来的艺术传统"[③]。学者痛快地"告别革命"，竭力要回归学术"正途"，表现出对现实的超离以及回到书斋做"纯粹学问"的渴求。在对中国传统画论进行整理研究过程中，伍蠡甫有感于古代画家的资

[①] 伍蠡甫：《五代北宋绘画审美范畴》，载《伍蠡甫艺术美学文集》，复旦大学出版社1986年版，第326页。

[②] 郝孚逸：《伍蠡甫先生的学术成就及其理论特色》，《复旦教育》2002年第2期。

[③] 温儒敏：《文学研究的价值危机与当代责任》，《光明日报》2014年3月17日第16版。

第四章　伍蠡甫比较艺术研究的探索与实践

料散见各书、不易查询的现实困难，提出对历代画家资料予以收集、汇编的想法。

他将我国古代文献中有关画家评论的论著情况进行收集整理后，大致分为"通史式的画家传"和"断代式的画家传"两类。[①] 由于古代学者撰著的侧重点不同，有的着重记述画家生平事迹而略于艺术思想和技法特征；有的只是搬用画论概念，缺少具体的实例分析，对画家的创作观念与其生平际遇之间的关联缺乏具体的分析论述，造成理论研究与实践性指导的脱节。所幸尚有大量的画论、画跋、随笔和画迹著录流传下来弥补了上述不足，为后人了解和研究我国历代画家的生平、创作、思想、风格提供了珍贵的历史文献。伍蠡甫决定先从几位重要画家做起，写出画家研究专论，以利于艺术传承和学术研究。1988年出版的《名画家论》就是他上述研究构想的成果，这是伍蠡甫生前出版的最后一部学术专著，也是最能体现他的画论功底和批评鉴赏水平的心血之作。这部著作被收录在"中国学术丛书"中，与该书同时出版的还有著名哲学家熊十力、历史学家吕思勉、柳诒徵等人的著作，可见伍蠡甫这部《名画家论》在当时艺术研究领域所具有的学术代表性。

《名画家论》收录了伍蠡甫写于20世纪80年代的七篇中国古代画家专论，其中有重要流派的开创者董源、石涛，讲求创新而力所未逮的渐江，提倡复古而影响深远且历代评价不一的赵孟頫和董其昌，以及画名虽高而真才平淡的王翚和吴历。对古代画家作专题研究对研究者来说是项艰巨的学术考验。不仅要对画家的生平活动、创作经历和艺术成就进行全面考察，还要结合画迹真品进行艺术分析和批评鉴赏。对某一位画家的研究尚且如此花

---

① 参见伍蠡甫《名画家论》，东方出版中心1988年版。

费心力,何况要对七位历史画家进行系统研究。年过八旬的伍蠡甫在该书序言中表露,他对这几位名画家的研究是要"给撰写中国山水画史作些准备",可见其晚年的学术雄心和治学精神。在此,我们选取《名画家论》中的《董源论》作为文本,用以分析伍蠡甫在晚年的画家专题研究中所采用的艺术史学与艺术批评方法。

五代南唐的董源(画史称其为"董北苑")是我国山水画史上一位承前启后、开创新风、形成传统而影响深远的大艺术家。伍蠡甫认为"董源对山水画影响之深远,为其他诸家所不及",他非常欣赏董源的绘画技艺和成就,年轻时还曾长期临摹董源的画作。他结合董源的画作真迹、历代记载与批评,通过文献与画作互证、画家比较研究、画作艺术分析等方法撰写了《董源论——兼谈荆浩、关仝、巨然、二米》[①](以下简称《董源论》)。该文较为全面客观地总结出董源山水画艺术的主要特征、突出贡献和历史影响,文章由两部分组成,第一部分主要论述董源绘画艺术的主要成就及其历史影响,第二部分是对董源画作的艺术分析。

为了凸显董源的绘画艺术特色,明确其在中国山水画史上的贡献和历史地位,伍蠡甫通过前人有关记载以及现存作品真迹和摹本,运用比较分析的方法立论辨析。他将地处江南的董源和他的同辈画家,地处北方的荆浩、关仝进行比较分析,指出荆浩的画作"高峻雄浑,结合平川杳邈之境,追求高、深、远的统一";荆浩的弟子关仝不同于老师的一味严峻,表现出"刚柔相济、寓软于硬"的艺术风格和生活气息;二人的笔墨技法正适合描写北地山川及其气象。而董源"多写江南真山",其山水画的艺术特征与其所处的地域特征有着密切联系。因此,地域差别在一定程度上

---

① 二米,即北宋书画家米芾及其长子米友仁。

第四章　伍蠡甫比较艺术研究的探索与实践

影响着山水画家作品中的意境、构图、笔墨技法与艺术风格。

我国山水画艺术在盛唐时期成为绘画专科，分为设色和水墨二体。五代时期，水墨山水比设色山水更为流行。董源兼擅二体，但在当时以设色山水而得名。但伍蠡甫认为若以艺术创新而论，董源的贡献在水墨而不在设色。伍蠡甫细致比较了北宋中期沈括、米芾有关董源的记述，分析董源的艺术特色。沈括在《梦溪笔谈》中说董源"尤工秋岚远景，多写江南真山，不为奇削之笔"，将董源及其传人巨然并举，称其二人为"淡墨轻岚为一体"。米芾的《画史》对"淡墨轻岚"的江南山水做了相当详细的描写，赞美董源的"雾景横披全幅：山骨隐显，林梢出没，意趣高古"，同时指出董画的不足之处并不掩其所长："董源山顶不工，绝涧危径，幽壑荒迥，率多真意。"伍蠡甫对沈括、米芾的评论详加对比分析后指出，二人都看到了董源山水画艺术的现实基础是江南的"造化"。米芾称赞其"雾景"，沈括偏爱其"轻岚"，二者都认同董源的画意以"虚""淡"取胜。沈括所谓"不为奇削"正是米芾所谓"不装巧饰"，而米芾更强调"天真""真意"。伍蠡甫继而又将董源与荆浩、关仝比较，指出荆浩、关仝的画作抓住了北地山川的本色，也能得其"天真"，但行笔"凶险""干而不圆"；而董源的行笔"舒缓温穆"，更显"平淡"艺境。伍蠡甫认为，尽管行笔"凶险"或"平淡"都不失为"天真"的写照，二者之间未可轩轾，但荆浩、关仝、李成、郭熙的绘画风格有伤"平淡"，与士大夫的审美准则——"虚澹温穆"距离较远。因此，伍蠡甫认同文人画论的早期代表米芾所论，"多巧少真意"不及"平淡天真多"，进而指出董源能于荆浩、关仝、李成之外，另辟蹊径，改革技法，取得极高的艺术造诣。伍蠡甫进一步指出"平淡天真多"并不意味着董源的全貌，他还有雄壮的一面也需顾及。这样，伍蠡甫通过扎实细致的文献佐证，

— 175 —

辅以对画作的细腻分析，运用比较研究的方法，小心求证，大胆立论，做出了令人信服的鉴赏和评论。

伍蠡甫在提炼出董源山水画"平淡天真"风格的基础上，继续考察董源对山水画传统的传承、影响和接受过程。伍蠡甫指出，"董源的'平淡天真'标志着文人山水画风的萌芽，而北宋画家巨然的培育和二米（米芾、米友仁）的发展，使'平淡天真'越过南宋李唐、马远、夏珪的奇险刻削，形成元代的闲和宁静，幽然意远，士气盎然，而经久未衰。董源开拓创新之功不可低估"①。寥寥数语勾勒出五代至元代期间董源的历史影响，显示出伍蠡甫对芜杂历史文献以及众多艺术风格的熟稔掌握和精细研判。

伍蠡甫首先通过分析北宋刘道醇《圣朝名画评》、米芾《画史》、郭若虚《图画见闻志》和《宣和画谱》等古籍记载，总结出北宋画家巨然在描绘山峰脉络、树林幽境、江南山势等方面对董源的继承和超越。然后结合史料分析董源和巨然的画史地位出现"先抑后扬"的历史原因。伍蠡甫认为，郭若虚的《图画见闻志》特重人物画，虽也评论山水画，却只尊李成、关仝、范宽三家，不重视董源和巨然。其原因在于：赵宋王朝的建立者在接受文化艺术影响上，重北方多于南方。李成、关仝、范宽三家都是北方人，受先入为主之见，三家的风格迎合了王室趣味，影响自然较大。而钟陵的董源、江宁的巨然都在南方，因而未能引起充分注意。郭若虚出身贵族，担任过财政与外交官职，因此他的审美观点带有"庙堂气息"，与诗人、书画家米芾的审美观点截然相反，所以才会产生贬抑董源和巨然的态度。直到北宋末期，以徽宗赵佶为首的一代观者，欣赏水平有所发展，因此《宣和画谱》著录御府所藏董源的作品多至七十八件，巨然的作品竟达一

---

① 伍蠡甫：《名画家论》，东方出版中心1988年版，第8页。

百三十六件。伍蠡甫由此得出结论:董源和巨然的画史地位,奠定于从米芾到赵佶这段时期。这种通过分析历史文献、追索趣味变迁而得出的研究论断是谨慎严密、言之有理的。

伍蠡甫强调米芾在传承董源艺术传统所起的作用,认为米芾不仅深得董源的艺术精髓,而且和他的儿子米友仁共同开创的"米氏云山"艺术形式,将董源的"平淡天真"和笔墨气势推进了一步,传扬并影响于后代。伍蠡甫通过比较分析米芾的《画史》、元代汤垕的《画鉴》、元代董其昌的《画禅室随笔》等历史著述,配合分析米友仁画作真迹中的笔墨技法,指出米氏父子在树、石画法上对董源既有继承又有创新。米氏画树叶时形如"落茄"的横点,其前身就是董源所创的小树点缀法。"米氏云山"虚中取胜、虚中见实的风格,则是董源、巨然尚未着意的艺术创新。

在论及董源、巨然与二米的影响在南宋一度衰歇,至元、明而复盛的过程及缘由时,伍蠡甫指出,受南宋的政治偏安局势和"残山剩水"的审美观点影响,南宋画院待诏李唐、马远、夏珪等人以斧劈皴法和险胜的布局,成为一个半世纪的画坛主盟。他们的作品气氛冷寂萧条,与董源、巨然温穆舒缓的披麻笔法和深稳浑朴的风格格格不入。元朝以异族入主中华,为了巩固政权,对汉族知识分子采取怀柔政策,书画家赵孟頫作为赵宋王孙,以新朝大官身份寄兴丹青,传承了董、巨的传统。由于达官贵人的提倡,董源、巨然与二米在元代产生巨大影响,波及元代四大家(黄公望、王蒙、吴镇、倪瓒)。米氏创新的横点叶画法,在元代山水画中由黄公望用得较多,由于明、清两代因袭,成为山水画的重要艺术形式,而追根溯源还在于继承了董源的创新。

对古代画家的研究与评价,是对绘画传统的辨识与确证,其中自然蕴含着今人对传统的理解和体认，而由此展开的艺术评论正是当代评论家与艺术传统的交流对话中，激发创造出的新的美学建构。因为通常"对一个艺术品的完整全面的说明需要两条线索，即艺术构成的规则分析和本质分析：规则分析说明了一个艺术品在特定风格、类型和技术方面的合理性；本质分析则说明一个艺术品的艺术性质量，即一个艺术品所力图解决的感性形式的问题在艺术文明自身的运动中的地位和重要性；并且，这个艺术品解决这个感性形式的问题的质量程度和完满性"[1]。为了总结董源绘画技艺的表现手法和艺术特色，伍蠡甫选取现存的董源山水画作，依时间先后对其创作技艺的发展变化进行更加细致具体的分析。他对董源山水画创作的品评主要通过以下途径和方式：①直观细察画作本身，全息式审视并细致揣摩；②参考历代有关董源作品的著录和描述，结合画作，对照辨析；③与其他相关画家作品进行比较分析，品评技法、结构、意境之高下；④比较董源不同时期画作，追踪其表现手法和审美趣味的发展变化。"操千曲而后晓声，观千剑而后识器"。由于伍蠡甫对董源现存画作的笔墨技法、布局结构、景致意趣等细部非常了解，因此他能够非常精准地指出某种画法在某个画作中首次出现、继续沿用或者变化创新之处，同时还能分辨出不同时期、不同景致艺术处理的异同。

《溪岸图》是董源的早期作品，经过与董源后期作品以及五代、南宋相关画家画作的分析比较，伍蠡甫认为，董源的《溪岸图》在水、树、叶的画法上继承古法，在山坡、树节方面有所创新。人物、屋宇的笔法熟练，但全图结构稍显松散、笔墨拘谨而刻露，缺少情致蕴藉。晚于《溪岸图》的《龙宿郊民图》，尽管

---

[1] 赵汀阳：《展望美学的新转向》，《哲学研究》1988年第12期。

第四章　伍蠡甫比较艺术研究的探索与实践

在苍浑古朴、情感真实方面不同于之后的《夏山图》和《寒林重汀图》，但伍蠡甫认为董源在该作品中广泛运用的长披麻皴、主峰山脉挟小石的结构形式、横点叶树等画法，在日后逐渐成为元、明、清山水画中的基本造型程式。董源在之后的《潇湘图》中运用的横点小树正是点叶小树的发展，也是元代大量使用的横点的滥觞，成为文人山水画中点叶丛林的主要形式。

中国画强调立意的统率作用，"意存笔先"即意境指挥笔墨，作品是作者审美意识的体现。所谓"意"不是简单的再现自然，而是实现"物我为一"的艺术创造。伍蠡甫认为董源的《夏山图》正是"画中有我"之作。他在鉴赏此画时，主动融入画面并细致揣摩画家的心理活动。他指出，董源深切感受到夏日里漫山草木葱郁，遍地生机使画家精神焕发、想象活跃，但是溽暑炎蒸，一股湿气充满空间，几乎闷得喘不过气来。"沉闷与活跃"就统一于画家的精神世界中，不吐不快，非挥笔宣泄无以释怀。于是董源的《夏山图》克服矜持拘泥，落笔沉着，直抒胸臆。这种沉浸于画作和画家之间、悉心揣摩画家心理活动和创作意图的体验式研究，是进行艺术鉴赏和艺术评论的绝佳途径。

《寒林重汀图》被明代画家董其昌誉为"董北苑画天下第一"，但在20世纪80年代，国内书画界对该画作者、笔墨技法、历史地位和艺术价值存有争议。伍蠡甫认为消除争议的最好方法是认真把握董源山水画的基本特征，把该画与董源其他作品进行分析和比较之后再下断语。通过对《寒林重汀图》进行逐行扫描般的细察和比较，伍蠡甫对董源在笔墨、结构、意境创新方面给予了有理有据的研判：

（《寒林重汀图》的）下半幅近处，沙汀芦苇，比《潇湘图》下端左方所写，愈加熟练、苍劲，苇草运笔如飞，无数线条含着无数动向,其摇落萧瑟之感,在古典山水画中尚属罕见。

至于树根,多作枯枝四出,老硬偃蹇,则是把树的高年画出来了。我们看过不少题为宋人的寒林图,大抵只在线条枯劲上花功夫,而北苑(董源)则通过线、点、面等笔法参合互用之妙,写出了一股抗寒的力量,确非易事。

综观上半幅中山、水、林木、村舍的位置,可以说做到了上、下、左、右、前、后彼此呼应,而笔墨运用则使刚、柔、缓、急、疏、密、浓、淡、干、湿相互补充,形成了十分精美的艺术结构,不仅在北苑画中首屈一指,五代、北宋以来亦罕见其俦。

《寒林重汀图》所具的艺术特色,大都和现存北苑诸图相关联,是就原有的形式加以简化、发展,或有所创新。至于平淡天真,不为巧饰,笔墨浑厚、意境深远,此图亦不在北苑它图之下,而且容或过之。……此所以董其昌评定为"董源画天下第一",张丑惊呼"绝笔"[①]。

伍蠡甫对画作的描述,语言准确而精练,富于艺术韵致,对笔墨技法的点评,细致入微、深中肯綮。20 世纪 40 年代,伍蠡甫曾担任故宫博物院顾问,观赏过大量院藏名画,所以拥有丰富的古画鉴赏经验。同时,他热衷于国画创作,对创作过程中的观念和技法有着切身体会。试想,倘若没有这样细致沉潜的"文本细读"和"画作精研",怎能体会画家的苦心孤诣与精湛技艺?

伍蠡甫的《董源论》以董源艺术风格的形成、传承、发展和

---

① 伍蠡甫:《名画家论》,东方出版中心 1988 年版,第 28—30 页。

第四章　伍蠡甫比较艺术研究的探索与实践

创新为主线,通过综合历代文献记载、画作真迹,系统分析了董源山水画的技法特点、风格特征和历史贡献。同时,通过比较董源及其影响下的后代画家创作,梳理出董源艺术风格的传播史,以及五代至元代的山水画技法风格的演进历程。他在《董源论》的开篇坦言,写作此篇画家专论"绝非易事","如果写得好,也可作为五代、宋、元山水画史的部分缩影"[①]。今天,重温这部老一辈学人的研究论著,我们认为,《董源论》是一部资料翔实、论述精当的画家专论,也可以视作我国山水画艺术的断代史论著。它是当代学人重返艺术传统,洞察古代艺术家创作心理的思想巡游,也为当代中国画创作提供了汲取养分、催生创意的美学源泉。

　　1988年,针对当时国内画坛已然出现的中国画创新性探索实践,伍蠡甫曾在一次讲演中说:"古老的中国画正掀起一个新浪潮,新的创作形成一股力量,声势相当雄壮。这股新潮是受西方现代主义文艺的影响,其中西方形形色色的现代哲学与美学流派分别起着重大作用。我们还须看到另一个方面,那就是任何国家的艺术与美学研究,不可能撇开它自身的民族文化优良传统。如果割断历史,在一个真空的世界里对待并迎接任何新流派,将是不可想象的。因此我们不妨将现代西方美学和中国古典美学的若干重要论点做些比较,从而探讨这样一些问题:受现代派影响的新中国绘画和中国古典绘画,究竟是不是决然对立、水火不相容呢?双方是否可以彼此交流、相互补充呢?甚至于现代派将会是新中国绘画的发展方向呢?"[②] 这番语重心长的提醒与追问,对于当代中国画的创作与评论仍然具有适切的启示意义。

---

① 伍蠡甫:《名画家论》,东方出版中心1988年版,第1页。
② 伍蠡甫:《虚假空间与有意味的形式》,《江苏画刊》1988年第8期。

第四节　中西绘画艺术传统的结构分析

20世纪90年代以来，随着我国比较文学研究的学科化和规范化进程的不断加快，比较诗学的学科建设与发展得到有力推动，比较诗学的研究范围和课题层次不断拓展和丰富。比较文论、比较美学和比较艺术学已成为支撑比较诗学的三个重要领域。尽管最初的研究者或许并不会将自己的研究与以这些领域加以直接对应，但是他们从个人学养及兴趣出发而开展的问题研究，无形中为上述领域的深入发展奠定了坚实的学科基础。钱锺书先生曾就中西比较诗学的研究课题谈道，"文艺理论的比较研究即所谓比较诗学（comparative poetry）是一个重要而且大有可为的研究领域。如何把中国传统文论中的术语和西方的术语加以比较和互相阐发，是比较诗学的重要任务之一"[1]。钱先生不仅充分肯定了开展比较诗学研究的意义和价值，而且还就研究的路径和方法给予了有益的启示。

伍蠡甫较早耕作于比较艺术园地，他与宗白华等学者围绕中西诗画异同、中西绘画透视、西方的绘画科学和中国的绘画六法等论题撰写的系列论文，为比较艺术学领域贡献了极有价值的著述。[2] 伍蠡甫自20世纪30年代始对中国画论进行系统研究，加之他长期从事西方文艺理论教学研究与编译，为他的比较研究工作奠定了扎实的学识基础。他在1961年参加文化部召开的《中国绘画史》教材审议会时，就建议"美术史家要重视中西绘画比较研究"[3]。在

---

[1]　张隆溪：《钱锺书谈比较文学与"文学比较"》，《读书》1981年第10期。
[2]　参见陈文忠《比较诗学的三种境界——中国比较诗学的学术进程与研究方法》，《安徽大学学报》（哲学社会科学版）2011年第2期。
[3]　文化部艺术教育司：《文化部召开〈中国绘画史〉教材审议会记录》，载《王伯敏美术史研究文汇》第2编，中国美术学院出版社2013年版，第100页。

第四章　伍蠡甫比较艺术研究的探索与实践

他撰写的有关中国画论研究的文章中，经常有针对中西方关于绘画技法、形式、风格和创作观念等方面异同比较的论述。经过长期对中西方艺术理论研究的积累，他于 20 世纪 80 年代中后期开展了更为深入的中西绘画艺术比较研究。

综观中外绘画艺术发展历程，以艺术形式的发展演变为主线，再现与表现、因袭和变革成为艺术研究者分析形式和技法普遍使用的两组范畴。伍蠡甫通过对知名画家及其画作遗迹的艺术形式分析后指出，在我国山水画史上，隋唐至北宋期间出现了一次具有标志性意义的历史变革，突出表现在画家的创作观念和技法特征：由再现的写景发展为表现的写意，"舍形似而取神似"的笔墨追求。他认为，因袭与再现导致传统的封闭性，变革与表现产生传统的开拓性。他研究并形成了一套用于分析中西绘画艺术传统结构的要素和方法，包括由内而外的三个层次：第一，主体精神与创作动力；第二，对象摄取与主题内容；第三，形式与技法风格。[1] 在此，我们选取伍蠡甫论述较为集中的第一和第三层次，作为认识他的比较艺术研究的主要线索。

关于西方绘画的形式演变，伍蠡甫有自己独到的理解和分析。他认为，西方的自然科学对绘画艺术的影响直接而明显。画家对透视、明暗、色彩格外关注，并以"形似"为美。文艺复兴、古典主义、浪漫主义时期的绘画都以形似为审美基础，作品的形式都在追求艺术形象和客体形象之相似。但形式所依存的技法则不可避免地决定于画家主体精神的自由创作，因此每位大画家的作品面貌无一相同。画家以"我"之个性不断参与形式的变革与创新，既赋予形式以一定程度的独立性，也促进了西方绘画的发展。随着艺术形式独立性的不断增强，终于使形象超越具

---

[1]　参见伍蠡甫《略论传统与创新、再现与表现》，《文艺理论研究》1987 年第 6 期。

象，不再为长期以来的"相似"目的服务，于是形象愈加抽象化，形式绝对自由化，抽象主义艺术由此诞生。抽象派艺术家摒弃一切具象，只以纯形式表现内在需要。因此，"西画传统发展到抽象主义阶段，其整体结构中精神、动力方面，开始由内心世界的表现完全取代了主客观世界统一的再现，而形式方面，则由抽象的赶走了具象的"①。伍蠡甫以简要的语言对西方绘画由形似到抽象、由再现到表现的发展脉络进行了精练的总结和概括。

关于中国绘画，伍蠡甫认为中国哲学和美学对中国画论影响显著。中国画家的主体精神、创作动力不局限于写实和形似，而是强调在对事物本质的认识和感受而加以表现时，运用"诗一般的想象力"对视觉材料进行艺术加工。以"借物抒情"为主导，在"物为我化"的基础上，追求"意"与"象"的统一。因此，"国画传统的生命，实质上就寓于历代画家对想象力的获取与致用，尤其是在艺术想象中，意笔结合而不容分割，意主笔从也不容颠倒，相应地，'意'以种种方式和现实联系，'笔'或形式可千变万化，始终在具象范围里活动。"②他认为，正是由于国画的艺术与想象长期以来坚守着"具象造形"的阵地，所以西方抽象派及其理论与此格格不入。国画虽也有透视、明暗、色彩等，但都由艺术想象所驾驭，并不完全符合客观自然的规律，与西画相比显得太不"科学"，然而正是这种"不科学"抵挡住了"形式独立论""抽象造形论"的介入。即使像书法这样以"抽象造形"为主的艺术，也被中国画家作为吸收借鉴的资源，而成为丰富绘画的技艺了。中国绘画与诗和书法艺术的巧妙结合和互相滋养，使中国画以其独特的品质立足于世界艺术之林。

---

① 伍蠡甫：《略论传统与创新、再现与表现》，《文艺理论研究》1987年第6期。
② 伍蠡甫：《略论传统与创新、再现与表现》，《文艺理论研究》1987年第6期。

第四章　伍蠡甫比较艺术研究的探索与实践

中西方绘画原本就是产生于不同文化传统的艺术形式，其在发展历程、创作观念、技法风格以及环境影响等方面存在各种差异，但这并不妨碍理论工作者进行适当的比较分析和研究，以利于深化对中外绘画艺术理论与创作实践的认识和理解。伍蠡甫从中西方绘画艺术的发展历程和典型绘画艺术特征的角度，对中西方绘画艺术创作中表现出的再现与表现、传统与变革的演化特征进行结构分析，固然有与他的理解和分析相吻合的史实支撑和立论依据，他的研究成果也为人们理解中西绘画艺术在创作旨趣和审美取向的差异方面提供了观察视角和分析脉络。但他的比较分析框架在艺术形式之"具象与抽象"、艺术方法之"再现客观与表现主观"这样截然二分的比较视野下进行，也有值得改进和完善之处。

中西绘画艺术分别作为反映人们社会生活和审美意识的方式，无论是国家、民族、政治经济、思想文化等外界影响，还是其绘画媒介、技法、观念等艺术观念与实践，在几千年的历史时空中产生了极为丰富复杂的发展和变化。我们开展历史研究和艺术理论分析时要格外注意，切不可对其进行简单概括和粗浅勾勒。伍蠡甫对此也有高度的研究警觉，他在一篇论述中西方绘画美学比较的文中写道，"实际上，再现与表现原非绝然对立、有我无你。人们常说中国画是表现的艺术，西方画则是再现的艺术，这未免太绝对了"[1]。在对中西美学课题进行比较研究时，不能简单对立和人为割裂，"要考察内在的和外在的之间的紧密关系，决不可对立二者，分别研究"[2]。我们认为，随着世界各国文化艺术交流与相互影响的日益深入，以及当代学术研究方法的专

---

[1] 伍蠡甫：《苏珊·朗格的情感形式合一论与中国绘画美学》，《文艺研究》1987年第4期。

[2] 伍蠡甫：《略论传统与创新、再现与表现》，《文艺理论研究》1987年第6期。

业化和精细化，无论是中西方绘画艺术比较研究，还是中外文明的互参与互鉴，不能再满足或停留于"具象与抽象""再现客观与表现主观"等宏观概括性的观点见解，而应在更加具体的比较领域和文化范畴内开展更为深入细致的比较研究，才能有助于理解和认识中西绘画艺术的丰富内涵和文化魅力。

为了推进比较研究的深入具体，20 世纪 80 年代末，年近九旬的伍蠡甫在中西艺术美学领域进行了以艺术观念和艺术风格为主题的比较研究。其研究成果充分体现在《苏珊·朗格的情感形式合一论与中国绘画美学》和《巴罗克与中国绘画艺术》中。[①] 此二文发表之时，正值苏珊·朗格的《艺术问题》《情感与形式》和沃尔夫林的《艺术风格学：美术史的基本概念》等著作刚刚在国内翻译出版，而这些著作涉及的艺术形式创造、艺术观念表达、艺术图式分析等论题，恰好是伍蠡甫画论研究重点关注的理论问题，这引起了伍蠡甫的深切关注和思想共鸣。他在对朗格、沃尔夫林的思想观点进行分析批评的同时，也发现了一些中西方艺术美学观念中的相似、互补与差异。比如，他认为朗格以音乐为最基本的符号形式，音乐足以表现生命、运动和人类普遍经验与情感的观点，与中国的乐舞文化对书法绘画的影响观点相似。但朗格只注重"音本体"的符号学主张，而缺少中国"乐本体"所蕴含的道德伦理内涵。此外，虚构画面作为中国写意山水画的显著特征，与西方实物写生的风景画形成鲜明对照。中国的山水画讲求笔墨的形式美，凡足以抒情的纯形式，便是最有意味的形式。由此，伍蠡甫认为这样的创作共通性，使东方绘画的虚假空间为理解朗格所谓"虚假空间与有意味的形式之统一"提供了理

[①] 参阅伍蠡甫《苏珊·朗格的情感形式合一论与中国绘画美学》，《文艺研究》1987 年第 4 期；《巴罗克与中国绘画艺术》，《文艺研究》1990 年第 2 期。

第四章　伍蠡甫比较艺术研究的探索与实践

解的范例。在分析沃尔夫林的艺术风格学原理时，他认为艺术风格的转变既有普遍性，又有特殊性。由古典的发展为巴罗克的，并存于西方和我国，尽管我国没有与"古典"和"巴罗克"相对的语词，却各自含有深刻的内因和变革，因而具有不同于西方的特殊性。

伍蠡甫的上述两篇有关艺术比较的论著，较为集中地反映了他在多年的画论研究中，对中西方绘画艺术发展历程、阶段特征、创作观念、艺术风格等方面的全面把握和深刻认识。其中饱含了他对中西方艺术进行比较研究的心得体会，也为学界提供了进一步研究的论题和空间。他从朗格所说的形式表现力来考察现代派、抽象派理论对我国国画前景发生的影响，认为不应将她的理论扣上形式主义的帽子而拒之门外。他提出，可以将其作为理论参照，对我国书法这一表现生命情感的抽象形式的艺术进行深入研究，深入考虑今后"如何沟通绘画与书法的美学，另行'创造一个产生情感的符号或艺术品'"。他将具有鲜明具象性和抽象性的艺术门类和美学观念进行交叉融合的思想创意，在当时给学界和创作界提出了富于前瞻性和挑战性的学术课题，现在已在中国当代艺术家邱志杰的"概念地图"等实验艺术实践中得以实现。[①] 有必要指出的是，限于期刊论文的篇幅版面以及论文主旨的限定，伍蠡甫在文中更多的是在介绍朗格、沃尔夫林著作内容的同时，引申出一些有关艺术比较的论题，所以论述显得零散而不系统，其中有些观点因缺乏文化背景和理论根源的分析而显得比较牵强。但这位高龄老人在文中表现出的深厚学养、敏锐判断

---

① 邱志杰（1969— ）艺术家，策展人。邱志杰的创作领域涉及绘画、摄影、装置、录像和行为艺术等各种媒体，其课题触及时空、灵肉、生死、权利等多种问题，代表了一种沟通中国文人传统与当代艺术、沟通社会关怀与艺术的个人解放力量的创新尝试。代表作《重要的是现场》《总体艺术论》等，2017 年任第 57 届威尼斯双年展中国馆策展人。

和卓越见识值得后辈学人学习继承和发扬。他向我们启示：中西美学比较研究，不能再限于比较高低异同的层面，而应该通过表层的比较去探索造成差距和异同的原因，从而揭示各自发展的内在矛盾和生命力，在此基础上才能促使我们择善相从，吐故纳新，并经过长期的孕育过程而产生新的生命。

在伍蠡甫撰写和发表上述论著之时，正处于我国美术界逐渐走向多元化的变革时期，与这种延续性变革相对的是，一些中青年画家在西方现代艺术启示下，主张引进西方观念和价值标准对中国画进行批判和影响。西方观念的冲击给中国画的前景带来了悲观情绪，激起了对中国画命运的关注和危机感。[1]伍蠡甫凭借对中西方艺术发展趋势的把握和判断，表现出了学者应有的镇定和理性。他在论著中一再强调深入进行理论研究和比较研究对增进理解过去与把握未来的重要意义。他不无感慨地说："形神兼备的、历史悠久的中国画今天也面临'保留画种'的危机了。这一切都非偶然，乃艺术心灵变化所导致的必然结果，而心灵变化更不是主观片面之事，有其客观的、时代的影响。今天为了建设社会主义精神文明，新的艺术（包括绘画）必须走向当前生活的广阔天地，发掘新主题，探索新形势，运用新材料、新工具，如此大量的实验性活动在绘画内部引起空前震荡，笼罩着'自我破坏'的阴影。这一切都是社会意识巨大变化的一个侧面，而且为社会存在所决定，因此也就不使人感到大惊小怪了。"[2]当代中国过去30多年的历史充分证明，中国画和中国艺术并未步入"日暮穷途"，而是以更加自信的姿态，在多元领域进行着观念、技

---

[1] 1985年12月，中国画研究院和中国艺术研究院在北京召开"中青年中国画讨论会"，研讨中国画的"危机"问题、老中青三代艺术观念与实践的矛盾问题、传统和创新等问题。此外，还有以"八五新潮"为代表的前卫运动，都为思想解放和艺术领域的多元化发展起到了推波助澜的作用。

[2] 伍蠡甫：《略论传统与创新、再现与表现》，《文艺理论研究》1987年第6期。

第四章　伍蠡甫比较艺术研究的探索与实践

法、手段的创新实践,在世界艺术发展格局中展现着中国特色的艺术新貌。

伍蠡甫的中西绘画艺术比较研究,建基于深厚的历史文化和艺术传统。或许有人会认为这是理论研究本应具有的学科基础而无须多论,但这二者在伍蠡甫的研究著述中表现尤为凸显,值得我们青年学人进一步加以认识和学习。

一方面,他在中国传统文化方面的广博知识和丰富学养,鲜明地体现在他所撰写的画论研究论著旁征博引、信手拈来的征引文献和阐释分析中。他对美学概念、绘画技法、风格传统和画家评价等方面的论述和评析,非常注重将所述人物和论题置于历史与传统的谱系背景中进行审视和分析,这就使得他的分析见解能够取资于前人研究与历史体认,从而使他在博观约取的基础上创获个人的独特见识。以其晚年之作《赵孟頫论》为例。伍蠡甫首先以"知人论世"的方法对赵孟頫的生平活动、成长环境及其影响下的性格特征进行描述分析,然后结合画作、诗文、题跋等大量史料文献对赵孟頫的在诗、书法、绘画等方面的艺术观进行了梳理和总结,并对赵孟頫在人物、鞍马、竹石和山水等画科的代表作品及其艺术成就进行了细致入微的作品分析和鉴赏评点,最后他结合前人观点及其后世影响,提出了自己对赵孟頫的认识和评价。[①] 他在 20 世纪 80 年代进行的系列画家研究,突出反映的正是他这般深厚的文史基础和综合驾驭多种艺术理论与画科知识的学识素养。

另一方面,伍蠡甫扎实的英文功底及其父亲的影响熏陶,使

[①] 参见伍蠡甫《赵孟頫论》,载伍蠡甫《中国画论研究》,北京大学出版社 1983 年版。同时,由于该文在 20 世纪 80 年代所具有的学术代表性,被收录到由中国国家画院、中国美术馆主编的《新时期中国画之路:1978—2008 论文集》,中国青年出版社 2008 年版,第 342—344 页。

他在青年时期就能广泛接触到西方文化知识。他自20世纪30年代到80年代，一直致力于西方文学经典的译介和传播，使他对西方经典文学作品和文学理论有着熟稔的了解和掌握。这使他能够在立足中国艺术传统的基础上，同时拥有丰富的外国文学艺术的历史与理论作为参照和借鉴。这样的例证在他的著述中俯拾皆是。例如在20世纪80年代国内关于"形式美"的美学讨论之际，他接续自己在1963年关于"艺术形式美"的论文撰写了《再谈艺术的形式美》。他在文中为读者梳理介绍了西方自公元前4世纪至20世纪以来有关形式美学的代表性观点和经典论述，在提供了具有参考价值的美学理论的同时，也增强了当时美学讨论的学术内涵。[①] 更为可贵的是，相对于有些学者面对西方文论资源所表现出的"以西释中""以中释西"，伍蠡甫在解读、阐释与分析中能够融会中西艺术理论，自如地择取调用来自古今中外的文献资源和理论话语。在他的画论研究著述中，不仅有中国古典艺术理论体系中诗论、书论、画论、乐论之间的互相发明，而且还在中外思想文化的互释、互证、互补等方面做出了积极而有益的尝试。[②]

他的画论研究还体现着勇于创新的思想品格。一方面是如上所述，他在不同历史时期给自己不断提出的崭新而富于挑战性的研究课题；另一方面表现在他渴望革新中国画的设想与实践。无论是他在20世纪40年代提出的绘画题材随着中国社会的发展逐渐扩充、汽车洋房皆可入画，还是他在20世纪60年代提出的不

---

① 参见伍蠡甫《再论艺术形式美》，载伍蠡甫《中国画论研究》，北京大学出版社1983年版。

② 关于伍蠡甫融会诗、书、画、乐理论的研究范例，在本书第二章第四节"文人画的艺术风格及其审美范畴"中已有论述，还可参阅伍蠡甫《中国画论研究》中的《文人画艺术风格初探》和《试论画中有诗》等文。关于中外艺术理论互释、互证、互补方面，在本节已有所论及。还可参阅《伍蠡甫艺术美学文集》中的《比较绘画的点点滴滴》，以及伍蠡甫《略论传统与创新、再现与表现》，《文艺理论研究》1987年第6期。

第四章 伍蠡甫比较艺术研究的探索与实践

能照搬古人做法,传统技法服务于新的情感表达,都表现出他作为理论研究者和国画创作者批判继承、敢于创新的执着追求。他将石涛视为清初创新派的旗手和山水画史上具有创新精神的典型,极力对石涛《苦瓜和尚画语录》中的精辟含义和革新进取精神进行深度阐扬。他告诫国画创作者:"画中有诗无诗,关系到作品能否反映画家个人在生活、现实中的感受;进而创立意境,表现风格,也就是作品中有无个性的问题。"① 他希望新时代的画家从石涛等古代优秀画家那里吸取有益经验,"争取在变化、革新的艺术中表现画中之'我'",因为,"对于每一位画家来说,这'我'和'心'在其每一部作品中都有独特的表现,正如每一个艺术典型,是唯一的而不雷同的",这就要求"每一位山水画家都须凭自己的才能,在艺术中体现事物创新的基本法则"②。

综观伍蠡甫中国画论研究和比较艺术研究的历程与成果,尽管没有成熟完备的理论体系可观(或许伍老也无意建构),但我们还是能够尝试从他一生的研究著述中循绎出具有学理关联的研究脉络。从他在20世纪40年代出版的《谈艺录》中对中国绘画艺术的笔法、线条、意境及艺术风格范畴的艺术分析,到20世纪五六十年代进行的关于画竹、画马和山水画等各画科绘画历史与技法风格的梳理总结,再到80年代关于艺术形式美、"画中有诗"和历代著名画家的专题研究。他以充分的史料文献和理路明晰的画理分析,完成了从中国画笔墨技法基本原理到各画科门类艺术发展,进而达到对中国画的形式美学特征以及画家研究等综合性课题的探究历程。他的研究成果在综合汲取中国传统画论经

---

① 伍蠡甫:《试论画中有诗》,参见伍蠡甫《中国画论研究》,北京大学出版社1983年版,第217页。
② 伍蠡甫:《石涛论》,参见伍蠡甫《名画家论》,东方出版中心1988年版,第166—171页。

验的基础上，借助西方文艺理论的相关理论与方法对上述论题进行了具有现代学术品格的阐发、引申和提升，促进了中国当代绘画艺术研究范式和理论体系的形成和建构，也为中外比较艺术研究提供了可资借鉴的方法论成果。

结　语

"历史的价值在于它在恢复过去具体生活时的那种丰富性。"[①] 这也是笔者选取伍蠡甫作为研究"标本"的缘由之一。他的人生见证了中国近代以来从家国危难、社会动荡到抗击侵略、和平解放以至改革开放的历史变迁和社会巨变，不变的是他对真理的追求和对中国传统文化传承与创新进行理论探究和创作实践的热情。

回顾他的人生历程，笔者在理解历史境遇给予他的人生诸般偶然际遇的同时，更加感佩于他在人生每个重要的时间节点与时代主题之间生发出的和谐共鸣：五四时期表现出的爱国情怀，抗战时期的捐机画展义举，中华人民共和国成立初期参与"新中国画"革新，20世纪60年代参与文科教材编写，"文化大革命"期间的忍辱负重与沉潜蓄势，直到迎来新时期的厚积薄发，他以坚忍不拔的毅力躬耕于杏坛与学林，承续传统，传播新知。值耄耋之年，适逢改革开放，学术环境渐入良性发展。他以只争朝夕的精神和态度，仍在文论、画论和比较艺术研究等多个领域同时开

[①] ［英］赫伯特·巴特菲尔德：《历史的辉格解释》，张岳明、刘北城译，商务印书馆2012年版，第41页。

展学术著述，直至人生谢幕。伍蠡甫的一生经历了中国近现代以来波澜壮阔的历史，他在外国文学翻译、西方文论研究、中国画论研究等领域贡献的学术成果，为深入拓展我国相关领域的思想传承、教育教学和学术研究起到了承前启后的作用，也为当代学人的治学研究提供了必要的反思和启示。

20世纪30年代，鲁迅先生曾把文论译介工作比喻为普罗米修斯给人类盗天火。而伍蠡甫初入社会首先择定的人生志向也正是加入这项神圣而光荣的事业，为新文学的发展贡献自己的"光与火"。他与同道好友创办黎明书局传播文化、助力教育；他广泛译介外国文学历史名著并编著西洋文学鉴赏课本，在传播外文经典、服务英语教学的同时，拓展了青年读者的文学欣赏视野和文学鉴赏素养。他主编的《世界文学》杂志为当时的读者打开了一扇了解世界文坛动态的视窗，并与《译文》等译介杂志丰润了"戈壁中的绿洲"。他立足于20世纪30年代中国社会发展的现实需要，注重对新文学"世界意识"的重视和培养。他将"个人在全人社会中得到充分发展"作为新文学的最高理想，不仅与新文学运动先驱的理念一脉相承，而且将新文学及其广大读者的文学视域从"一国之文学"语境，引入"世界文学"的广阔疆域，促进了当时文学观念与思想境界的拓展和提升，与新文学先驱一道，通过外国文论译介为建设中国现代文学和文学理论做出了共同努力。

"如果说翻译属于引进的话，编写属于自主建设，它有一个消化吸收、酝酿写作的周期，明显滞后于翻译。"[①] 特别是受"大跃进"影响，我国高等学校原有的课程体系和教材体系遭到严重

---

① 汪正龙：《外国文学理论教材翻译与编写60年》，载庄智象主编《中国外语教育发展战略论坛》，上海外语教育出版社2009年版，第783页。

结　语

扰乱与破坏之际,在党中央的直接领导和组织委派下,由伍蠡甫牵头与其他学者共同编辑的《西方文论选》,成为"新中国成立后最早出现的读本类外国文学理论教材"[①]。与周煦良主编的《外国文学作品选》(1961 年)、朱光潜撰写的《西方美学史》(1963 年)、杨周翰等编著的《欧洲文学史》(1964—1965 年)等著作一起,为服务我国高校西方文学理论教学与研究起到了重要作用。尽管《西方文论选》在篇章选目、批评话语等方面显示出较为明显的阶级观念和政治意识形态色彩,但那大多都并非出自学者治学观念和理解认识所得,而是那个特定历史时期文化翻译与教育教学领域受制于政治意识形态影响下的产物。其间所映射出的历史问题与观念意识值得当代的理论界与教学研究者引以为戒。

进入改革开放新时期,伴随着我国综合性大学和师范院校中文系、外文系普遍开设西方文论课程,我国西方文学理论教材建设得以稳步推进。伍蠡甫不顾高年,在 1979 年《西方文论选》再版印行的基础上,牵头组织同行学者编辑了《现代西方文论选》《西方古今文论选》《西方文艺理论名著选编》等选本类教材,自行编著了《欧洲文论简史》,为我国自编外国文论教材做出了切实努力和重要贡献。伍蠡甫编撰的《欧洲文论简史》《现代西方文论选》等教材及选本,表现出他综合驾驭第一手史料文献扎实开展通史性研究的学识功底和文学批评素养。尽管其相关著述表现出偏于宏观把握、介绍评述多于理论辨析和深刻阐释等迹象,但限于特殊年代的政治与社会环境、文献资料匮乏和个人精力等原因,反而更加展现出老一辈学人攻坚克难、劲挺坚毅的

[①]　汪正龙:《外国文学理论教材翻译与编写 60 年》,载庄智象主编《中国外语教育发展战略论坛》,上海外语教育出版社 2009 年版,第 783 页。该文还将伍蠡甫所著的《欧洲文论简史》认作"我国学者最早撰写的严格意义上的通史类外国'文论史'教材"。见该书第 784 页。

生命意志与学术品格。更为宝贵的是，在他编著的西方文论作品中，显示出融会古今中外文论、诗论、画论等多元化的样貌，反映出他所抱持的开放贯通的历史观与包容并蓄的文艺美学思想。他对文学与其他艺术门类之间的共性、文学作为语言艺术的个性的思考，体现出其在西方文艺理论影响下追求文学理论现代品格的学术努力。①

出于对中国绘画艺术的热衷与喜爱，伍蠡甫在讲授和研究西方文学理论的同时，始终兼事丹青描绘与画论研究。即便是在艰难困苦的抗战内迁时期，他不仅举办画展捐机抗敌，而且克服纷扰潜心研究古代画论。他在20世纪三四十年代较早地进行的中国绘画艺术的意境研究，以中国古代绘画的创作实践为切入点，深入探究中国绘画艺术意境的创设、生成与建构的动态过程，从而获得对中国绘画艺术意境内涵及其创作规律的把握。他对中国绘画艺术意境的分析和阐释，与宗白华、朱光潜、钱锺书、罗庸等学者的相关研究共同为20世纪40年代转型时期的现代意境研究奠定了重要的基础。②他对中国古代绘画中点、线、皴法等笔墨技法的细致精微的探讨，对简、雅、拙、淡、偶然、纵恣、奇崛等文人画艺术风格的深刻阐释，对中国古代著名画家进行的专题研究，不仅对中国画的传统精华与美学品格进行了继承和发扬，也为后世的学者进行文人画美学和古代画家研究提供了方法与范式的参考借鉴。③

伍蠡甫将比较艺术研究的意识与方法，贯穿于他在审视观照

---

① 参见高建平《论文学理论的性质》，载钱中文主编《中国中外文艺理论学会年刊·2010年卷·文学理论前沿问题研究》，河南大学出版社2011年版。
② 参见吴珺如《论词之意境及其在翻译中的重构》，上海外语教育出版社2012年版。
③ 例如陈望衡在《中国古典美学二十一讲》中的第十六讲《中国文人画美学》中对伍蠡甫总结归纳的文人画艺术风格的借鉴。参见陈望衡《中国古典美学二十一讲》，湖南教育出版社2007年版，第320—336页。

结 语

中西艺术创作观念、绘画技法、艺术风格和审美意蕴的研究过程当中。他的研究实践启示我们，比较艺术研究对象的选择和确定，并非出于比较研究者的牵强附会，而是在对中西文化艺术具体领域、具体问题和具体论证前提下，自觉地从不同国家和民族的文化艺术传统中寻找出的共性与个性。"凡属中西相类似的，互相补充的，甚至完全相反的，都可加以比较。不为比较而比较，须在马克思主义与历史唯物论原则下，以中国自己的美学与艺术的发展、创新作为前提，就中西双方有关的论点作些比较与综合研究，以彼之长，补己之短，从而对我国社会主义精神文明的建设、人民生活的美化，作出积极贡献。"[1]

在20世纪中国文艺理论发展史上，伍蠡甫是个特别的存在。在专攻某一学科领域的人看来，他在从事外国文学教学编译的同时，还在中国古代画论领域创造出精深丰厚的理论研究成果。两种背景差异很大的异质文化，却在他的观察思考和学术研究中获得平和对待与融会贯通，这恰恰是老一辈学人扎实深厚的学术功底所在。正如钱锺书先生的治学感言："东海西海，心理攸同；南学北学，道术未裂。"[2] 可以说，伍蠡甫及其同代学人正是在建构中国现代学术体系格局的进程中，为中国当代学术研究的知识积累、研究范式等方面起到了探索与奠基的作用。当代学人不应对他们所探究的理论问题、知识话语嗤之以鼻或有"过时""老套"之诽。殊不知，当下我们习以为常、普遍接受的学术路径与方法，正是在老一辈学人探索实践、积淀成型的基础上不断拓展、改造、提升而得的。伍蠡甫的学术历程向我们表明，"古典

---

[1] 伍蠡甫：《比较绘画的点点滴滴》，载伍蠡甫《伍蠡甫艺术美学文集》，复旦大学出版社1986年版，第388页。

[2] 钱锺书：《谈艺录·序》，载钱锺书《谈艺录》第2版，生活·读书·新知三联书店2008年版，第1页。

人文研究将通过日益密切地接触现代人而获益匪浅；同时就崇今者这一方来说，他们也只有彻底承认古人的前导之功后才有资格侧身人文学科的行列。古典以现代为前景就不会产生枯燥呆滞的弊端；现代以古典为依托则能免除浅薄和印象主义的命运。"①

　　伍蠡甫毕生钟爱的画科是山水画，他格外注重表现"画中之我"，亦即画由我心出，而非我为画所役。当代哲学家赵汀阳关于历史、山水和渔樵之间的隐喻论述，或可帮助我们理解伍蠡甫从山水画中获得的研究心得和人生体悟。赵汀阳认为，以历史为本的中国精神世界使精神从上天落实为大地上的问题，同时也使大地成为社会化的俗世而失去原本作为自然的超越性。因此需要在大地上重新定义一个超越之地以满足精神的超越维度，于是，在社会之外的山水就被识别为超越之地。但俗世的历史仍然是精神世界的主题，世外的渔夫樵夫借得山水的超越尺度而得以发现历史中的超越的历史性。在山水概念中还另有两种属于超现实的山水，一种是传说的神仙乐园，另一种是作为概念的山水，属于诗人和艺术家。诗人和艺术家创造的山水有不少也有原型，但经过想象而具有超现实性。"无论是神仙山水还是艺术山水，都试图以超现实的方式去接近超越性，可是超现实性终究不是超越性。超现实性回绝了历史性而缺乏沧桑。如果不能面对沧桑并且超越沧桑，就只是逃逸，其所得并非超越，而是隔世而已。"② 与古代的文人画家和山水诗人不同，伍蠡甫没有在历史的沉浮中消沉，也没有在人生的坎坷困顿中绝望，而是借助丹青，描绘劲挺峭拔的山水气魄，抒发自己超拔脱俗的情趣意志。他以毕生的勤勉奋斗，为我国的学术事业贡献了宝贵而丰厚的学术遗产。罗素的一段

---

① ［美］欧文·白璧德：《文学与美国的大学》，张沛、张源译，北京大学出版社 2004 年版，第 125 页。

② 赵汀阳：《历史、山水及渔樵》，《哲学研究》2018 年第 1 期。

结　语

语录，或可视作历经世纪沧桑的伍蠡甫充盈豁达的心灵写照：

  凡是能达到心灵的伟大的人，会把他的头脑洞开，让世界上每一隅的风自由吹入。他看到的人生、世界和他自己，都将尽人类可能看到的那么真切；他将觉察人类生活的短促与渺小，觉察已知的宇宙中一切有价值的东西都集中在个人的心里。而他将看到，凡是心灵反映着世界的人，在某意义上就和世界一般广大。摆脱了为环境奴使的人所怀有的恐惧之后，他将体验到一种深邃的欢乐，尽管他外表的生活变化无定，他心灵深处永远不失为一个幸福的人。①

---

① ［英］罗素：《幸福之路》，傅雷译，载傅雷《傅雷全集》第15卷，辽宁教育出版社2002年版，第196页。

参考文献

一　伍蠡甫作品①

（一）著作

伍蠡甫、孙寒冰编著：《西洋文学名著选》，黎明书局 1930 年版。

伍蠡甫、孙寒冰编著：《西洋文学鉴赏》，黎明书局 1931 年版。

[美] 赛珍珠：《福地》，伍蠡甫译，黎明书局 1932 年版。

[美] 赛珍珠：《儿子们》，伍蠡甫译，黎明书局 1932 年版。

伍蠡甫编：《印度短篇小说集》，商务印书馆 1936 年版。

[英] 雪莱：《诗辩》，伍蠡甫译，商务印书馆 1937 年版。

伍蠡甫：《谈艺录》，商务印书馆 1947 年版。

伍蠡甫主编：《西方文论选》（上卷），上海文艺出版社 1963 年版。

伍蠡甫主编：《西方文论选》（下卷），人民文学出版社上海分社 1964 年版。

伍蠡甫主编：《中国名画鉴赏辞典》，上海辞书出版社 1993 年版。

伍蠡甫主编：《现代西方文论选》，上海译文出版社 1983 年版。

---

① 此处仅列出本书引用著作，按出版及发表时间排序，其全部著作请参阅本书附录：伍蠡甫（1900—1992）生平活动年表。

伍蠡甫：《欧洲文论简史》，人民文学出版社 1985 年版。

伍蠡甫、胡经之主编：《西方文艺理论名著选编》，北京大学出版社 1985 年版。

伍蠡甫：《伍蠡甫艺术美学文集》，复旦大学出版社 1986 年版。

伍蠡甫：《名画家论》，东方出版中心 1988 年版。

伍蠡甫：《中国画论研究》，北京大学出版社 1983 年版。

（二）论文

[英] 皮科克：《诗之四阶段》，伍蠡甫、曹允怀合译，《世界文学》1935 年第 1 卷第 6 期。

伍蠡甫：《巴罗克与中国绘画艺术》，《文艺研究》1990 年第 2 期。

伍蠡甫：《发刊词》，《世界文学》1934 年创刊号。

伍蠡甫：《略论传统与创新、再现与表现》，《文艺理论研究》1987 年第 6 期。

伍蠡甫：《诗之理解》，《现代》1935 年第 6 卷第 2 期。

伍蠡甫：《试论我国古代山水画对自然美的处理》，《学术月刊》1962 年第 3 期。

伍蠡甫：《苏珊·朗格的情感形式合一论与中国绘画美学》，《文艺研究》1987 年第 4 期。

伍蠡甫：《谈明日的艺术——致赫伯特·里德先生函》，《文化先锋》1942 年第 2 期。

伍蠡甫：《西方唯美主义的艺术批评》，《文艺理论研究》1981 年第 1 期。

伍蠡甫：《西方文论中的非理性主义》，《外国文学研究》1982 年第 2 期。

伍蠡甫：《现代西方文论简评》，《外国文学研究》1984 年第 1 期。

伍蠡甫：《现代西方文论漫谈》，《文艺研究》1981 年第 6 期。

伍蠡甫：《虚假空间与有意味的形式》，《江苏画刊》1988 年第 8 期。

伍蠡甫：《一年来的中国文学界》，《文化建设月刊》1936 年第 2 卷第 3 期。

伍蠡甫：《怎样研究西洋文学》（上），《出版周刊》1936 年第 188 期。

伍蠡甫：《怎样研究西洋文学》（下），《出版周刊》1936 年第 189 期。

伍蠡甫：《中国本位的文化建设》，《世界文学》1935 年第 3 期。

伍蠡甫：《中国的画竹艺术》，《复旦》1959 年第 12 期。

伍蠡甫：《中国的绘画——法度篇第三》，《文化先锋》1943 年第 1 卷第 25 期。

伍蠡甫：《中国的绘画——明用篇第一》，《文化先锋》1942 年第 1 卷第 13 期。

伍蠡甫：《中国的绘画——意境篇第二》，《文化先锋》1943 年第 1 卷第 19 期。

伍蠡甫：《中国山水画的诞生》，《文艺研究》1989 年第 4 期。

伍蠡甫、孙寒冰：《关于西洋文学名著选答方重先生》，《图书评论》1933 年第 1 卷第 7 期。

二　著作[①]

（一）古籍

（清）戴熙：《赐砚斋题画偶录》，载沈子丞编《历代论画名著汇编》，文物出版社 1984 年版。

（宋）邓椿：《画继》，黄苗子点校，人民美术出版社 1963 年版。

（明）顾凝远：《画引》，载沈子丞《历代论画名著汇编》，文物出版社 1984 年版。

（宋）郭若虚：《图画见闻志》，俞剑华注释，江苏美术出版社 2007

[①] 著作及论文均按第一作者姓氏拼音首字母顺序排列。

年版。

（宋）黄休复：《益州名画录》，载张劲秋校注《中国画论》（卷一），安徽美术出版社1995年版。

（宋）李廌：《德隅斋画品》，载张劲秋校注《中国画论》（卷一），安徽美术出版社1995年版。

（宋）刘道醇：《圣朝名画评》，载张劲秋校注《中国画论》（卷一），安徽美术出版社1995年版。

（清）刘熙载：《艺概》，金学智评注，上海书画出版社2007年版。

（宋）米芾：《画史》，黄正雨、王心裁辑校，湖北教育出版社2002年版。

（清）石涛：《苦瓜和尚画语录》，周远斌点校纂注，山东画报出版社2007年版。

（唐）孙过庭：《书谱》，马永强注译《书谱·书谱译注》，河南美术出版社1986年版。

王群栗点校：《宣和画谱》，浙江人民美术出版社2012年版。

（明）张丑：《清河书画舫》，徐德明校点，上海古籍出版社2011年版。

张觉校注：《荀子校注》，岳麓书社2006年版。

（唐）张彦远：《历代名画记》，载承载译注《历代名画记全译》，贵州人民出版社2009年版。

周振甫：《文心雕龙今译》，中华书局1986年版。

（二）现代著作

蔡渊絜：《抗战前国民党之中国本位的文化建设运动（1928—1937）》，博士学位论文，台湾师范大学历史研究所，1991年。

［美］查尔斯·E. 布莱斯勒：《文学批评：理论与实践导论》第5版，赵勇等译，中国人民大学出版社2015年版。

查明建、谢天振：《中国20世纪外国文学翻译史》（上卷），湖北教育出版社 2007 年版。

陈传席：《中国绘画美学史》，人民美术出版社 2012 年版。

陈平原：《抗战烽火中的中国大学》，北京大学出版社 2015 年版。

陈望衡：《中国古典美学二十一讲》，湖南教育出版社 2007 年版。

程金城：《20 世纪中国文学价值系统（1900—1949）》，敦煌文艺出版社 1996 年版。

戴知贤、李良志主编：《抗战时期的文化教育》，北京出版社 1995 年版。

[德] 格罗塞：《艺术的起源》，蔡暮晖译，商务印书馆 1984 年版。

郭英剑：《赛珍珠评论集》，漓江出版社 1999 年版。

[英] 赫伯特·巴特菲尔德：《历史的辉格解释》，张岳明、刘北城译，商务印书馆 2012 年版。

[美] 雷纳·韦勒克：《近代文学批评史》第 2 卷，杨自伍译，上海译文出版社 2009 年版。

[美] 雷纳·韦勒克：《近代文学批评史》第 4 卷，杨自伍译，上海译文出版社 2009 年版。

李今：《20 世纪中国翻译文学史（三四十年代·俄苏卷）》，百花文艺出版社 2009 年版。

李宁：《蜀山湖集》，安徽教育出版社 1993 年版。

刘长鼎、陈秀华：《中国现代文学运动史料编年》（中编），山西高校联合出版社 1994 年版。

刘运峰编：《1917—1927 中国新文学大系导言集》，天津人民出版社 2009 年版。

龙红、廖科：《抗战时期陪都重庆书画艺术年谱》，重庆大学出版社 2011 年版。

罗钢：《历史汇流中的抉择：中国现代文艺思想家与西方文学理论》，中国社会科学出版社 2000 年版。

傅雷：《傅雷全集》第 15 卷，辽宁教育出版社 2002 年版。

罗执廷：《文选运作与当代文学生产：以文学选刊与小说发展为中心》，暨南大学出版社 2012 年版。

马芳若：《中国文化建设讨论集》，上海龙文书店 1935 年版。

［美］迈克尔·格洛登等：《霍普金斯文学理论和批评指南》第 2 版，王逢振等译，外语教学与研究出版社 2011 年版。

［美］曼弗雷德·库恩：《康德传》，黄添盛译，上海人民出版社 2014 年版。

毛泽东：《毛泽东选集》第 2 卷，人民出版社 1991 年版。

［美］莫瑞·克里格：《批评旅途：六十年代以后》，李自修等译，中国社会科学出版社 1998 年版。

穆纪光主编：《中国当代美学家》，河北教育出版社 1989 年版。

［美］欧文·白璧德：《文学与美国的大学》，张沛、张源译，北京大学出版社 2004 年版。

钱理群、温儒敏、吴福辉：《中国现代文学三十年》，北京大学出版社 1998 年版。

商勇：《艺术启蒙与趣味冲突——第一次全国美术展览会（1929 年）研究》，河北美术出版社 2015 年版。

沈卫威：《民国大学的文脉》，人民文学出版社 2014 年版。

石琴娥：《北欧文学论》，上海社会科学院出版社 2015 年版。

苏畅：《俄苏翻译文学与中国现代文学的生成》，社会科学文献出版社 2013 年版。

汤胜天：《承故纳新笔墨间——伍蠡甫艺术美学思想与山水画研究》，复旦大学出版社 2016 年版。

汪介之：《别求新声：汪介之教授讲比较文学及中俄文学交流》，中央编译出版社 2014 年版。

王国维：《静庵文集》，贵州教育出版社 2014 年版。

吴珺如：《论词之意境及其在翻译中的重构》，上海外语教育出版社 2012 年版。

伍光建：《伍光建翻译遗稿》，人民文学出版社 1980 年版。

徐昌酩主编：《上海美术志》，上海书画出版社 2004 年版。

俞剑华编著：《中国古代画论类编》（修订版），人民美术出版社 1998 年版。

郁龙余、刘朝华：《中外文学交流史》（中国—印度卷），山东教育出版社 2015 年版。

张广智主编：《20 世纪中外史学交流》，北京师范大学出版社 2007 年版。

张元济：《张元济全集：第 7 卷·日记》，商务印书馆 2008 年版。

赵立彬：《民族立场与现代追求：20 世纪 20—40 年代的全盘西化思潮》，生活·读书·新知三联书店 2005 年版。

周扬：《在上海中文、外文教学座谈会上的讲话》，人民文学出版社 1990 年版。

（三）现代辞书文献

北京画院、上海中国画院编：《时代华章：北京画院·上海中国画院 50 年》，文化艺术出版社 2007 年版。

陈鸣树主编：《20 世纪中国文学大典》（1930—1965），上海教育出版社 1994 年版。

《复旦大学百年纪事》编纂委员会编：《复旦大学百年纪事 1905—2005》，复旦大学出版社 2005 年版。

复旦大学档案馆选编：《抗战时期复旦大学校史史料选编》，复旦大学出版社 2008 年版。

苏新宁主编：《中国人文社会科学图书学术影响力报告》，中国社会科学出版社 2011 年版。

吴企明等编：《历代题咏书画诗鉴赏大观》，陕西人民出版社 1993

年版。

张晨主编：《中国题画诗分类鉴赏辞典》，辽宁美术出版社 1992 年版。

中共中央文献研究室：《建国以来重要文献选编》第 14 册，中央文献出版社 1997 年版。

中共中央宣传部办公厅、中央档案馆编研部编：《中国共产党宣传工作文献选编》（1915—1937），学习出版社 1996 年版。

中国教育年鉴编委会：《中国教育年鉴（1949—1981）》，中国大百科全书出版社 1984 年版。

三　论文

（一）古籍文献

（南朝宋）范晔：《狱中与诸甥侄书》，载穆克宏主编《魏晋南北朝文论全编》，上海远东出版社 2012 年版。

（清）傅山：《作字示儿孙》，载傅山《霜红龛集》，山西人民出版社 1985 年版。

（宋）黄庭坚：《李至尧乞书书卷后》，载吴光田编注《黄庭坚书论全辑注》，河北教育出版社 2008 年版。

（宋）黄庭坚：《书家弟幼安作草后》，载吴光田编注《黄庭坚书论全辑注》，河北教育出版社 2008 年版。

（宋）黄庭坚：《题赵公祐画》，载屠友祥校注《山谷题跋》，上海远东出版社 1999 年版。

（宋）苏轼：《评草书》，载李福顺编著《苏轼与书画文献集》，荣宝斋出版社 2008 年版。

（宋）苏轼：《文与可画筼筜谷偃竹记》，载李福顺编著《苏轼与书画文献集》，荣宝斋出版社 2008 年版。

（宋）苏辙：《墨竹赋》，载郑麦选注《苏辙散文精选》，东方出版中心 1999 年版。

（明）项穆：《书法雅言》，载华东师范大学古籍整理研究室选编校点《历代书法论文选》（上），上海书画出版社 1979 年版。

（二）期刊论文及专著析出文献

《北新》编辑部：《世界文学讲座的四大特色》，《北新》1930 年第 4 卷第 9 期。

曹铁铮、曹铁娃：《论民国时期传统美术史观的现代转型》，《南京艺术学院学报》（美术与设计版）2009 年第 1 期。

查明建：《文化操纵与利用：意识形态与翻译文学经典的建构——以 20 世纪五六十年代中国的翻译文学为研究中心》，《中国比较文学》2004 年第 2 期。

陈炳：《著名画家伍蠡甫情系辞书》，《出版史料》2011 年第 4 期。

陈平：《读滕固》，《新美术》2002 年第 4 期。

陈平原：《"少年意气"与"家园情怀"——北大学生的"五四"记忆》，《光明日报》2010 年 5 月 4 日第 10 版。

陈文忠：《比较诗学的三种境界——中国比较诗学的学术进程与研究方法》，《安徽大学学报》（哲学社会科学版）2011 年第 2 期。

程晓蘋、孙瑾芝、严玲霞：《复旦大夏联合大学西迁史料选》，载复旦大学档案馆选编《抗战时期复旦大学校史史料选编》，复旦大学出版社 2008 年版。

代迅：《文明重心的东移与本土传统的复兴——新时期文学理论 30 年回顾》，《文艺评论》2008 年第 2 期。

邓晓芒：《康德自由概念的三个层次》，《复旦学报》（社会科学版）2004 年第 2 期。

邓晓芒：《审美判断力在康德哲学中的地位》，《文艺研究》2005 年第 5 期。

参考文献

邓以蛰：《画理探微》，载《邓以蛰全集》，安徽教育出版社 1998 年版。

丁羲元：《伍蠡甫先生及中国画论研究》，《美术史论》1984 年第 3 期。

杜书瀛：《研究"中国 20 世纪文艺学学术史"的意义》，《扬州大学学报》（人文社会科学版）2000 年第 1 期。

冯和法：《回忆孙寒冰教授》，载中国人民政治协商会议全国委员会文史和学习委员会编，《文史资料选辑合订本》2011 年第 30 卷总第 87—89 辑。

傅颐：《"大跃进"前后高等学校文科教材建设的历史回眸——兼论我国人文社会科学学术体系的初创》，《中共党史研究》2010 年第 8 期。

高建平：《论文学理论的性质》，载钱中文主编《中国中外文艺理论学会年刊·2010 年卷·文学理论前沿问题研究》，河南大学出版社 2011 年版。

顾丞峰：《中国美术史学反省》，《江苏画刊》1989 年第 11 期。

郭恋东：《几本专载译文的现代文艺期刊》，《兰州学刊》2005 年第 5 期。

郭沫若：《题伍蠡甫先生山田图》，载王继权等《郭沫若旧体诗词系年注释》（上册），黑龙江人民出版社 1982 年版。

郭英剑：《赛珍珠研究在中国》，载郭英剑编《赛珍珠评论集》，漓江出版社 1999 年版。

国民政府教育部：《教育部清理战时文物损失委员会报送赴日调查团工作纲要呈》，载中国第二历史档案馆编《中华民国史档案资料汇编》（第五辑·第三编·文化），江苏古籍出版社 1999 年版。

郝孚逸：《伍蠡甫先生的学术成就及其理论特色》，《复旦教育》

2002年第2期。

胡风：《〈大地〉里的中国》，载郭英剑编《赛珍珠评论集》，漓江出版社1999年版。

黄源：《〈译文〉停刊始末——关于鲁迅先生给我信的一些情况》，载周建人、茅盾等著《我心中的鲁迅》，湖南人民出版社1979年版。

蒋孔阳：《中国画论研究·序言》，载伍蠡甫《中国画论研究》，北京大学出版社1983年版。

介未：《伍蠡甫的〈欧洲文论简史〉》，《文艺研究》1985年第6期。

郎绍君：《关于中国画的几点认知》，《美术观察》2018年第1期。

郎损（茅盾）：《新文学研究者的责任与努力》，《小说月报》1921年2月10日第12卷第2号。

乐雯（瞿秋白）：《〈子夜〉和国货年》，《申报·自由谈》1933年3月12日。

李萱华：《老舍在北碚活动纪要》，载重庆市北碚区政协文史资料委员会编，《北碚文史资料》1997年第9辑。

梁启超：《论小说与群治之关系》，载黄霖、韩同文注《中国历代小说论著选》（修订版·下册），江西人民出版社2000年版。

梁启超：《译印政治小说序》，载黄霖、韩同文注《中国历代小说论著选》（修订版·下册），江西人民出版社2000年版。

梁漱溟：《对〈中国本位的文化建设宣言〉之我见》，载《梁漱溟文存》，江苏人民出版社2014年版。

廖七一：《抗战历史语境与文学翻译的解读》，《中国比较文学》2013年第1期。

林语堂：《白克夫人的伟大》，载郭英剑编《赛珍珠评论集》，漓江出版社1999年版。

刘海平：《中国对赛珍珠其书其人的再认识》，载郭英剑编《赛珍珠评论集》，漓江出版社1999年版。

鲁迅：《"题未定"草（六）》，载《鲁迅全集》第6卷，人民文学出版社2005年版。

鲁迅：《"题未定"草（七）》，载《鲁迅全集》第6卷，人民文学出版社2005年版。

鲁迅：《〈译文〉创刊号前记》，载《集外文集》（下），浙江人民出版社2002年版。

鲁迅：《致黄源》，载《鲁迅书信》（四），人民文学出版社2006年版。

鲁迅：《致姚克》，载郭英剑编《赛珍珠评论集》，漓江出版社1999年版。

罗钢：《茅盾前期文艺观与西方现实主义、自然主义——兼论五四现实主义的历史特征》，《北京师范大学学报》1988年第3期。

马克锋：《试论三十年代中期的中国本位文化建设运动》，《宝鸡师院学报》（哲学社会科学版）1987年第4期。

茅盾：《我的回顾》，载《茅盾自选集》，上海天马书店1933年版。

聂振斌、王向峰：《中国百年美学发生发展的轨迹》，《沈阳工程学院学报》（社会科学版）2006年第2期。

钱中文：《文学观念向他律的倾斜与越界——评20世纪30年代前后六七年间文学观念的论争》（下），《河北学刊》2005年第5期。

钱锺书：《谈艺录·序》，载钱锺书《谈艺录》第2版，生活·读书·新知三联书店2008年版。

秦艳华：《20世纪30年代新文学出版"二重逻辑"的历史考察》，《山东社会科学》2007年第4期。

邱石冥：《关于国画创作接受遗产的意见》，《美术》1955年第1期。

尚辉：《新中国画院50年——北京画院、上海中国画院对民族传统艺术的凸显与创造》，《美术》2007年第12期。

沈雁冰：《文学和人的关系及中国古来对于文学者身份的误认》，《小说月报》1921年1月10日第12卷第1号。

［德］叔本华：《作为意志和表象的世界·第二版序》，载《作为意志和表象的世界》，石冲白译，商务印书馆2016年版。

孙瑾芝、严玲霞、田园：《复旦大学东迁史料选》，载复旦大学档案馆选编《抗战时期复旦大学校史史料选编》，复旦大学出版社2008年版。

谭好哲：《文艺美学：美学创新的可行之路》，《北京社会科学》2001年第1期。

汤胜天：《比较艺术的先行者：伍蠡甫关于中西艺术的形式美观念研究》，《江南大学学报》（人文社会科学版）2015年第1期。

童庆炳、赵炎秋：《回到原典——就文艺学教材编写问题访谈童庆炳先生》，《中国文学研究》2012年第3期。

汪正龙：《外国文学理论教材翻译与编写60年》，载庄智象主编《中国外语教育发展战略论坛》，上海外语教育出版社2009年版。

王伯敏：《功在筑基与铺路——评俞剑华的画史研究》，《艺苑》（美术版）1997年第1期。

王伯敏：《艺术创造与慧悟价值——中国美术史研究答问》，《新美术》1990年第4期。

王新命等：《中国本位的文化建设宣言》，《文化建设》第1卷第4期。

王逊：《对目前国画创作的几点意见》，载郎绍君、水天中编《20世纪中国美术文选》下卷，上海书画出版社1999年版。

王瑶：《"五四"时期对中国传统文学的价值重估》，《中国社会科学》1989年第2期。

温儒敏：《文学研究的价值危机与当代责任》，《光明日报》2014

年 3 月 17 日。

文化部艺术教育司：《文化部召开〈中国绘画史〉教材审议会记录》，载《王伯敏美术史研究文汇》（第 2 编），中国美术学院出版社 2013 年版。

伍季真：《回忆前辈翻译家、先父伍光建》，载中国人民政治协商会议上海市委员会文史资料委员会《上海文史资料选辑》1992 年第 69 辑。

夏中义：《"百年中国文论史案"研究论纲》，《文艺理论研究》2005 年第 6 期。

肖鹰：《意与境浑：意境论的百年演变与反思》，《文艺研究》2015 年第 11 期。

杨家润：《伍蠡甫先生的绘画艺术》，《复旦学报》（社会科学版）1999 年第 6 期。

杨浦区文管会编：《孙中山曾任复旦大学校董》，载《杨浦百年史话》，上海科学技术文献出版社 2006 年版。

叶圣陶：《略谈雁冰兄的文学工作》，《新华日报》1945 年 6 月 24 日。

殷双喜：《从社会评论到文化评论：对中国美术理论与批评的再思考》，《艺术生活》2013 年第 2 期。

袁丽梅：《展世界于中国，融中国入世界——民国翻译杂志〈世界文学〉探幽》，《翻译论坛》2017 年第 1 期。

张静：《诗的现代意义何在？——雪莱〈为诗辩护〉在中国（1905—1937）的反响》，《中国现代文学研究丛刊》2015 年第 7 期。

张隆溪：《钱锺书谈比较文学与"文学比较"》，《读书》1981 年第 10 期。

张伟平：《正确的笔墨观是构建当代中国画学的基础》，《美术观察》2018 年第 1 期。

赵汀阳：《历史、山水及渔樵》，《哲学研究》2018 年第 1 期。

赵汀阳：《展望美学的新转向》，《哲学研究》1988年第12期。

郑振铎：《文学的统一观》，《小说月报》1922年8月10日第13卷第8号。

周怀求：《一年来的中国文坛》，《文化与教育》1934年第42期。

朱德发：《"民族的文学"与"世界的文学"——论茅盾现代文学观的前瞻性》，《吉林大学社会科学学报》2015年第2期。

朱光潜：《诗论》，载《朱光潜美学文学论文选集》，湖南人民出版社1980年版。

朱立元：《对康德哲学、美学中"自然"概念的几点理解——对刘为钦先生观点的补充和商榷》，《复旦学报》（社会科学版）2013年第1期。

朱晓进：《略论30年代文学的社会科学化倾向》，《文学评论》2007年第1期。

祝秀侠：《布克夫人的〈大地〉》，载郭英剑编《赛珍珠评论集》，漓江出版社1999年版。

宗白华：《〈笔法论〉等编辑后语》，原载《时事新报·学灯》（渝版）1939年第48期，载《宗白华全集》第2卷，安徽教育出版社2008年版。

宗白华：《〈文艺的倾向性〉等编辑后语》，载《宗白华全集》第2卷，安徽教育出版社2008年版。

宗白华：《美学向导·寄语》，载文艺美学丛书编委会编《美学向导》，北京大学出版社1982年版。

邹振环：《赛珍珠作品最早的译评者伍蠡甫》，《中国翻译》2003年第3期。

邹振环：《伍光建、伍蠡甫：两代文化名流》，《世纪》2003年第2期。

邹振环：《伍蠡甫创办黎明书局》，《民国春秋》2001年第4期。

附录　伍蠡甫(1900—1992)生平活动年表

1900 年

9月,出生于上海。

1906 年

入北京汇文附小读书。

1911—1919 年

分别在上海青年会中学、上海圣约翰大学附中就读。

1919 年

因参加"五四"爱国学生运动,被上海圣约翰大学附中开除,受李登辉校长关怀,入复旦大学预科就读。

1923 年

于复旦大学毕业。

1923—1928 年

到北平故宫博物院从事书画鉴定;1928 年受聘于复旦大学外文系。

1929 年

与复旦大学孙寒冰、章益教授等人共同创办黎明书局。两幅国画作品《重溪秋望》和《听松》入选 1929 年民国政府教育部举办第一次全国美术展览会。

1930 年

3 月,翻译英国作家吉伯斯的戏剧《合作之胜利》由上海中国合作学社出版。

8 月,翻译卢梭的《新哀绿绮思》由上海黎明书局出版;与孙寒冰合编《西洋文学名著选》由黎明书局出版,该英文读本精选欧美论文、小说诗歌、童话、书札等名著三十多篇,每篇前列小序,略述作者的生平、思想和重要著作,末附中文注释。

1931 年

11 月,与孙寒冰合编《西洋文学鉴赏》由黎明书局出版,该英文读本由英译文学、英国文学、美国文学三部分组成。以西洋文学史为纲,摘选代表性文学作品的章节、片段共 28 篇,每篇前有序文,介绍作品时代和作者,篇后有注释。

1932 年

7 月,翻译赛珍珠的《福地》(《大地》)由上海黎明书局出版。

12 月,翻译赛珍珠的《儿子们》(《大地》续篇)由上海黎明书局出版。

1933 年

5 月,翻译歌德的《威廉的修业时代》(《威廉·麦斯特的学习时代》)由上海黎明书局出版。

10 月,与徐宗铎合译的美国历史学家卡尔顿·海斯、帕克·托马斯·穆恩合著的《上古世界史》由上海世界书局出版。

1934 年

3 月,翻译歌德的《浮士德》(故事梗概)由新生命书局出版。在《文学》月刊第二卷第三期"翻译专号",发表两篇译文:丹麦作家雅各布森的《两个世界》和挪威作家包以尔的《斯科柏烈夫》。

5月，在《文学》月刊第二卷第五期"弱小民族文学专号"发表译文：阿根廷作家卢贡内斯作品《惩罚》。

10月，创刊主编《世界文学》。

12月，与徐宗铎合译的美国历史学家卡尔顿·海斯、帕克·托马斯·穆恩合著的《中古世界史》由上海世界书局出版。

1935年

1月19日，参加"中国本位文化建设座谈会"并发言。

6月，签名支持《我们对于文化运动的意见》。

9月，翻译伯格曼等著《瑞典短篇小说集》（万有文库第二集）由商务印书馆出版。翻译丹麦作家J.雅各布森小说《两个世界》，收录于生活书店出版的文学翻译小说选之一《二十六个和一个》。

12月，与文化界人士共同发表《上海文化界救国运动宣言》。

1936年

撰写《写作与出版》分别连载于2月6日和2月13日《申报》。

9月，翻译泰戈尔等著《印度短篇小说集》（万有文库第二集）由商务印书馆出版。

1937年

赴英国伦敦大学攻读西洋文学；1月，在英国参加普希金逝世百年纪念会，发表《普希金之拜伦主义与中国》演讲；翻译雪莱《诗辩》由商务印书馆出版，书中有译者序，《诗辩》译文及译者注，以及英国诗人皮科克《诗之四阶段》译文。

2月18日，自伦敦致信《复旦同学会会刊》。

3月，翻译欧·亨利短篇小说集《四百万》由商务印书馆出版。

5月，翻译《苏联文学诸问题》由黎明书局出版，书中收录一九三四年第一次全苏作家代表大会中高尔基、拉狄克、布哈林所作的报告及相关决议案。

6月，伍蠡甫代表中国笔会以正式代表身份赴巴黎参加国际笔会第十五届年会。

7月7日，在中国驻英国大使馆举办伍蠡甫山水画展。由中国驻英国大使郭泰祺主持开幕。英国笔会会长威尔斯、秘书欧尔德，东方艺术学家威宾恩等名流百余人参加开幕式。翌日，伍蠡甫应英国皇家东方学会之邀，在牛津大学举办"中国绘画之精义"讲演，由罗司爵士主持。

12月，复旦大学内迁重庆北碚办学。

1938年

伍蠡甫归国，任复旦大学（重庆）文学院外文系主任，因余楠秋先生病假，伍蠡甫兼代文学院院长。6月撰写的《文艺的倾向性》发表于8月7日《时事新报·学灯》（渝版）。

7月初，国际笔会中国分会发起人宗白华、郭有守等在重庆开会，议决在重庆设立中国笔会通讯处，推定伍蠡甫负责在渝通讯联络事宜，并以中国分会名义，致电正在捷克首都布拉格召开的笔会国际大会，对该会通过决议案，一致声讨日本轰炸平民事，表示深切感谢。

1939年

《笔法论》发表于《时事新报·学灯》4月30日第48期。

9月10日，中国全国文艺界抗战协会会员北碚联谊会成立，伍蠡甫与胡风、陈子展、萧红、端木蕻良、老向、王洁之等复旦大学教授均为会员。

12月14日，与陈子展、施复亮、赖亚力、王德宽、吴组缃在巴中赴冯玉祥宴请。

1940年

11月，在美国《亚细亚》杂志发表英文论文"中国艺术的想象"（1943年重庆《风云》杂志译为中文后予以转载）。

附录　伍蠡甫(1900—1992)生平活动年表

1941 年

撰写《关于顾恺之〈画云台山记〉》《中国绘画的意境》《再论中国绘画的意境》等文。

出任教育部美术委员会委员；2 月 7 日，国民党中央宣传部文化运动委员会成立。张道藩任主任委员，伍蠡甫与田汉、宗白华、竺可桢、徐悲鸿、梁实秋、郭沫若、傅斯年、冯友兰等 242 人被聘为委员。

5 月 18 日，正式成为复旦大学文学院院长。

11 月 29 日至 12 月 3 日，在中苏文化协会举办伍蠡甫献机国画展。

1942 年

受聘北平故宫博物院顾问；9 月 8 日，伍蠡甫致英国艺术理论家赫伯特·里德信函《谈明日的艺术》发表于《文化先锋》第 1 卷第 2 期。

11 月 19 日，重庆市各文化团体联合招待英国议会访华团。伍蠡甫《风雨同舟》国画并有孔祥熙题字"同伸正义"，此画系伍蠡甫为国民外交协会所作，用以交由访华团代转赠送英国首相丘吉尔。

11 月 24 日，《中国的绘画——明用篇第一》发表于《文化先锋》第 1 卷第 13 期。

12 月 19 日，在夫子池励志社举办伍蠡甫画展，展出作品 60 余件，一半捐作文化劳军，林森题字《秋山飞瀑》一幅已为罗卓英将军定购赠魏菲尔将军。

1943 年

1 月，翻译高尔基的《文化与人民》由重庆大时代书局出版；1 月 19 日，《中国的绘画——意境篇第二》发表于《文化先锋》第 1 卷第 25 期。

3月,《画室闲谈》发表于《风云》月刊第2期。3月11日,《中国的绘画——法度篇第三》发表于《文化先锋》第1卷第13期。

6月10日,其父伍光建在上海逝世,享年76岁。

10月2日,中国红十字总会第三届红十字周主办国画展览100余件在青年会图书馆举行,伍蠡甫、傅抱石、李可染、陈之佛等人作品展出。

11月18日,伍蠡甫与宗白华、梁实秋、胡小石、汪辟疆等人在夫子池励志社参观复旦大学朱锦江教授画展并作现场介绍。11月,撰写《中国绘画的线条》发表于《文艺先锋》1943年第3卷第6期。

1944年

在贵阳、昆明等地举办个人画展;8月27日,教育部在孔子诞辰暨教师节表彰优秀教师,伍蠡甫获二等服务奖状。

撰写《再论中国绘画的意境》发表于《文史杂志》1944年第3卷第3—4期。

1945年

5月5日,朱家骅与陈立夫联名向蒋介石推荐九十八名"最优秀教授党员",伍蠡甫与梅贻琦、蒋梦麟、张伯苓、陈寅恪、冯友兰、贺麟、朱光潜、华罗庚、竺可桢等大学校长、教授名列其中。

1946年

2月,成为复旦大学迁校委员会成员;10月,复旦大学全部回沪,上海补习部与重庆北碚迁返部合并在江湾原校开学。

撰写《中国的古画在日本》发表于《文讯》1946年第6卷第3期。

10月,教育部成立"清理战时文物遗失委员会赴日调查团",负责调查中国在日各项文物、编制目录并形成调查报告。调查团分古董、书籍、字画等小组，伍蠡甫负责字画鉴定并兼任随团英语翻译。

1947 年

8 月，《谈艺录》由商务印书馆出版。

10 月 18 日，伍蠡甫画展在复旦大学同学会举行，孙福熙、朱应鹏等撰文在《申报》副刊"春秋"介绍伍蠡甫画展作品。

1948 年

撰文《读田寄翁画》发表于 1 月 14 日《申报》。

1950 年

3 月 5 日，经上海史学会第二次筹备委员会会议审议通过，伍蠡甫成为上海史学会会员。同批入会的会员还有徐森玉、吕思勉、夏鼐、谭其骧等。

1956 年

6 月 25 日，中共中央文化部颁发《文化部关于建立中国画院实施方案（草案）》。中共上海市委随即对建立上海中国画院作出具体部署。

8 月 3 日，上海中国画院筹备委员会成立，伍蠡甫被推选为筹委会委员。

9 月 18 日，筹委会主任赖少其向全体画师传达"实施方案"报告，工作要点有：①国画创作；②辅导院外国画创作活动；③建立机构，配备干部，确定院址。院址在高安路。民主协商聘请入院画师的名单后，正式确定六十九位入院画师名单。上海市文化局党组书记陈虞孙、中国美术家协会上海分会党组书记赖少其，就"沪委（56）寅字第 116 号批复"上报中央文化部周扬、钱俊瑞，并抄送中国美术家协会党组蔡若虹、文化部李长路。报告附院长、副院长及院务委员名单：院长吴湖帆，第一副院长赖少其，第二副院长傅抱石，第三副院长贺天健，第四副院长潘天寿。院务委员会委员：王个簃、白蕉、伍蠡甫、沈柔坚、吴湖帆、涂克、唐云、陈之佛、陈烟桥、陈秋草、富华、傅抱石、贺天健、赖少其、潘天寿、刘海粟、谢稚柳、丰子恺。

11月8日，伍蠡甫在上海中国画院作《中国山水画的创作与民族优良传统》学术报告。

1957年

4月，《画家对于自然美的看法》发表于《文汇报》4月18日。

7月，《美术界反右派分子的作战计划》和《国画院反右派斗争和整风计划》相继出台，上海中国画院"反右斗争"和"整风运动"开始。"檀香扇事件"引发画院内部"左"的思潮泛滥，张守成、刘海粟、吴湖帆、陆俨少、白蕉、马公愚、贺天健、陈秋草等一批画师被错划成"右派"。

1958年

1月至2月，上海中国画院结束反右，集中开展双反运动。

3月至5月，上海中国画院开展画师下厂下乡活动，组织国画结合工艺美术及辅导群众业余创作等活动。

6月16日，中国美协领导蔡若虹到画院参加画师座谈会并发表讲话，讲话指出："大家要画人物，一定欢迎，但那些山水花鸟之类的东西，还能不能画呢？我说能画，而且应该画。""只有在非常熟悉了古人的技法之后，才能创造新的技法。""评价艺术品最重要的是看它的思想内容和艺术效果，我们反对为透视而透视、为解剖而解剖的学习。"

7月15日，市委发布"跃进再跃进"号召，全院画师和干部当天连夜讨论，制定"跃进"指标。

9月1日，画院召开全体人员大会，会议持续了4天，讨论"跃进"、深入生活、山水画花鸟画以及抓重点创作等问题。

10月，画师再度分批下厂下乡搞创作。同时继续编画谱、撰画史及接受革命历史画任务等工作。

1959 年

7 月，上海画院以沈柔坚的《不似之似》一文为参考，组织画师进行学术讨论。

12 月，伍蠡甫发表《中国的画竹艺术》载《复旦》第 12 期。

1960 年

1 月 5 日，上海中国画院举行"元旦画展"总结座谈会，画师们互相展开艺术批评，认为创作的主要缺点是人物画的技法不能画新事物。

3 月，配合工农业战线大闹技术革命，画师深入工厂、农村写生创作。3 月下旬期间，画师先后两次分批深入工厂和农村。回院后进行创作。在短短的十三天时间里，参加作画的 25 位画师，共计创作作品 75 件，反映工人同志大闹技术革新的生动事迹，其中 50 件作品参加美协举办的"歌颂技术革命美术作品展览会"。

6 月 20 日，上海中国画院正式成立。陈毅市长亲自为画院题写院名。出席成立大会的画师近百人，由丰子恺出任院长。

10 月 12 日，上海中国画院为刘纲纪所著《六法初步研究》举行审稿座谈会。

1961 年

2 月 19 日，周扬在上海中文、外文教学座谈会上明确提出"编一部从古代希腊到现代的美学理论资料书，伍蠡甫先生先提个目录"。伍蠡甫主持《西方文论选》编译工作。

3 月 10 日—4 月 29 日，伍蠡甫参加文化部召开的王伯敏《中国绘画史》教材审议会议并发言。与会专家有俞剑华、潘天寿、傅抱石、徐邦达、于安澜、王伯敏等 14 人。

10 月 7 日，在《文汇报》发表《画语录》札记。

1962 年

3 月,《试论我国古代山水画对自然美的处理》载于《学术月刊》。

3 月 17 日、3 月 18 日、7 月 11 日,在《文汇报》分别发表《略谈吕凤子〈中国画法研究〉》《画水》《西方谈素描》。

5 月 17 日,北京大学教授、美学家朱光潜过沪,文汇报邀集本市美学、文艺理论工作者座谈,伍蠡甫、蒋孔阳、冯契、钱仁康、王道乾等应邀出席。与会人员对美学讨论的深入开展等问题发表见解,指出正在开展的美学讨论多在概念上兜圈子,结合实际不够充分,文章大多写得冗长费解。重点讨论了三个问题:①关于联系实际和学习知识问题;②如何加强中外美学遗产的介绍问题;③美学与各门艺术理论的关系问题。座谈会纪要在 5 月 18 日《文汇报》发表。

由周扬提定朱光潜、钱锺书、缪灵珠三人赴上海参加复旦大学召开的座谈会,讨论伍蠡甫主编的《西方文论选》的选目。

8 月 29 日,伍蠡甫撰文《两个人的画展》评论孙雪泥、朱屺瞻画展;9 月 1 日,伍蠡甫随上海中国画院画师朱屺瞻、陆俨少、张守成和版画家程亚君五人赴浙江天目山旅行写生,为期一个月。

1963 年

8 月,伍蠡甫主编的《西方文论选》(上卷)由上海文艺出版社出版。

1964 年

10 月,伍蠡甫主编的《西方文论选》(下卷)由人民文学出版社上海分社出版。

1965 年

12 月,复旦大学组织大批师生下乡参加"四清"和劳动,统战部安排民主党派教师 48 人下乡。伍蠡甫等到达朱行镇，他与林同济、严北溟、戚叔含、张世禄等住在镇上河南 190 号，都在镇上供销合作社吃饭。此后十多天，他们先后听取梅陇公社阶级斗争和生产情况的报告，参加各大队的干部、贫下中农代表会、忆苦思甜会，被要求联系自己讨论"和平演变""错在自己，根在自己"等问题，还参观了生产。

1966 年

2 月 11 日，伍蠡甫、谭其骧、杨宽等八人参加上海社科联举行由姚文元所著《评新编历史剧〈海瑞罢官〉》引发的有关清官问题的座谈会。

7 月 6 日，复旦大学教学楼内出现外文系伍蠡甫、黄有恒等人巨幅大字报，杨岂深、全增嘏等各有十大罪状。

1978 年

发表《董其昌论》于《美术丛刊》第 3 期。

1979 年

主编《西方文论选》再版。10 月 30 日，参加中国文学艺术工作者第四次代表大会。

1980 年

发表《中国的画马艺术》于《美术丛刊》第 12 期。

1981 年

《漫谈"气韵生动"与"骨法用笔"》收入《中国古代美学艺术论文集》（上海古籍出版社）。

1982 年

《读徐渭〈赠龙翁师山水〉》发表于《江苏画刊》第 1 期；《文人画的艺术风格初探》发表于《文艺理论研究》第 2 期；《关于艺术形式美的讨论》发表于《工艺美术学报》第 2 期；《法国二百五十年绘画展览观后记》发表于《文汇报》11 月 9 日第 3 版。

10月25日，由中国比较文学学会筹备组举办的比较文学研究问题座谈会在西安陕西宾馆举行，伍蠡甫与季羡林、冯至、叶水夫、杨周翰、李赋宁、杨宪益等出席会议。

1983年

专著《中国画论研究》出版，蒋孔阳作序；主编《山水和美学》出版；主编《现代西方文论选》出版。《略谈刘道醇论画美学》载《中国画》第3期；《狂怪求理》载《艺术世界》第5期；

1984年

5月，主编《西方古今文论选》由复旦大学出版社出版。另有学术论文《评马提斯〈笔记〉》发表于《文艺理论研究》第2期；《赵孟頫论》连载于《文艺研究》第2、3期；《试论艺术抽象和艺术形式美》发表于《艺术美学文摘》1984年第2期；《浅谈装饰性》发表于《江苏画刊》；《画外之功》发表于《美育》第5期；《董其昌评画数则》发表于《艺术世界》第5期。

10月，由中华全国美学学会、湖北省美学学会、湖北省文联、武汉大学、华中师范学院、武汉建材学院联合举办的"中西美学与艺术比较讨论会"在武汉召开。来自全国的一百多名美学家、文艺理论家和艺术家参加了会议。伍蠡甫与美学家王朝闻、蒋孔阳、洪毅然等参加会议，作大会发言《比较绘画的点点滴滴》。

1985年

《渐江论》发表于《中华文史论丛》第1期；《〈中国古典画论选译〉小序》发表于《文汇报》1月21日第3版；专著《欧洲文论简史：古希腊罗马至十九世纪末》出版；与胡经之主编《西方文艺理论名著选编》。

10月29日—11月2日，在深圳召开中国比较文学学会成立大会暨首届学术讨论会。会议选举了首届理事会和常务理事会。学会聘请巴金、钱锺书、施蛰存、王瑶、伍蠡甫、朱维之、戈宝权等为顾问。

1986 年

7 月，《伍蠡甫艺术美学文集》由复旦大学出版社出版。

1987 年

《苏珊·朗格的情感形式合一论与中国绘画美学》发表于《文艺研究》第 4 期；《和预定图式作斗争——漫谈任伯年和他的肖像画》发表于《江苏画刊》第 7 期。12 月，参编《中国美术辞典》（沈柔坚主编，伍蠡甫副主编）由上海辞书出版社出版。

1988 年

《〈中国书论辑要〉序言》发表于《美术之友》第 4 期；《虚假空间与有意味的形式——中西美学比较》发表于《江苏画刊》第 8 期；《中西美学的"虚"与"静"》发表于《江苏画刊》第 10 期；《寄情笔墨静水流深：论林曦明的中国画》载《美术》第 12 期。12 月，专著《名画家论》由中国大百科全书出版社出版。

1989 年

《中国山水画的诞生》发表于《文艺研究》第 4 期；《论郑板桥画竹》收入《扬州八怪评论集》（江苏美术出版社）。

11 月，伍蠡甫主编《现代西方艺术美学文选》由春风文艺出版社出版，该套《文选》由音乐美学卷、舞蹈美学卷、戏剧美学卷、造型艺术美学卷、建筑美学卷组成。

1990 年

《巴罗克与中国绘画艺术》发表于《文艺研究》第 2 期。

1992 年

10 月 14 日，伍蠡甫逝世。

1993 年

11 月，伍蠡甫主编《中国名画鉴赏辞典》由上海辞书出版社出版。

后　记

　　钩沉稽古，以史为鉴，是史学研究的乐趣和价值。人物思想研究是学术思想史、学科发展史研究的源头活水。回忆起当年查阅史料文献、确定博士学位论文选题的过程，我至今仍能清晰地感受到当时如饥似渴搜寻史料时的热情和有所发现时的喜悦。特别是研究像伍蠡甫先生这样得享高寿、学贯中西的老一辈学者，追溯他的人生轨迹和学术生涯，既可以勾连出与其相关的20世纪中国出版界、教育界、学术界、书画界一批学人名家的过往逸事，还可以梳理和体悟前辈学人在外国文学译介、中国画论研究、西方文论研究等学术领域的治学方法和历史功绩，从而起到理解历史、接续传统、继往开来的作用。

　　知易行难。尽管我对伍蠡甫文艺美学思想内涵的丰富复杂性充满了好奇和热情，但该论题涉及历史时段绵长，学科领域宽广，学术问题繁杂。尽管本人在学期间努力补充相关领域的知识欠缺，尽力做足文本细读和理论阐释，但限于学养与时间，还有诸多学术问题有待在以后的学习和研究中进一步得以拓展和深化。2022年适逢伍蠡甫先生逝世30周年，谨以此书作为对前辈学人最诚挚的致敬与缅怀。我也希望借助这本小书的出版，与学

后　记

界共享这份 20 世纪学人档案和思想传记，衷心希望得到广大读者和专家学者的批评和指导。

在此，我要真诚地感谢我的导师河南大学文学院张云鹏教授。从入学之初每周一次的读书心得汇报，到论文选题、开题、写作等培养过程中的答疑解惑和关心督促，都使我真切地感受到老师对弟子的质朴关爱和精心点拨。张老师的温润儒雅，严谨求实，以及嘱我勤勉读书、沉潜向学的谆谆教导，将继续指引我在今后的学术人生道路上更加行稳致远。感谢在我的论文开题、撰写、评阅、答辩过程中给予意见建议的各位专家学者。

特别感谢我的父亲母亲在我求学期间，对我的"小家庭"给予的关怀和照顾。感谢河南大学音乐学院的老师和同事，在学习、工作和生活中给予我的关心和支持。

向中国社会科学出版社郭晓鸿老师、张玥老师对本书出版付出的辛劳，致以谢忱。

王　新

2021 年 9 月 3 日